A tragédia de
Languedoc

MARA ASSUMPÇÃO

A tragédia de Languedoc

Labrador

© Mara Assumpção, 2024
Todos os direitos desta edição reservados à Editora Labrador.

Coordenação editorial Pamela J. Oliveira
Assistência editorial Vanessa Nagayoshi, Leticia Oliveira
Direção de arte e capa Amanda Chagas
Projeto gráfico Marina Fodra
Diagramação Emily Macedo Santos
Preparação de texto Mariana Góis
Revisão Maurício Katayama
Imagens de miolo p. 15: Giovana Souza;
p. 291-292: Acervo pessoal de Mara Assumpção.

Dados Internacionais de Catalogação na Publicação (CIP)
Jéssica de Oliveira Molinari - CRB-8/9852

Assumpção, Mara

A tragédia de Languedoc / Mara Assumpção.
São Paulo : Labrador, 2024.
304 p.

ISBN 978-65-5625-706-8

1. Ficção brasileira 2. Ficção histórica 3. Guerra Santa 4. Idade Média 5. Cristianismo I. Título

24-4331   CDD B869.3

Índice para catálogo sistemático:
1. Ficção brasileira

Labrador

Diretor-geral Daniel Pinsky
Rua Dr. José Elias, 520, sala 1
Alto da Lapa | 05083-030 | São Paulo | SP
contato@editoralabrador.com.br | (11) 3641-7446
editoralabrador.com.br

A reprodução de qualquer parte desta obra é ilegal e configura uma apropriação indevida dos direitos intelectuais e patrimoniais da autora. A editora não é responsável pelo conteúdo deste livro.
Esta é uma obra de ficção. Qualquer semelhança com nomes, pessoas, fatos ou situações da vida real será mera coincidência.

Apresentação

Você está entre aquelas pessoas que acreditam em "paraíso e inferno"? Quando se tem uma vida de boas condutas, não desejando e não fazendo o mal, cultivando bons pensamentos e boas vibrações, ao morrer esperamos encontrar um mundo de paz e harmonia, rodeado de seres angelicais, querubins tocando flauta, a eternidade sem dores nem aflições.

Ao contrário, caso se tenha uma vida de pecados, orgias, praticando e vivenciando o mal, bem materialista e egoísta, o que se espera depois da morte é um mundo sombrio de dores e sofrimentos, com figuras horrendas segurando tridentes e chicotes ameaçadores, num mundo triste, perverso e hostil! É nisso que você acredita?

E aqueles bem na média, nem tão bons, nem tão ruins: o que os espera? O que chamam de "purgatório"? Um lugarzinho bem "mais ou menos", fervilhando de almas, que estão ali passando uma pequena temporada — às vezes não tão pequena assim — para se redimirem dos pecados, trabalharem o arrependimento e finalmente alcançarem a graça do paraíso?

Ou você pensa que ao morrer tudo acaba? Um materialista convicto! A vida se resumindo ao nascer, crescer e morrer, e, ao último suspiro, o fim total. Só restando as fotos e as lembranças para aqueles com quem conviveu e amou. Você realmente está convicto dessa sua fé?

Na verdade, pouco importa! Como você percebe o mundo, sua religiosidade e a presença do Divino em sua vida dizem respeito apenas a você, ou assim deveria ser. Suas crenças e a forma como vive e trabalha sua fé pertencem somente a você. E claro, desde que não interfiram no direito de seu próximo. E isto deveria ser um direito inato da vida: a liberdade de fé, pensamento, credo e religião!

Infelizmente, nem sempre é assim.

Desde que o mundo é mundo, o homem sempre esteve na busca do Divino, de deuses ou divindades, do transcendental, algo maior que dê sentido e significado à vida física, quase sempre repleta de dores, conflitos e sofrimento. Igualmente desde sempre, a humanidade e os homens com poder tentam manipular as crenças e a fé das pessoas como forma de domínio e assim acumular riquezas e conquistar poder.

Pois bem, eis que lhes apresento um romance sobre fé e crenças, diversidade de pensamentos e ideias, intolerância religiosa, poder e ganância, que revisita os sentimentos e valores morais que dominam e movem a humanidade ao longo dos séculos! Mas que, igualmente, trata da vivência diária das pessoas, suas dificuldades, sofrimentos, aflições, dilemas, erros e acertos; um livro que se propõe a retratar a simplicidade e a complexidade da vida.

Através da trajetória de uma família tradicional do século XIII, vamos relatar a história de uma "corrente religiosa dissidente do catolicismo" — o catarismo — e a saga vivida por seus seguidores na Occitânia ou região de Languedoc, território correspondente à metade sul da França atual.

No século XIII, Languedoc era uma região rica, próspera e independente, não fazia parte do Reino Francês, e a proximidade com a Espanha propiciava um intercâmbio cultural com o pensamento ibérico, judeu e árabe. Era um território segmentado, sem um governo único, fértil para o crescimento e expansão de uma crença e uma expressão espiritual diferenciada, específica, com sua cultura, costumes, práticas e leis; mais do que uma religião, uma maneira de pensar e viver.

Os cátaros[1] buscavam a volta do cristianismo primitivo, sem os dogmas, a hierarquia, os sacramentos e o luxo que a Igreja Católica Romana ostentava, e exatamente por isso, mais o crescimento no

---

1 O termo "cátaro" foi usado pela primeira vez em 1163, nos escritos de Eckbert, cônego da Catedral de Schonau.

número de seus seguidores, especialmente nesta região e na Catalunha, representavam um perigo ao domínio da Igreja. Foram então tachados de "hereges",[2] perseguidos e exterminados, primeiramente, por ordem do papa Inocêncio III, num conflito armado conhecido como Cruzada Albigense (1209 a 1244), e, na sequência, através da Inquisição. Foi uma verdadeira tragédia!

Além dos cátaros, trago os cavaleiros templários como figuras secundárias e contemporâneas destes. Uma vez que, embora a Ordem do Tempo devesse obediência e lealdade diretamente ao Papa, e esses cavaleiros estivessem presentes na região do sul da França e da Catalunha, surpreendentemente não foram envolvidos neste conflito armado; ainda que alguns historiadores registrem sua defesa e apoio aos crentes de forma clandestina.

Adotando a mesma estratégia de trabalho do meu livro anterior,[3] a primeira parte desta produção foi uma pesquisa sobre a verdade vivida pelos cátaros, sua doutrina, ideias, modo de vida. Mais do que isso, era preciso entender a realidade política, estrutural e organizacional da região onde essa crença cresceu e expandiu; cenário no tempo e no espaço para que meus personagens ganhassem vida.

A tragédia de Languedoc é um romance cujos fatos verídicos nos são contados através dos personagens fictícios — eventualmente mencionando figuras reais —, que nos mostra, sob uma perspectiva diferente dos livros de História, a dura realidade vivida pelos cátaros, a sociedade occitana, as dificuldades de viver suas crenças e a implacável perseguição imputada pela Igreja e pela nobreza francesa. Ou seja, uma obra que tem como pano de fundo os fatos e registros documentados segundo os estudiosos e historiadores, incorporando

---

[2] Heresia (do grego *haíresis*, *hairen*) significa "escolher". Com o cristianismo, recebeu uma conotação pejorativa de "doutrina que está fora da Igreja", ou seja, contrária aos princípios e dogmas da fé cristã.
[3] ASSUMPÇÃO, Mara. **O monastério** — memórias de um cavaleiro templário. São Paulo: Editora Trevo, 2020.

as ideias, percepções e crenças da autora, mas que, basicamente, nos traz a vida, os dramas, dores e amores dos nossos protagonistas.

Essa mistura de história, ficção e espiritualidade é uma combinação que me agrada muito, pois nos proporciona o conhecimento dos fatos de uma forma mais compreensível, com os acontecimentos amarrados à vida e as histórias dos meus personagens; e, para além disso, incita o leitor a pensar e refletir sobre determinados temas relacionados ao nosso cotidiano e à nossa espiritualidade.

No decorrer da leitura, será perceptível a inclusão de várias notas de rodapé, na grande maioria, notas explicativas de minha própria autoria, bastante concisas, trazendo o significado ou contexto de determinado assunto ou pessoa, importante para o entendimento do leitor. Naquelas notas que se referem a citações ou cópias de outros autores, as fontes são citadas.

Enfim, é um romance atemporal, sobre vida e morte, sacro e profano, amor e ódio, sofrimento e esperança, intolerância, mas também fraternidade, ou seja, trata da vida nossa de cada dia: física e espiritual; até porque tenho convicção de que o mundo espiritual está sempre interagindo com o mundo físico!

Validando a citação de Voltaire: *"Eu creio no Deus que criou os homens e não no Deus que os homens criaram!"*.

Espero que seja uma leitura produtiva, de entretenimento; mas também de conhecimento e reflexão!

Mara Assumpção
@by.maraassumpcao
Março, 2024

Sumário

Prólogo — 11

PARTE I
Relembrando o passado — 17

    CAPÍTULO I — Um casamento precoce — 19
    CAPÍTULO II — O Barão De Fillandryes — 31
    CAPÍTULO III — Os bons homens — 41
    CAPÍTULO IV — O nascimento de Ayla — 50
    CAPÍTULO V — Livre escolha — 58

PARTE II
Vivendo o presente — 71

    CAPÍTULO VI — O mal que assola — 73
    CAPÍTULO VII — Feridas que sangram — 85
    CAPÍTULO VIII — Vidências perturbadoras — 95
    CAPÍTULO IX — Verdade nua e crua — 105
    CAPÍTULO X — Fé que encoraja — 113
    CAPÍTULO XI — Passado que condena — 120
    CAPÍTULO XII — Emoções turbulentas — 131
    CAPÍTULO XIII — Bênção que alivia — 138
    CAPÍTULO XIV — O desespero — 147

PARTE III
Acreditando no futuro ——————————————— 159

    CAPÍTULO XV — Bom dia ————————————— 161
    CAPÍTULO XVI — Despertar da consciência ————— 167
    CAPÍTULO XVII — Montségur ——————————— 173
    CAPÍTULO XVIII — O acaso ———————————— 182
    CAPÍTULO XIX — Oportunidades —————————— 191
    CAPÍTULO XX — O futuro é hoje —————————— 199
    CAPÍTULO XXI — Notícias da guerra ———————— 208
    CAPÍTULO XXII — Desatinos ——————————— 214
    CAPÍTULO XXIII — O mais belo amor ——————— 222
    CAPÍTULO XXIV — Ayla conta sobre Toulouse ——— 233
    CAPÍTULO XXV — Trégua temporária ——————— 240
    CAPÍTULO XXVI — Presságios ——————————— 249
    CAPÍTULO XXVII — O princípio do fim ——————— 257
    CAPÍTULO XXVIII — Avignonet —————————— 268
    CAPÍTULO XXIX — A queda de Montségur ————— 275

Epílogo ———————————————————————— 286
Considerações finais ————————————————— 293
Referências bibliográficas ——————————————— 301

Prólogo

"Há momentos em que o tempo não tem importância nenhuma — o passado, o presente e o futuro se misturam."

ARTHUR GUIRDHAM

Chovia muito! E era uma chuva sem tréguas; gelada e persistente! Já havíamos partido há dois dias da província templária de Saint-Gilles sob uma garoa fria e intermitente, que agora, conforme nos aproximávamos de nosso destino — a cidade de Béziers —, vinha se intensificando.

Até a natureza parecia estar em estado de choque e pesar diante do horror que aconteceu naquele local.

O que ocorreu ali, na minha terra natal, foi um massacre! Não havia outro termo para qualificar tamanha destruição, crueldade e barbárie! Parecia não haver sobreviventes, e, se havia, deviam estar escondidos, talvez feridos, cheios de medo e rancor!

E então a natureza chorava... Lágrimas em forma de chuva!

Olho para o céu, preciso me conectar ao Divino, buscar na minha fé, forças e esperança para enfrentar tamanha tragédia, sem deixar que o ódio e a amargura dominem minha alma! Percebo que nuvens pesadas e sombrias ainda cobriam toda a região, sinal de que a chuva ainda perduraria por mais algumas horas, talvez dias.

Oficialmente, a temporada das chuvas já findaria, estávamos na última semana de julho; porém, parece que a natureza não queria saber do calendário dos homens. Era muita água despencando sobre todos nós! Vez por outra, o som estrondoso de um trovão quebrava o silêncio sepulcral que pairava por tudo! As trilhas e caminhos do que fora uma linda cidade estavam transformados num lodaçal, onde o cheiro de sangue e de queimado ainda predominava. Ainda havia alguns animais mortos pelas ruas, pequenos braseiros, manchas de sangue, restos de casas e pequenas construções queimadas, charretes e carroças destroçadas, muitas pedras, lanças, e até flechas...

Um cenário aterrorizante, talvez o retrato do inferno!

Eu e meu parceiro de jornada, Sir Renée Estivalet, desde que havíamos entrado em Béziers, estávamos perplexos diante da destruição que nossos olhos registravam; seguíamos, cavalgando lentamente, absolutamente calados, dominados por uma profunda comoção: não havia o que falar, as palavras não teriam significado algum diante do que víamos!

Estávamos chocados, estarrecidos, mas também sofridos diante do que restava do lugar onde havíamos crescido! Eu já nem percebia a chuva fria que me encharcava até os ossos, ao menos ela disfarçava as lágrimas que teimavam em brotar nos meus olhos, no meu coração e na minha alma. Mesmo já acostumado com o cheiro da morte — afinal, como cavaleiro templário[4] eu já travara muitas batalhas, já presenciara muita dor e sofrimento, conhecia a crueldade dos homens, e a ignorância das guerras —, diante daquela visão de destruição da minha linda e pacata cidade, onde a maioria das pessoas que ali viviam eram pastores, tecelões, artesãos, pequenos comerciantes e agricultores, eu estava desnorteado e uma dor imensa me invadia a alma, e então eu chorava!

Haveria uma justificativa para tantas mortes e toda a destruição? Nem crianças, mulheres ou velhos haviam sido poupados; os habitantes do lugar foram literalmente dizimados, sem distinção de crença ou classe social.

Eu tentava compreender...

O que sabíamos era que o próprio Papa havia convocado e ordenado essa ação, que não se restringiria a Béziers. Aqui, havia sido apenas

---

4 Cavaleiro pertencente à Ordem do Templo — ordem militar de cavalaria, fundada em 1118 para proteger os cristãos em peregrinação a Jerusalém. Monges guerreiros que deviam obediência diretamente ao Papa.

o começo de uma luta armada, uma verdadeira cruzada contra um movimento dissidente da Igreja Católica Romana: os cátaros,[5] que contestavam a legitimidade e os dogmas desta, eram a favor de uma observância literal dos preceitos de Cristo e contrários a todo luxo e ostentação do alto clero: buscavam uma espécie de cristianismo arcaico. E que, em desobediência as ordens papais, ainda traduziram as sagradas escrituras para a língua do povo local, ao contrário dos padres que só citavam os textos em latim. Ou seja, a Igreja Católica Romana, representada pelo Papa e seu alto clero, via nos cátaros uma enorme ameaça ao seu poder sobre as multidões.

Estávamos ali para averiguar *in loco*, em nome da Ordem do Templo, o que realmente havia acontecido em Béziers, qual a situação dos sobreviventes, como poderíamos auxiliar na pacificação, na solução dos conflitos entre os nobres de Languedoc e o exército enviado pelo Papa para exterminar a seita que crescia e se fortalecia em toda a região.

O papa Inocêncio III, para articular e conseguir adesão dos nobres franceses à sua causa, assegurou aos guerreiros o direito às propriedades alheias que viessem a conquistar, bem como os respectivos títulos. Constatamos que nessa "guerra santa" valia tudo: traições, violência, crueldade, saques e pilhagem, matança indiscriminada.

Nossa Ordem estava diretamente ligada ao Papa, não devia obediência a qualquer monarca ou entidade civil; só respondíamos ao Papa e a Deus! Uma ordem militar criada, originalmente, para defender o direito dos peregrinos cristãos de visitar os lugares por onde Jesus Cristo passou: a Terra Santa! Mas que, por princípio na sua fundação, não lutava nem matava outros cristãos!

Por isso o Papa, aliado à monarquia francesa, que queria dominar aquela região próspera e independente, e à sua nobreza, além de querer tomar posse das terras conquistadas de senhores simpáticos à

---

5 Cátaros: termo de origem grega que significa "puro", suposto ideal dos seguidores da seita, usado de forma irônica pela Igreja. Será adotado nesta obra para denominar os seguidores desta religião a fim de facilitar o entendimento.

nova seita, formou um exército numeroso, de soldados profissionais e bandos de mercenários e salteadores, que buscavam terras e riquezas! E, para agravar ainda mais a situação, havia a indulgência papal, que oficialmente os absolvia de todos os pecados, ou seja, esse exército violento e cruel acreditava que não sofreria punição após a morte por seus crimes e atrocidades contra a população!

Era assustador ver até onde chegavam o domínio, a influência e a manipulação da Igreja sobre a ignorância das pessoas!

Eu e meu companheiro fomos escolhidos para esta missão justamente por sermos naturais dali, e, portanto, conhecíamos bem os costumes, a geografia, a cultura e o povo, além da língua, um dialeto regional de origem românica.[6] Mas havia muitos templários oriundos de toda essa região, filhos dos nobres e ricos senhores; muitos que haviam inclusive lutado e morrido no oriente, nas Cruzadas em defesa da Terra Santa, ou seja, a Ordem do Templo estava numa encruzilhada: como instituição devia obediência e lealdade ao Papa, mas grande parte dos seus cavaleiros simpatizava ou apoiava a nova doutrina, cristã por essência e prática.

Atravessamos toda a cidade e nos dirigimos aonde deveria estar a Igreja de Santa Maria Madalena, e onde o padre Ignácio nos aguardava. Encontramos o que restou da Igreja, praticamente destruída!

Por todos os lados, onde meus olhos pairavam, me ocorria uma lembrança da minha infância e adolescência. Aquele lugar fazia parte da minha vida, eu conhecia algumas das pessoas que ali moravam e que agora estavam mortas; tudo e todos faziam parte da minha história de vida, parte importante do que eu me tornara na vida adulta.

Agora restavam somente lembranças...

---

6 Língua occitânica: língua românica falada no sul da França, Catalunha e algumas regiões da Itália. Língua do occ, a palavra occitana para *sim*, em contraste com *o'il* (o ancestral do francês moderno *oit*). (MIRANDA, Hermínio C. **Os cátaros e a heresia católica**. São Paulo: Publicações Lachâtre, 2002, p. 41)

Languedoc - Mapa indicando lugares citados na obra

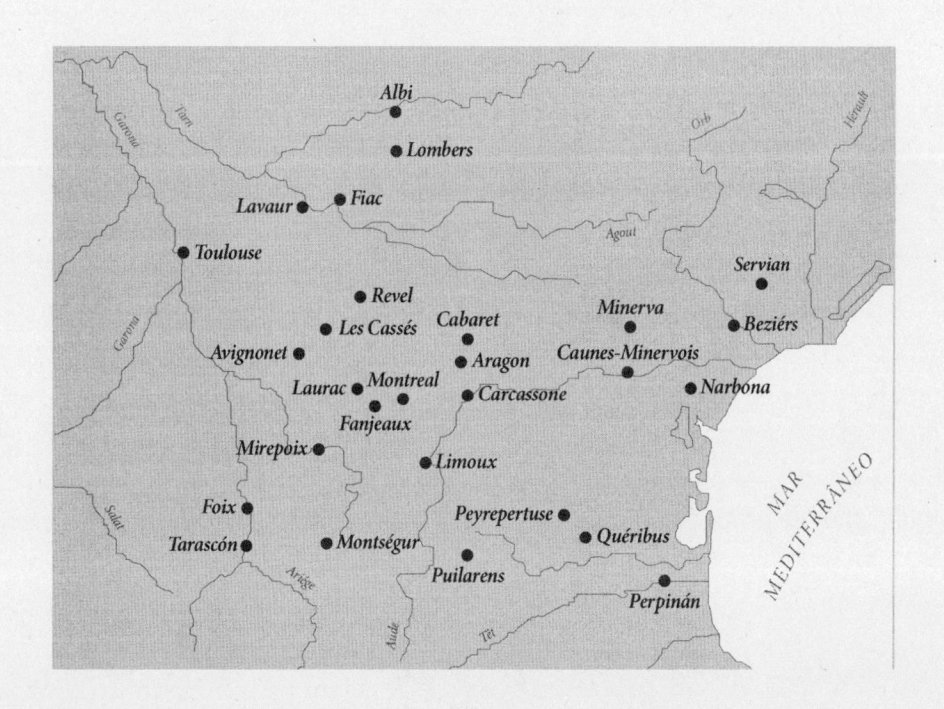

PARTE I

Relembrando o passado

◇◇◇◇

"O mundo é um lugar perigoso de se viver, não por causa daqueles que fazem o mal, mas sim por causa daqueles que observam e deixam o mal acontecer."

ALBERT EINSTEIN

CAPÍTULO I
Um casamento precoce

Estávamos no ano de 1194, e eu acabara de completar quinze anos. Naquele dia lindo de sol, que marcava o início da primavera, eu temia pelo meu futuro próximo: iria enfrentar a fúria do meu pai, da minha família!

Meu nome é Hugues, segundo filho do Barão Ramón De Fillandryes, nobre senhor de vastas extensões de terras em torno de Béziers, na região da Occitânia, popularmente conhecida como Languedoc — a "terra da língua do occ", uma região rica e próspera, onde a liberdade de pensamento e religião eram mantidas, e que não fazia parte do Reino Francês. Languedoc era muito diferente das sociedades feudais do norte da França; nossas cidades tinham condes e viscondes, mas também ricos comerciantes, prósperos proprietários de terras, advogados e até judeus — num tempo em que a posse de terra por um não cristão era crime no norte da França. Castelos, cidades e vilarejos misturavam-se em um envolvimento social que assustava a Igreja Católica Romana e inspirava a ganância e a inveja aos nobres do norte francês.

Trata-se de uma região lindíssima, entre as montanhas dos Pirineus e o Mediterrâneo, e Béziers é uma próspera cidade às margens do rio Orb, parte de uma região esplendorosa e muito rica, basicamente constituída de feudos[7] independentes, com seus senhores governando

---

7   Feudo: posse de terra, propriedade hereditária ou direitos concedidos por um suserano. O senhor das terras concedia partes de sua propriedade aos vassalos em troca de serviços militares,

livremente. Assim era até os nobres do norte da monarquia francesa colocarem os olhos e a cobiça sobre a região, que se expandia e crescia devido à proximidade com o Mediterrâneo e às facilidades do comércio que isso propiciava, além, é claro, da alta qualidade da lã e vinhos que ali eram produzidos.

Já era final de tarde quando finalmente fui chamado a me apresentar ao senhor meu pai na sala de conferências — e isso era um mau sinal. A sala de conferências normalmente era usada para grandes encontros, reuniões entre os nobres da região, ou quando nossa família recebia pessoas importantes. Tentei controlar meu nervosismo, fiz uma última prece ao Arcanjo Gabriel, meu santo protetor, e me dirigi ao local onde meu pai me aguardava.

Já havia passado três dias desde que minha vida havia se transformado num inferno. Tudo porque eu havia me envolvido com a filha de um vassalo[8] do meu pai, e desafortunadamente, ela engravidara. O homem, ao descobrir a gravidez da filha, se apresentou ao meu pai pedindo reparações em nome da honra de sua família.

Isso era tudo o que eu não precisava! Eu estava realmente temeroso quanto às consequências que toda essa situação poderia me causar.

Se meu pai fosse um senhor qualquer, ele certamente não daria muita importância ao seu vassalo, concederia algum benefício financeiro e daria por encerrada a questão! Mas não era o caso: meu pai era um homem que primava pela justiça, era ético, temente a Deus e de valores morais muito fortes! Não à toa todos o respeitavam e admiravam, confiavam na figura daquele nobre senhor.

Ele certamente não deixaria que um herdeiro de seu sangue ficasse solto, desprovido e perdido, à mercê da vida! Não o meu pai!

---

pagamento de impostos ou parte das colheitas. Os senhores e seus vassalos selavam pactos de lealdade e obediência.

8 Vassalos, no sistema feudal, eram os indivíduos que, mediante juramento, dedicavam fidelidade e lealdade a um suserano, o proprietário das terras que lhes eram concedidas — pedaços de terra para cultivo e extração de riquezas. (Oxford Languages).

Naqueles dias, embora eu me orgulhasse do homem que tinha como pai, tudo o que eu não queria era ter que assumir um filho bastardo! Sim, naqueles dias para mim aquela criança não passava de um filho bastardo, que eu não queria; resultado de um flerte de adolescentes!

Amaldiçoava a hora em que havia caído em tentação, alucinado pelos encantos daquela bela menina camponesa. Sim, eu era obrigado a reconhecer a beleza física, a voz doce e meiga, aquele ar inocente, mas também audacioso de Mabel — esse era seu nome! E aí residia o maior problema e entrave para que eu pudesse negar a paternidade daquela gestação indesejada: a menina era virgem quando eu a fiz mulher! Aquela criança era minha e eu estava metido numa enrascada: pensamentos e sentimentos contraditórios saltitavam na minha mente e coração!

Que azar o meu: nunca havia estado com uma mulher, e, quando o faço, já a engravido! Bom, não estivemos juntos somente uma vez! Nos encontrávamos no meio das oliveiras, e foram algumas vezes; nas primeiras, ambos receosos, descobrindo as reações dos nossos corpos juvenis, e não passávamos de alguns beijos e carícias desajeitadas. Mas depois, com a continuidade daqueles encontros fugazes e secretos — o que tornava tudo mais excitante —, fomos ficando mais audaciosos, mais curiosos, e acabamos por sucumbir aos anseios e desejos de quem acabou de completar quinze anos; Mabel era apenas três semanas mais jovem que eu! Confesso que gostava da companhia dela, gostava de estar junto ao ardor do seu corpo, e em nenhum momento pensei nas consequências. Ela era completamente inocente, e, mesmo sem nada saber da vida carnal entre um homem e uma mulher, se deixou levar pelos anseios do corpo e do coração! Era uma menina carente e pouco sabia do que era receber um carinho, ser amada.

Minha culpa, minha máxima culpa!

Atos impensados, impulsivos, e agora o resultado se mostrava bem diante de mim: uma paternidade que nunca desejei! Minha educação e a criação rígida, onde a verdade e a justiça deveriam imperar sempre, me obrigavam a assumir as consequências da inconsequência! Paciência: o erro estava feito e agora não restavam muitas opções!

Parei estático na imensa porta que me foi aberta por um serviçal: além do meu pai, Mabel e seu pai estavam ali presentes, junto com minha mãe, e ainda o nosso conhecido padre Ignácio, o padre do povoado, confessor da família, e aparentado do meu pai.

Fiquei aterrorizado diante de tantas pessoas! Acreditava que teria uma conversa privada e confidencial com meu pai; talvez, no máximo, com a presença da minha mãe, antes de ter que enfrentar a família de Mabel!

Mas, enfim, estavam todos ali reunidos de uma vez só! E isso era assustador! Eu precisava criar coragem, dominar minha ansiedade e temores, e enfrentá-los!

— Entre, Hugues! Eu e sua mãe, junto com o senhor Duvaus e o padre Ignácio, estávamos tentando encontrar uma solução aceitável para todos, de forma a resolver o grande impasse que você e a senhorita Mabel inconsequentemente arrumaram! — era a voz inconfundível do meu pai.

Olhei para Mabel, que me fitou rapidamente, para logo baixar os olhos; tive a impressão de que ela estava com os olhos vermelhos, como quem acabara de chorar. Fui invadido por uma mistura de sentimentos em relação àquela garota, que eu pouco conhecia: piedade, raiva, curiosidade, algum afeto, indignação. Ela provocava em mim sentimentos contraditórios e eu não gostava disso!

Eu continuava paralisado na porta, tentando entender a situação e pensar no que poderia usar como justificativa na minha defesa; mas não havia nada que pudesse amenizar os fatos, só me restava assumi-los e a seus resultados! Todos esses pensamentos e emoções passavam pela minha mente e coração, ao mesmo tempo, em milésimos de segundos, numa total confusão!

Foi quando ouvi a voz tranquila mas firme de minha mãe, me fazendo voltar à realidade:

— Por favor, Hugues, se aproxime!

Dei ainda uma última analisada em cada pessoa que ali estava, e caminhei resoluto até a grande mesa, onde todos encontravam-se sentados. Uma cadeira vazia à direita de meu pai me aguardava.

Tão logo me sentei, meu pai tomou a palavra:

— Hugues, eu e o padre Ignácio estávamos aqui, contando para o senhor Duvaus e sua filha Mabel que tudo isso que está acontecendo não pode de maneira alguma atrapalhar os seus planos de juntar-se à Ordem do Templo[9] em defesa da fé cristã em Jerusalém! Promessa da Família De Fillandryes à Santa Igreja, e nada pode impedir que nossa família cumpra o prometido!

Olhei surpreso para meu pai; seu olhar era firme, e palavras não teriam feito melhor comunicação! A mensagem silenciosa era clara e direta: "Concorde com tudo sem perguntas!" Fiquei constrangido e de certa forma temeroso, baixei a cabeça. O que ele acabara de falar como algo já planejado era completamente novo para mim, eu nada sabia a respeito de ingressar na Ordem dos Cavaleiros Templários!

Criei coragem e tornei a olhar para meu pai, que me fitava firme e impassível, falava naturalmente, como se eu tivesse conhecimento de tudo aquilo, como se fossem planos feitos em família! E, absolutamente, não eram!

Ele continuou:

— De qualquer maneira, o fato é que a senhorita Mabel está gerando um De Fillandryes e não podemos deixar um dos nossos nascer como bastardo, sem nome, sem paternidade! Você concorda com isso, Hugues?

Meu sangue congelou nas veias. Meu olhar foi pulando de pessoa em pessoa, observando a expressão de cada um daqueles que estavam

---

9   Ordem dos Pobres Cavaleiros de Cristo, conhecida como Ordem do Templo ou simplesmente Cavaleiros Templários, foi uma ordem militar de cavalaria ligada diretamente ao Papa, que existiu entre 1118 e 1312. Fundada com o propósito original de proteger os cristãos, que após o final da Primeira Cruzada (1096) e a recuperação da Terra Santa do domínio islâmico voltaram a fazer a peregrinação a Jerusalém.

ali, decidindo meu futuro, o futuro de Mabel e daquele que nem tinha chegado ao mundo dos vivos ainda.

Eu acreditava que precisava me mostrar forte, com caráter, me apresentar como um homem e deixar para trás o menino, que era como todos me viam até aquele momento; e então falei alto — mais alto do que gostaria, sustentando o olhar de meu pai:

— Sim, senhor meu pai, diante do acontecido eu acredito que Mabel possa estar gerando um De Fillandryes! — eu fazia um enorme esforço para que minha voz expressasse segurança, certeza; o que estava longe de sentir. Eu era só confusão, conflitos e dúvidas!

— Muito bem, prezado filho! Um De Fillandryes sempre assume as consequências de seus atos! Tens um nome e uma honra a zelar! Fico orgulhoso de perceber que, embora você tenha cometido um grande erro, está ciente disso e disposto a corrigi-lo, se é que neste caso isso seja possível!

Silêncio. Todos pareciam estar constrangidos diante daquela situação. Meu pai tornou a falar:

— Assim, Hugues, acho que não existe outra solução: decidimos que você e Mabel irão casar-se brevemente, sem festas nem celebrações, será apenas uma pequena cerimônia familiar; o padre Ignácio irá fazer a gentileza de se encarregar disso! Assim, Mabel virá morar conosco, e meu neto irá nascer sob os cuidados da nossa família, como manda a boa ordem!

Nova onda de silêncio constrangedor. Tentei absorver e entender tudo o que estava sendo dito sobre meu futuro próximo. Meu pai continuou:

— Entretanto, conforme já acertado com o mestre do Templo em Saint-Gilles, você irá apresentar-se até o final de setembro para ingresso na Ordem! Você foi aceito, meu filho, em breve você será um cavaleiro templário, para orgulho de nossa família! — e realmente meu pai parecia estar orgulhoso!

Olhei para Mabel e seu pai: ela estava angustiada e amedrontada, isso era facilmente percebido. Seu pai parecia aliviado. Respirei fundo e perguntei:

— Perdão, meu pai, mas como posso ser um cavaleiro templário estando casado? Os cavaleiros não fazem votos monásticos?[10] Votos de castidade, obediência, pobreza?

Meu pai trocou um olhar com o padre, que a tudo assistia calado, mas que, diante da sinalização silenciosa do senhor De Fillandryes, assumiu a palavra:

— Prezado Hugues, o senhor está certo quanto aos votos de castidade, obediência e pobreza. Porém, os cavaleiros da Ordem do Templo não vivem em clausura por tratar-se de uma ordem militar! Uma ordem religiosa, mas igualmente militar. São monges guerreiros...

O padre deixou a frase inacabada por alguns segundos, para depois completá-la, num tom de voz mais baixo:

— Sinto dizer que são mais guerreiros do que monges! Na verdade, nem são consagrados sacerdotes, o que os impede inclusive de ministrar os sagrados sacramentos!

Eu não estava conseguindo entender a complexidade de toda aquela situação. Mabel estava muda, cabeça baixa, visivelmente intimidada, amedrontada, mantinha-se olhando os próprios pés. Estavam discutindo sobre sua vida, mas ela parecia estar alheia a tudo que era conversado; se mantinha prostrada, quieta, de cabeça e olhar baixos.

Mais tarde, relembrando todos esses fatos, percebi o quanto a situação das mulheres na nossa sociedade era cruel: eram vistas e tratadas como meras reprodutoras, não tinham direito algum, suas vidas eram dirigidas pelos pais, que depois repassavam a responsabilidade para os maridos, normalmente escolhidos e arrumados por aqueles. Não tinham muitas opções: um casamento arranjado, entrar na vida religiosa ou transformar-se no que chamavam de "mulher da vida". Eram vistas quase como um "fardo" necessário! Diante disso, era até compreensível que os homens em geral, nessa sociedade patriarcal, sempre desejassem filhos varões — que podiam ajudar no trabalho

---

10 Diz respeito à forma de vida que levam os monges, em referência ao seu voto religioso de não mais saírem do mosteiro. Viver em claustro.

braçal, fazer negócios, participar das lutas armadas — e pareciam menosprezar as filhas mulheres.

Eu não estava muito satisfeito com a solução apresentada: Mabel seria minha esposa, mas não teria um marido presente. Eu teria uma família, mas não viveria com ela: como cavaleiro templário viveria longe, nas fortalezas da Ordem. Talvez fosse enviado para a Palestina, na defesa do Reino Latino de Jerusalém.[11]

— O que você acha disso, Mabel? Casada, mas sem um marido? — eu mesmo fiquei surpreso com a minha petulância.

Todos ficaram surpresos com o meu questionamento direto a Mabel, que levantou o olhar para mim, mas nem sequer teve tempo de pronunciar qualquer palavra; seu pai antecipou-se, respondendo por ela:

— Meu caro senhor Hugues, lhe peço perdão, mas Mabel não tem que achar nada! Diante da vergonha de uma gravidez fora do casamento, as opções eram muito piores do que a solução apresentada pelo senhor seu pai!

Mais uma constatação real que eu fazia: as mulheres não tinham voz!

Fiquei aguardando ele completar sua resposta, me dizendo qual era a opção, mas, como ele aparentemente não iria falar por conta própria, voltei a questionar:

— Desculpe minha ignorância a respeito, senhor Duvaus, mas quais seriam as opções a que o senhor se refere?

— Hugues, meu filho! Não seja inoportuno! Este assunto não nos diz respeito! — era minha mãe que recriminava minha curiosidade e petulância.

— Deixe estar, senhora De Fillandryes! Não é segredo, o destino de Mabel seria igual ao de tantas outras em situação similar: um convento! E, quanto à criança, se menina será entregue às freiras, no caso de menino, talvez eu venha a criá-lo para posteriormente ajudar nas terras, ou na segurança destas!

---

11 Reino Latino de Jerusalém: Estado cruzado criado na Terra Santa após a conquista de Jerusalém.

Então era assim que as coisas funcionavam!

Olhei para Mabel, que estava de cabeça baixa, ruborizada, mas pude perceber que lágrimas desciam pelas suas faces. Fiquei chateado com toda aquela situação, quase constrangido ou envergonhado; afinal, eu também era culpado por tudo o que estava acontecendo e não me parecia justo que toda a culpa de trazer no ventre uma criança fosse imputada somente a ela.

Levantei de onde estava, fui até minha mãe e sussurrei em seu ouvindo, pedindo um lenço por empréstimo — as mulheres mais maduras sempre costumam ter esses artefatos consigo, ao menos as de classe mais nobre. Os presentes me acompanhavam com o olhar, em silêncio, sem entender o que se passava. Com um pequeno lenço nas mãos, fui até Mabel e pedi que ela enxugasse as lágrimas. Depois disso, sussurrei para ela:

— Mil perdões, senhorita, jamais quis sua desonra ou lhe causar tanto embaraço! Na verdade, não cheguei a pensar nas consequências dos nossos atos, e, como um homem de família, deveria ter feito! Perdão!

Todos ficaram atônitos com meu gesto — inclusive a Mabel, mas percebi a aprovação no olhar da minha mãe.

Depois me encaminhei até o senhor Duvaus, e esticando a mão em cumprimento falei:

— Creio que lhe devo um pedido de desculpas, senhor Duvaus! Quero que saiba que nunca em nenhum momento pensei em manchar a honra de sua filha ou de sua família! Sei que na prática foi o que fiz, e por isso lhe peço desculpas! Espero que, com o casamento, eu e minha família possamos nos redimir do meu grande erro!

O pai de Mabel me cumprimentou, sem esconder a satisfação; ainda fazendo um movimento de afirmação com a cabeça.

— Agradeço também aos meus pais que tiveram a compreensão de toda a situação e encontraram a melhor solução para esse impasse! — me virei e, alternando o olhar entre meu pai e minha mãe, falei: — Senhor meu pai, senhora minha mãe, me perdoem por lhes deixar diante de uma situação tão embaraçosa! Fui inconsequente e irresponsável, reconheço meu erro e espero que me perdoem.

O pai de Mabel me olhou incrédulo, acho que ele nunca imaginou esse pedido formal de desculpas de minha parte. Todos na sala pareciam espantados com minha atitude, que, confesso, foi impulsiva, tentando amenizar toda humilhação que Mabel estava passando, e que me afetava profundamente. Eu era tão ou mais culpado que ela, e não achava correto que só ela fosse cobrada, punida e aviltada; a desonra não era somente dela, e a forma como ela era tratada pelo próprio pai não me parecia certa!

Eu começava a perceber qual era a lógica e o pensamento da sociedade em que vivíamos, totalmente injusta, preconceituosa para com as mulheres, que deviam sofrer muito!

Depois do aperto de mão, o senhor Duvaus foi até meu pai e agradeceu pela forma como todo o problema foi conduzido, pelo reconhecimento da paternidade e pela solução encontrada.

— Quero lhe agradecer, meu nobre senhor, Barão De Fillandryes, pela forma respeitosa e justa como resolveu todo o impasse! Eu confesso que estava me sentindo humilhado, e preocupado em relação ao futuro de Mabel e da criança que ela traz no ventre! Meu muito obrigada ao senhor e sua senhora, e também ao jovem Hugues! Minha admiração, respeito e lealdade para com essa família serão eternos!

Eu acompanhava tudo com muito interesse, e percebi que a tensão que pairava no ambiente quando cheguei naquela sala já não existia mais. O meu casamento, que nada mais era que um acordo entre famílias, havia dissipado todo e qualquer ressentimento ou desconforto; até a Mabel parecia estar mais confortável diante de todos.

Foi quando minha mãe se aproximou de Mabel, fez um carinho nos seus cabelos, pegou sua mão e disse:

— Agora que chegamos num acordo, sugiro que deixemos a data do casamento acertada! De preferência para as próximas semanas, uma vez que a gestação de Mabel já está adiantada.

As atenções e olhares voltaram-se para Mabel, que permaneceu calada.

Percebi uma troca de olhares entre meu pai e minha mãe; ele parecia aprovar a intervenção feita por ela. Eu realmente admirava a sintonia entre eles; certamente que foi um casamento arranjado entre duas grandes e ricas famílias; mas parecia que eles haviam aprendido a conviver em harmonia e respeito. Meu pai admirava e valorizava minha mãe, e demonstrava isso em suas atitudes; e eu me sentia um privilegiado em tê-los como pais; eles haviam construído uma relação de respeito, companheirismo, mas também amor!

— Venha, querida, levante-se! Não tem nada a temer, a partir de agora essa é sua casa e somos sua nova família! — minha mãe era gentil e educada com aquela que carregava seu neto no ventre.

Mabel ficou de pé e pude perceber uma pequena barriguinha sob o vestido e todos aqueles panos que compunham a vestimenta feminina. Ela estava assustada!

— Padre Ignácio, é possível realizar o casamento em quinze dias? Acho que é tempo mais que suficiente para fazermos os arranjos no quarto que será de Mabel e da criança! — minha mãe, sempre tão prática e objetiva.

— Com toda certeza que sim, minha senhora! — foi a resposta objetiva do padre.

— Muito bem! O que lhe parece, senhor Duvaus? — era o meu pai que reassumia o comando daquela reunião.

— Perfeito, meu caro senhor! Quanto antes, melhor!

O senhor Duvaus não conseguia disfarçar seu contentamento com tudo; afinal, apesar dos pesares e contratempos, sua filha iria fazer um ótimo casamento e sem necessidade de qualquer dote![12] Mais: ele, de alguma forma, iria estabelecer laços de parentesco com o seu

---

12 Refere-se à tradição comum nas sociedades patriarcais medievais em que a família da noiva transferia bens ou pagava dinheiro em espécie à família do noivo, já que era comum as mulheres irem residir junto ou perto da família do marido. Atualmente, ainda existem pagamentos de dotes matrimoniais das mais variadas formas em alguns países.

suserano, um dos nobres mais influentes e ricos daquela região. Ele não parecia nem um pouco preocupado com o fato de que sua filha teria um marido ausente, o que era uma verdade, afinal, como já decidido, eu iria ingressar na Ordem do Templo.

Um cálice de vinho foi servido para selar o acordo entre as famílias; às mulheres foi servido uma torta de maçã com chá de erva-doce e camomila, separadas, de forma reservada.

Enquanto os homens tomavam o vinho, meu pai, num momento oportuno, me sussurrou:

— Quando todos se forem, quero conversar com você para acertarmos algumas coisas!

E assim foi...

CAPÍTULO II
O Barão De Fillandryes

Hoje, quando relembro todos os acontecimentos daqueles dias, há tantos anos, percebo como o que parecia ser uma catástrofe na minha vida acabou por transformar-se num grande divisor de águas entre a minha adolescência e a idade adulta; mais do que isso, foi a partir das decisões daquele dia que acabei me tornando um cavaleiro da Ordem do Templo, algo de que muito me orgulho!

Foi a partir da gravidez de Mabel que comecei a perceber como funcionava a sociedade em que vivia, as relações entre os nobres e seus vassalos, o poder da Santa Igreja, comecei a perceber e valorizar os pais e a família que tinha, a educação e os valores que me foram ensinados — alguns completamente distintos, à frente dos costumes da época em que vivíamos. Foi quando tive a consciência de que fazia parte de uma comunidade, que tinha direitos, mas também deveres e responsabilidades para com as pessoas ao meu redor. Quando percebi que o mundo não se resumia às facilidades, segurança e beleza daquele castelo, jardins e terras onde fui criado: a vida além das muralhas de nossas propriedades era bem difícil e cruel! Foi também quando percebi que muitas coisas que me apresentavam como certas e devidas eu simplesmente abominava!

E o mais importante de tudo: foi plantada em meu coração a sementinha da paternidade. A criança que viria a nascer daquela gravidez, discutida e malquista por mim naquele dia, se tornaria a pessoa mais importante da minha existência; o ser que dava sentido, propósito e significado à minha vida.

Meus pais, ambos oriundos de famílias nobres e ricas, tinham um casamento de respeito, companheirismo e confiança, e isso por si só já os distinguia do pensamento e comportamento padrão das pessoas que viviam ao nosso redor, onde o homem era o senhor absoluto da palavra. Na minha casa, as ideias e opiniões da minha mãe eram sempre ouvidas e consideradas; obviamente a decisão e a última palavra eram do meu pai, mas só o fato de ele ouvir minha mãe era algo inusitado para aqueles tempos.

Ambos eram letrados; minha mãe fora alfabetizada, outra diferença, num tempo em que as mulheres eram preparadas para serem mães e esposas obedientes. Minha mãe gostava de ler, meu pai fazia encomendas de livros aos mercadores com quem fazia negócios no porto de Marselha; herdei dela o hábito e gosto pela leitura, do querer saber, do buscar por respostas...

Desde criança, lembro dela lendo histórias e aventuras para mim e meus irmãos; tenho dois irmãos — Hector, o primogênito, e Roque, o caçula — e uma irmã, Amélie. Sophia De Fillandryes era uma mulher de personalidade forte, inteligente, muito hábil com as palavras e muito religiosa, e eis aí o ponto fraco: sua crença e confiança exagerada nos padres, na Igreja. Um fator de divergência com meu pai, que tinha sua fé, mas não confiava na Igreja e muito menos nos homens que a dirigiam — o alto clero.

Mas, retornando aos fatos daquele dia, meu pai, apesar de todos os acontecimentos e resoluções daquela tarde, aparentava uma certa tranquilidade, não estava tão zangado comigo, como era de se esperar. Ele às vezes era surpreendente!

Conforme fui amadurecendo, conhecendo a sociedade e a comunidade em que vivia, fui compreendendo e admirando meu pai de forma crescente! E, naquele período entre os acertos do meu casamento até minha partida para Saint-Gilles, estive muito próximo de meu pai diariamente, tendo oportunidade como nunca antes de conhecê-lo e entender sua percepção sobre a nossa comunidade e a nossa vida!

Na tarde em que meu casamento foi acertado, quando todos se retiraram, eu e meu pai tivemos uma conversa a sós:

— Hugues, apesar de tudo isso ser um aborrecimento que não precisávamos no momento, no final das contas acho que podemos usá-lo em nosso benefício! — meu pai dizia isso enquanto nos servia mais vinho, ao mesmo tempo que repunha água em nossos copos.

— Tome lentamente e alterne com água — me recomendava ele. — Você não está habituado a bebidas alcoólicas e água mantém teu corpo hidratado e diminui os efeitos do álcool! Acho que a partir de hoje, com um casamento e um filho para breve, você deixa de ser um menino, um rapazote, e ingressa, mesmo que de forma surpreendente e precoce, na vida adulta! Vamos brindar a isso!

Eu não tinha lembranças de muitos momentos a sós com meu pai até então, de modo que resolvi apreciar e aproveitar aqueles minutos. Degustava a bebida e o momento com imenso prazer.

— Já ouvi histórias de rapazes com menos idade que eu que lutaram e morreram na defesa de suas terras! — respondi simplesmente.

— É verdade! Vivemos tempos conturbados, as pessoas só respeitam o fio da espada e é preciso desde cedo saber usá-la com maestria, mas também com sabedoria! A vida aí fora está muito difícil e perigosa, meu filho! Felizmente vivemos em relativa paz aqui nesta região, mas temo que até isso esteja por findar!

Meu pai parecia reflexivo. Na ocasião, eu não entendi muito bem a complexidade do que ele falava, assim ignorei o que ele me dizia; tomamos mais um gole de vinho em silêncio e, por fim, ele retomou a palavra:

— Eu sei que você se surpreendeu com o fato de ingressar na Ordem do Templo, mas lembro que você sempre brincava de ser cavaleiro templário quando pequeno. E você sempre foi muito hábil com a espada! Até onde lembro, você sempre foi o melhor entre os meus filhos nas práticas do uso da espada! Ser um cavaleiro não é mais um desejo real para você? Era apenas brincadeira de menino?

Olhei para ele surpreso com a pergunta.

— Na verdade não sei lhe responder, senhor meu pai! — respondi sincero.

Quando criança, escutava as histórias dos templários nas guerras pela reconquista da Península Ibérica, e me imaginava vestindo aquele manto branco com a grande cruz no peito, uma linda e poderosa espada nas mãos. Costumava brincar de guerra com meus irmãos, empunhando espadas de madeira que eram feitas especialmente para isso: os meninos cresciam desenvolvendo um espírito de luta, de guerra. Depois de uma certa idade, meu pai contratou professores para que, junto com meus irmãos, desenvolvêssemos as habilidades da guerra: arco e flecha, uso do escudo, da lança e domínio da espada! Também era preciso aprender a cavalgar com maestria, tornar o cavalo uma extensão do nosso corpo, para lutar com força e bravura sobre um dorso de cavalo. Desde menino, me dedicava com disciplina e foco nas tarefas que me eram atribuídas: eu sempre gostei de ser o primeiro, o melhor! Da mesma forma, sempre quis impressionar e agradar meu pai: ele era a minha referência! Por consequência, viria a me tornar um corajoso e exímio cavaleiro.

Eram tempos difíceis: as comunidades, as populações viviam sempre em guerra, em defesa de suas terras, de sua honra, do alimento de cada dia. A morte, a dor e o sofrimento eram coisas do dia a dia, algo comum às vidas das pessoas. Nos castelos, fazendas, e até nas cidades e vilarejos, ovelhas e animais domésticos eram massacrados e extirpados ao ar livre, tiravam suas vísceras e deixavam o sangue jorrar e correr nas ruas e ruelas. Carne apodrecida, ossos quebrados, pássaros destripados e pendurados nas janelas, rodeados pelas moscas e outros insetos era cena comum. Nos grandes portões das propriedades havia árvores nas colinas, comumente com infelizes pendurados à força, aguardando uma boa alma que se resignasse a retirá-los dali e enterrá-los, num mínimo de dignidade. Tudo isso fazia parte do dia a dia. As pessoas estavam acostumadas ao sofrimento e à dor.

Vivíamos numa sociedade desorganizada, voltada para a luta armada, as invasões e saques de bárbaros; ladrões e mercenários eram uma constante. Não havia trabalho, nem terras e comida para todos! As terras estavam concentradas nas mãos das grandes famílias e da Igreja, que arrendavam para proprietários menores, que contratavam camponeses para o trabalho árduo, com baixa remuneração. Assim, muitos rapazes e homens, sem perspectivas de vida, tornavam-se soldados, guerreiros mercenários que lutavam por dinheiro. Não havia causa, nem certo ou errado que os motivasse; lutavam para quem lhes pagasse mais, independentemente de qualquer coisa! Moedas de ouro eram o que lhes moviam!

— O fato é que nunca havia pensado com seriedade sobre o assunto! Mas não é algo que me assuste, acho que é uma boa opção de vida! — completei com sinceridade.

Meu pai continuou com sua tentativa de justificar as decisões tomadas; não que fosse preciso, ele era o chefe e patriarca da família e suas ordens não podiam ser contestadas, deveriam ser simplesmente obedecidas. Mas ele era uma pessoa de bom senso, com pensamento e ideias à frente da sociedade em que vivíamos:

— Quando o pai dessa menina veio à nossa porta com esse assunto, eu tinha certeza de duas coisas: a primeira era saber se o que ele me dizia era verdade, e se a criança fosse uma De Fillandryes, nós tínhamos obrigação moral de a acolher; e a segunda era que você não tem como sustentar uma família nesse momento, e que algo precisaria ser feito a esse respeito!

Baixei os olhos constrangido, o que ele falava era a mais pura verdade! Eu era totalmente dependente dele, da minha família!

— Eu já vinha construindo a ideia de enviar um filho para a Ordem do Templo! Através do padre Ignácio e sua relação próxima e cordial com o bispo, já vinha fazendo contato com o mestre do

Templo de Saint-Gilles. O que você fez foi indicar-me qual seria esse filho e adiantar os planos!

— Hugues, meu filho, eu tenho certeza que isso será muito bom para você! Todas as famílias de nome, de tradição, devem ter um membro como cavaleiro templário! É uma grande honra... É uma ordem que vem crescendo em prestígio, poderio financeiro e influência junto à Santa Igreja, aos reis e monarcas! Além disso, você terá o melhor treinamento possível nas artes da guerra! Você se tornará um cavaleiro de elite! — completou ele. Era perceptível como ele estava entusiasmado com a ideia de um filho ser membro da mais poderosa ordem militar de cavalaria!

Apenas concordei com a cabeça; eu ainda estava tentando assimilar tudo aquilo. Tive consciência de que ele ficou a me observar e analisar. Fez-se um silêncio perturbador entre nós.

— Você não me parece entusiasmado! — por fim declarou meu pai, um tanto frustrado com as minhas reações.

— Perdão, senhor meu pai! — ainda tentei justificar meu comportamento: — Tudo está acontecendo junto! Muita coisa que muda radicalmente a vida que eu levava até aqui!

— Você devia ter pensado nisso antes de fornicar com aquela menina! — pela primeira vez naquele dia, eu ouvia meu pai com a voz levemente alterada.

Eu não sabia o que responder, ele estava absolutamente certo!

— Sei disso! — respondi simplesmente, para logo depois completar: — Errei, eu sei! Mas de qualquer forma, o fato de eu ser o único responsável por tudo isso não muda a situação: minha vida vai mudar drasticamente a partir de hoje. Logo, logo vou viver numa fortaleza ou castelo templário, longe da minha família, com hábitos, obrigações e deveres bem complexos, que nem sei exatamente quais serão. Sinto muito, senhor meu pai, sei que fizestes o melhor para resolver esse imbróglio que criei, e lhe sou muito grato! Mas, por ora, ainda não consigo me sentir entusiasmado com tudo o que tenho que viver a partir de agora! E, para piorar, ainda vou ter uma mulher e um filho vivendo aqui com minha família!

— Uma mulher e um filho que serão sua nova família, Hugues! Pode se acostumar com a ideia: você não é mais um rapazote solteiro vivendo às custas do patrimônio da família! Agora você tem suas responsabilidades, deveres e obrigações para com os dois.

Olhei para meu pai, completamente confuso.

— Como vou poder sustentá-los estando na Ordem do Templo? Farei voto de pobreza, não receberei nenhum soldo!

— Eles viverão e serão mantidos sob esse teto como parte integrante da nossa família, que de fato serão após o sacramento do matrimônio entre você e a menina! Você é um De Fillandryes, tem meu sangue em suas veias. Assim como essa criança que irá nascer! Você estará contribuindo com a família trazendo honra e prestígio a essa casa ao integrar a Ordem do Templo! Este será seu trabalho e sua forma de pagar o sustento dos seus!

Eu começava a entender a lógica de raciocínio do meu pai.

— Você se tornará um soldado, um guerreiro de elite; tenho certeza de que em algum momento isso será fator decisivo, de importância ao futuro do nosso patrimônio, nosso nome!

— Me explique melhor, senhor meu pai, não lhe compreendo totalmente!

— Meu filho, é muito simples! A Ordem do Templo, seus mestres e o alto comando têm muita influência junto às abadias, aos bispos, a todo o alto clero da Santa Igreja, que realmente têm poder, riquezas e o domínio da grande massa do povo. A verdade é uma só, o Papa e seus bispos têm tanto ou mais poder que os monarcas. E possuem um exército bem poderoso e temido: os Cavaleiros do Templo!

— Mas a Ordem não é um exército comum! Até onde sei, lutam na defesa da fé cristã! — argumentei.

— Sim e não, meu caro! — meu pai levantou-se e foi servir uma terceira taça de vinho.

— Se o Papa disser que determinado monarca está agindo contra as leis divinas e colocar a Ordem no encalce do rei, o que acontece?

Ele me fitava inquisitivamente, para logo depois responder sua própria pergunta:

— Simples... A Ordem colocaria seus monges guerreiros contra esse rei, e ainda outros reinos cristãos mandariam seus exércitos a lutar na defesa da fé cristã, na defesa da Igreja! Verdade ou mentira, se o rei estava agindo contra as leis divinas ou não, a imposição do Papa se tornaria uma verdade a ser seguida por todos os reinos cristãos! É assim que funciona, meu filho! Não há rei no ocidente cristão que não tema uma excomunhão![13]

— O senhor está me dizendo que a Ordem do Templo, embora não tenha sido criada com esse propósito, pode, na prática, tratar-se de um exército de elite da Santa Igreja!

— É exatamente isso que estou lhe dizendo! Tudo não passa de um jogo de interesses, pura política maquiada e disfarçada por palavras e designações bonitas! É o que eu penso, embora sua mãe e o padre Ignácio acreditem que não, que os templários trabalhem e lutem apenas na defesa da fé cristã e não pelos interesses pessoais e políticos do Papa e seus bispos!

— Não sei o que pensar! — respondi.

— Você ainda é muito jovem, e até aqui eu vinha deixando que vivesse sua adolescência sem grandes preocupações! A partir de agora tudo muda... Bem-vindo ao mundo real, meu filho!

Esbocei um sorriso sem graça e segui atento ao que ele dizia:

— A Santa Igreja representada pelo Papa e todos seus bispos tem muito poder; a Ordem do Templo cresce em influência, riqueza e poder... Um filho inteligente como cavaleiro templário,

---

13 Excomunhão: banimento da Igreja, exclusão dos bens espirituais concedidos por esta. Na Idade Média, punha o excomungado na marginalidade mais que religiosa, mas também política, social e econômica; uma vez que a Igreja controlava a vida das pessoas, confundindo-se com o Estado.

estabelecido numa província importante como Saint-Gilles, é um grande trunfo, uma carta na manga, talvez uma fonte grandiosa de informações!

— Meu pai, o senhor quer que eu seja uma espécie de espião? — eu estava horrorizado.

— Claro que não, Hugues! — meu pai estava ofendido — Até parece que você não me conhece!

Ele tomou todo o vinho que restava na taça de uma vez só; parecia estar ficando alterado.

— Mas, se você conseguir um posto de importância dentro da sua província, provavelmente vai saber dos acontecimentos no mundo cristão, das brigas e questões majoritárias da região, do pensamento que orienta as ações da Igreja, e sempre que possível vai me manter informado sobre tudo isso! Todos fazem isso! Você não será o único nem o primeiro!

Eu olhava e analisava meu pai ainda um tanto incrédulo e embasbacado. Como eu era ingênuo e inexperiente.

Depois, meu pai veio a me esclarecer que suas preocupações eram cabíveis e reais devido à expansão de uma doutrina cristã que discordava de algumas posições da Igreja e seu clero, entre seus vassalos, camponeses, agricultores e pastores: isso era um fenômeno que vinha ocorrendo não apenas em nossas terras, mas por toda a Languedoc, estendendo-se até a Catalunha. Ele próprio já tinha ido buscar informações a respeito, já travara conversas com o padre Ignácio e até com o bispo da região, buscando conhecer e entender o que estava acontecendo no meio do povo. E igualmente entender por que o Santo Papa estava se preocupando com práticas aparentemente sem importância que aconteciam junto ao povo, em sua maioria pessoas pobres e ignorantes.

Além disso, os nobres do norte do reino francês vinham cobiçando as prósperas terras da região de Languedoc, uma região autônoma e independente. Tudo só estava começando...

E só depois de muito tempo vim a ter consciência: meu pai simpatizava com muitas ideias, pensamentos e até comportamentos pregados pela seita dissidente que começava a crescer e se fortalecer em toda a região.

CAPÍTULO III
Os bons homens

A partir daquele dia de primavera minha vida mudou radicalmente: em questão de alguns meses eu casei e me tornei pai de uma menina, para logo depois deixar tudo para trás, minha família, minha filha, as lembranças de um breve casamento com Mabel e o lugar onde havia vivido toda minha vida para me integrar à Ordem do Templo na Província de Saint-Gilles.

Logo de imediato, nas primeiras duas semanas que se seguiram aquele dia até o casamento, meu pai me chamou para acompanhá-lo, junto com meu irmão mais velho, em visitas de inspeção aos seus vassalos. A maioria dos nobres tinha seus fiscais — muitas vezes judeus —, pessoas que eles pagavam para inspecionar e efetuar as cobranças, os pagamentos pelo uso das terras que eram disponibilizadas pelos suseranos; mas meu pai preferia fazer esse trabalho sempre que possível. Naquele dia, iríamos visitar três vassalos e no final da tarde iríamos até a Igreja da Santa Maria Madalena visitar o confessor e amigo da família, o padre Ignácio.

Meu irmão mais velho, Hector, como primogênito da família, iria assumir a liderança da família quando meu pai não tivesse mais condições. Essa era a tradição: o primogênito herda o título e, em muitos lugares, todos os bens da família. Porém, na nossa região, era comum o patrimônio ser compartilhado entre todos os filhos, que deviam vassalagem — fazendo inclusive juramento de lealdade e obediência — ao herdeiro do título e da fatia maior e mais importante das propriedades. Essa partilha incluía filhas solteiras — um costume local que era visto com muito preconceito e discriminação pela Igreja — e acabou por reduzir as grandes províncias em pequenos loteamentos, com senhores menores em força, poder e influência; criando fatores que dificultariam movimentos coesos e unidos, num futuro próximo, quando toda a Languedoc precisou se defender contra os nobres do norte, e não foi capaz.

Depois das visitas e negociações quanto à coleta dos pagamentos devidos à nossa família, seguimos até a Igreja onde o padre Ignácio nos esperava; o encontro não era para tratar sobre o meu casamento, que seria dali a três dias, o assunto era muito mais sério e complexo, como eu viria a saber.

Fomos recebidos num anexo, nos fundos da Igreja de Santa Maria Madalena, que funcionava como uma casa paroquial. Era ali que padre Ignácio morava e recebia suas visitas pessoais; e ele era mais que o padre e confessor da família: era primo em segundo grau do meu pai, cerca de três ou quatro anos mais jovem, e haviam sido muito próximos na infância e adolescência. Era um amigo: tinham muitas afinidades, compartilhavam das mesmas ideias, mesmo as de desconfiança em relação ao alto clero da Igreja. O padre, apesar ser membro da Igreja, não compactuava com algumas posições e diretrizes dessa, mas obviamente as pessoas não sabiam disso.

Hoje, já passado tanto tempo, eu percebo que o padre Ignácio, dono de um bom coração e alma caridosa, sempre foi um revolucionário radical em suas ideias no que tange à postura do alto clero romano diante da pobreza, da ignorância das multidões, dos altos dízimos, e até em relação a alguns dogmas institucionalizados dentro da Igreja Romana.

De tudo isso eu fui tomando consciência, aos poucos, conforme fui participando mais diretamente das reuniões familiares, do trabalho administrativo junto ao meu pai e irmãos, o que ocorreu a partir daquele dia em que meu casamento foi anunciado. Foi a partir deste anúncio que toda a família deixou de me ver e tratar como um rapazote; fui elevado à condição de homem adulto, com todos os direitos, deveres e responsabilidades inerentes. Isso foi bom, exceto pelo fato de não ter havido transição, um tempo de adaptação e aprendizado: pela manhã eu era um adolescente, e a partir da tarde do mesmo dia me tornei mais um homem da família, cheio de deveres e responsabilidades.

Ali, na intimidade de um encontro pessoal, meu pai e o padre se tratavam informalmente, diretos, sem melindres, como dois velhos amigos; completamente diferente de quando havia outras pessoas na proximidade. E assim eu fui percebendo como a vida em sociedade, às vezes, nos força a atitudes e comportamentos distintos, às vezes até hipócritas.

O próprio padre serviu água e vinho para cada um de nós; no centro da mesa um farto prato com queijo, uma peça inteira de presunto defumado, azeitonas, tomates secos, pão de milho torrado e um vidro com azeite de oliva. Sem rodeios ou qualquer cerimônia, eu e meu irmão acompanhamos meu pai, que, imediatamente, começou a se servir; estávamos famintos após um dia de muito trabalho e pouco alimento.

Nosso amigo padre sentou-se à mesa, bebendo lentamente seu vinho, apenas observando, nos permitindo saciar a fome, para depois tratar dos assuntos relevantes.

Por fim, meu pai disse:

— Alguma novidade do lado do bispo, em relação aos movimentos contra os crentes?

— No momento, nada que mereça nossa preocupação. Apenas as recomendações de sempre: todo rigor na luta contra as reuniões dos crentes, contra a presença de "perfeitos"[14] em sua região de atuação, e por aí segue...

---

14 Refere-se aos ministros da nova crença, chamados de perfeitos, bons homens ou bons cristãos. Crentes a quem as populações admiravam a retidão moral e preocupação fraternal e que, após longa preparação e purificação da alma, recebiam o *consolamentum* — uma espécie de rito solene, iniciação espiritual — que lhes facultava algumas responsabilidades e obrigações, entre as quais a castidade, a alimentação vegetariana e a principal: propagar e difundir a nova doutrina. Eram chamados de "perfeitos" pela população em geral. Os dois termos ("perfeitos" e "bons cristãos") serão usados nesta obra.

— Ameaças de excomunhão?

— Nenhuma ameaça dirigida, nominada. Ameaças generalizadas, a qualquer pessoa que seja complacente com os considerados "hereges"; mas sabemos que esses discursos são dirigidos aos condes, barões, reitores e até padres e bispos. Apesar de todos os esforços da Igreja no combate, de todas as ameaças e discursos de intolerância, a nova doutrina se espalha e cresce em nossa região de forma surpreendente!

— Hummm! Isso me preocupa! — meu pai mostrava um semblante carregado, uma preocupação genuína o incomodava.

— De igual forma! Tenho estado muito angustiado com tudo isso! Busco nas minhas preces e meditações um alívio para toda essa ansiedade, uma resposta, um sinal dos céus, inspiração para a melhor forma de conduzir essa situação e aconselhar toda essa gente!

Silêncio. Ambos pareciam compenetrados em suas divagações, seus devaneios.

Eu estava atento àquela estranha conversa, analisava cada palavra, cada gesto, o semblante de cada um; mas não me atrevia a fazer qualquer pergunta ou comentário. Não ali, talvez depois eu tivesse uma oportunidade de questionar meu pai.

— Tens notícia de algum "perfeito" em nossa região?

— Não! Mas isso é outra questão que me aflige — o padre Ignácio falava pausadamente, como se estivesse, criteriosamente, organizando seus pensamentos antes de verbalizá-los.

— Não lhe entendo! Fale, homem de Deus! — meu pai não dava tempo para que o padre completasse seu raciocínio; e a expressão "homem de Deus" era um modo muito pessoal, e até frequente, do meu pai chamar seu primo.

Padre Ignácio olhou para o meu pai de forma inquisitiva. Algo pairava no ar. Por fim, de forma melancólica, ele completou:

— Acho que as pessoas não estão mais confiando na minha figura, desconfio que estão até me evitando! Impossível não haver nenhuma dupla de perfeitos por aqui!

— Mas é lógico que isso iria acontecer! Pense comigo: você é o representante do bispo, do papa, da Igreja, aqui na comunidade. E a igreja está condenando e tachando de heresia toda essa nova crença, essas novas formas de entender os evangelhos. Já teve muita gente queimada na fogueira e parece que agora as perseguições estão mais intensas! Sinto lhe dizer, mas eles agora o veem como os olhos do inimigo!

Padre Ignácio não esperava ouvir aquilo! Ficou em estado de alerta, suas faces ruborizaram, sua expressão facial demonstrava total surpresa e desagrado com o que acabara de ouvir.

— Mas eu sempre me mostrei compreensivo, até simpatizante, querendo entender as bases dessa nova doutrina! Nunca me mostrei contrário, nunca preguei a intolerância contra os "perfeitos", nem mesmo depois de orientações claras, vindas do bispo, sobre esta questão!

— O que é um erro seu! — declarou meu pai, de forma categórica.

Padre Ignácio levantou-se e foi pegar mais vinho. Não disfarçava sua angústia interior nem sua contrariedade às palavras do meu pai, que prosseguiu:

— Veja bem, Ignácio! Quer queira ou não, você é parte dessa Igreja que condena à fogueira quem é contra seus dogmas, suas diretrizes, seus sacramentos, seus dízimos! Você é o representante dessa Igreja aqui na comunidade, e comete um erro ao tentar estar próximo aos seguidores desta doutrina que é combatida pela Igreja!

Padre Ignácio respondeu com muita firmeza e convicção:

— Não posso simplesmente ignorá-los! Eles fazem parte do meu rebanho! São cristãos como todos nós! Pensam diferente, é verdade, mas buscam um ideal de vida fraternal com o qual simpatizo! Preciso protegê-los, e para isso eu preciso entendê-los, saber o que pregam, como pensam, estar próximo...

— É um erro! — reafirmou meu pai. — Você se coloca em perigo perante o bispo! Não enxerga isso?

Padre Ignácio ignorou o que lhe fora questionado, e perguntou com certo entusiasmo:

— Ramón, você sabia que os "perfeitos" são vegetarianos? Que não comem carne animal? Os crentes veem os animais como criações divinas em estágios evolutivos inferiores aos humanos, mas que merecem todo nosso respeito e proteção.

— Não desvirtue a conversa! Responda à minha pergunta, por favor!

O padre pareceu não ter ouvido meu pai, e persistiu:

— Você sabia que os "perfeitos" estão proibidos de guerrear, tomar parte em repressões judiciárias, e até de participar de qualquer modo de atos de justiça civil ou eclesiástica?

— Por favor, Ignácio! O que você está querendo me provar? — meu pai falava com a voz alterada.

Ambos se fitaram. Olho no olho. Tensão. Cada qual firme em sua posição, por fim, o padre falou:

— Ainda que eu reconheça que você possa estar certo, ainda que eu reconheça que existe um risco verdadeiro e que o inimigo esteja sempre à espreita, nos observando sem que a gente perceba; ainda assim devo seguir o que manda meu coração cristão! E não posso compactuar com essas ideias de extermínio aos seguidores da doutrina... Não posso! Tenho que protegê-los!

— Ignácio, meu irmão! Escute o que lhe falo, por favor! — o tom de voz e a maneira como meu pai falava não deixava dúvidas de que o assunto era sério! Uma questão de sobrevivência.

— A Igreja Romana espera que você os combata firmemente, tente convertê-los, trazendo-os de volta aos preceitos e sacramentos dela, e que, na impossibilidade disso, você os denuncie! É isso que o bispo espera de você e de todos os padres! Perceba como você fala! Já se refere ao bispo e a Igreja como o "inimigo"! Qualquer hora você vai se perder nesse jogo duplo!

Um silêncio perturbador e pesado se instalou no ambiente.

Novamente foi o padre Ignácio que retomou a conversa:

— Na verdade, meu caro, a Igreja espera isso de todo e qualquer católico romano! Principalmente dos nobres senhores, barões e viscondes por toda essa região; espera que estes proíbam em suas terras qualquer tipo de culto, reuniões ou evangelizações dos crentes! Que toda e qualquer manifestação da nova seita seja banida pelos nobres senhores! Ou seja, você também corre riscos ao ser complacente com o que acontece embaixo do seu nariz, por todos os cantos de suas propriedades!

Pela segunda vez em menos de um minuto, meu pai e o padre trocaram um olhar de rusga. Os ânimos estavam realmente alterados.

— E, depois, não faço "jogo duplo"! — completou o padre. — Eu sou um padre cristão, e levo a mensagem de Jesus Cristo a minha gente! Posso lhe garantir que meu coração e minha consciência estão tranquilos em relação a isso!

O ambiente estava muito tenso, eu e meu irmão a tudo acompanhávamos no mais absoluto silêncio. Por fim, meu pai baixou o tom e falou, com certo desânimo:

— O risco existe para todos! Ou você segue as ordens papais e persegue, expulsa, e entrega os crentes ou você passa a ser considerado "simpatizante" e, portanto, inimigo da Igreja!

Silêncio.

— O risco existe para todos: para alguns mais, para outros menos! Para você, que é padre, membro dessa Igreja, seu risco é enorme! Pode ser excomungado ou tachado de herege, e, nesse caso, você sabe melhor do que eu o que lhe aguarda! Não há meios de você justificar ou se defender, caso seja descoberto ou delatado! Eu posso dizer que não sabia do que acontecia, posso provar que dei ordens expressas a todos meus vassalos contra qualquer movimentação em favor da disseminação da doutrina herege — completou meu pai.

— Deu ordens expressas só na palavra, porque na prática você não só permite como participa de manifestações doutrinárias! — padre Ignácio estava realmente transtornado com os rumos daquela conversa e continuava a falar alto.

Eu olhei inquisitivamente para meu irmão Hector, que, como eu, a tudo escutava atentamente sem ousar dizer qualquer coisa. Aquela informação sobre meu pai acompanhar encontros doutrinários da nova crença me surpreendeu.

— Fale baixo! — recriminou meu pai. — Você quer que toda a cidade escute o que falamos?

O padre fez uma cara de surpresa diante do óbvio. Ele não havia percebido o quão alterado estava, o quão alto falava.

Por fim, demonstrando certo desânimo e desconforto com o assunto, disse:

— Ramón, sinto muito! Não vamos deixar que tudo isso nos atinja! Este assunto tem me tirado o sono. Estou realmente preocupado com os rumos de toda essa situação: a forma intransigente como o alto clero tem tratado o crescimento da doutrina, com a crueldade e ignorância das pessoas, uma intolerância absurda, a existência de delatores querendo tirar proveito da situação! Tenho convicção de que não se trata de heresia! Tenho constatado pessoalmente que não se trata de uma seita herege, ao contrário; os vejo como uma ramificação da Igreja que traz uma mensagem essencialmente cristã, existe um ideal de ajuda mútua, de igualdade, de caridade, de amor universal!

— Eu bem sei disso, Ignácio! Você melhor do que ninguém sabe... — a frase parecia incompleta. A voz do meu pai era baixa e refletia certo desânimo, inconformismo.

Novo silêncio.

— Esqueça! Esqueça nossa conversa, esqueça o que acabo de lhe dizer! Siga apenas o seu coração... Estou lhe dizendo para fazer o que abomino, que é agir contra os bons princípios, os valores morais e fraternais que um cristão deve ter como guia! Nós é que estamos certos, Ignácio!

Me pai voltava a falar com ênfase, com entusiasmo:

— Nós estamos certos! Os errados são eles, que perseguem, acuam, recriminam e tratam como criminosos aqueles que tentam agir de acordo com a mensagem de Jesus! Embora o Papa tente qualificar como uma seita herege, nós sabemos que não se trata disso! Os interesses do papa Inocêncio e da Igreja são outros...

Padre Ignácio foi até onde meu pai estava sentado e lhe estendeu a mão direita, em sinal de paz. Meu pai levantou-se, um aperto de mãos e depois um abraço fraternal entre pessoas que se respeitam e admiram. Os ânimos voltaram à normalidade, e o ambiente se distensionou.

Depois disso, o padre Ignácio se sentou à mesa e juntou-se a nós na farta refeição. Comemos, tomamos vinho e as conversas tomaram rumos mais leves.

Tenho a lembrança dessa conversa muito clara e nítida na minha cabeça; pois foi a primeira de muitas discussões e debates que eu haveria de presenciar e participar ao longo da minha vida sobre a questão dos crentes — os cátaros, como o Papa os nominava.

Naquela noite, custei a dormir. Não me saía da mente os diálogos travados entre meu pai e o padre Ignácio. Uma constatação eu havia feito: meu pai, o Barão Ramón De Fillandryes, era simpatizante da doutrina que se expandia por Languedoc. Uma doutrina classificada como heresia pelo Papa e toda a Igreja Romana!

E essa constatação me deixava angustiado, aflito, com medo do futuro!

Decidi que, na primeira oportunidade a sós com meu pai, lhe questionaria sobre a nova doutrina e todos os riscos que ela trazia para seus seguidores e simpatizantes. Eu precisava saber! Talvez tendo respostas para minhas dúvidas eu conseguisse controlar essa angústia que me afligia quando pensava no assunto e possíveis riscos para meu pai, minha família, padre Ignácio, nosso povo!

CAPÍTULO IV
O nascimento de Ayla

O tempo não para! As semanas que se seguiram àquele encontro na Igreja da Santa Madalena foram de muitas mudanças; e outras questões, ligadas diretamente ao meu dia a dia, tornaram-se imediatas e acabei não tendo oportunidade de conversar com meu pai a respeito de tudo o que eu tinha ouvido naquele dia. Vez por outra, a lembrança daquela conversa me trazia aflição.

De qualquer maneira, eu vinha descobrindo muitas coisas relacionadas ao povo à nossa volta e sua nova fé! As visitas constantes aos vassalos do Barão Ramón De Fillandryes vinham me proporcionando grandes descobertas!

Meu casamento com Mabel aconteceu sem grandes cerimônias, tudo muito rápido e íntimo entre as duas famílias.

Faltava pouco mais de um mês para a minha partida para a Província de Saint-Gilles, quando, ao chegar em nossa propriedade, retornando de mais uma dessas visitas, fui surpreendido com a notícia de que Mabel já havido dado à luz.

— Apresse-se, Senhor Hugues, todos estão aflitos pela sua presença! — era um dos nossos cavalariços ao receber meu cavalo em frente aos estábulos. Eu havia demorado mais do que o esperado na última visita do dia. A voz do cavalariço demonstrava urgência.

— Aconteceu alguma coisa, Pierre? Você parece nervoso...

Pierre tinha quase a mesma idade que eu, talvez fosse um ano mais velho. Seus pais trabalhavam em nossas propriedades há muitos anos. Eu o conhecia desde sempre: ele fazia parte da minha infância, era uma presença constante em nossa casa. Seu pai havia sido morto em uma luta armada qualquer, combatendo ao lado do meu pai. Sua mãe ficou viúva muito jovem e, como já era camareira pessoal da minha mãe, foi acolhida e amparada pela nossa família desde então!

— É melhor o senhor entrar logo e ver com seus olhos! Não me cabe lhe falar nada!

Ao entrar no salão principal, encontrei meu pai e meu irmão Hector. Ambos estavam com semblantes carregados. Quando meu pai me viu, pareceu aliviado. Veio em minha direção:

— Felizmente você chegou! Sua filha acaba de nascer!

Fui invadido por um turbilhão de emoções: era uma menina! A princípio, a alegria imensa de saber que minha filha havia nascido, mas que logo deu espaço para a angústia:

— Como assim? Pelo que Mabel me disse, a criança só viria daqui a duas luas cheias! Eu estava até chateado porque provavelmente nasceria muito perto da minha partida para Saint-Gilles!

— Parece que veio pouca coisa antes da hora! Eu não entendo muito disso, mas foi o que sua mãe relatou!

— Onde elas estão? Quero ver minha mulher e minha filha!

Neste momento eu percebi que Mabel já ocupava um enorme espaço no meu coração e na minha vida! Ela havia conquistado meu coração: eu estava completamente apaixonado pela minha jovem esposa!

— Se acalme, meu filho! Sente-se e espere! Nesse momento, entrar lá só vai causar maior preocupação à sua mãe e à Mabel...

— Não estou entendendo! Se minha filha já nasceu, a parte mais complicada já não passou? — uma aflição começava a tomar conta das minhas emoções.

— Hector! Por favor, sirva um cálice de rum para seu irmão! Não, por favor, sirva para todos nós! Eu também estou precisando beber algo forte para me acalmar!

Neste momento, meu pai me puxou pelo braço e fez com que eu me sentasse. Meu irmão me trouxe a bebida, mas ignorei! Eu não queria beber nada, só queria ver Mabel e minha filha!

— Hugues, se acalme! Por favor, meu filho! Eu não sei exatamente o que está acontecendo, mas sua mãe está lá dentro com a parteira. Já mandei buscar a mãe de Mabel e aquele médico judeu que vive no centro de Béziers. Todos estão lá no quarto, dando toda a assistência para a jovem mãe!

— Por que o médico? A parteira não é suficiente? O que está acontecendo com Mabel? Preciso saber!

— Só posso lhe dizer o que me foi relatado quando cheguei: Mabel teve uma tontura ainda pela manhã, depois queixou-se de dor de cabeça, perto do meio-dia desmaiou, e logo em seguida começou um sangramento. Um tempo depois entrou em trabalho de parto. Logo que começou o sangramento, sua mãe já pediu que o médico judeu fosse chamado...

A impotência da espera é cruel, dilacerante! Naquele dia eu descobri que odiava "a espera"!

Algum tempo depois, um senhor de meia-idade com barba comprida apareceu e pediu água fresca para beber. Era o tal médico. Tentei obter alguma posição sobre a condição de Mabel, mas ele simplesmente ignorou, retornando para o quarto após beber água. Passados alguns minutos, minha mãe entrou no recinto, trazendo nos braços um pacotinho de pano. Mabel havia trazido ao mundo uma menina, a pequena Ayla! O nome já estava definido previamente por Mabel, caso fosse menina! Havíamos feito um acordo: ela escolheria o nome se fosse menina, eu escolheria se fosse menino!

Minha mãe tinha uma expressão sombria. Cansaço? Provavelmente, mas havia uma certa tristeza no fundo dos seus olhos. Ela se aproximou e, se esforçando para disfarçar aquela tristeza, me entregou a criança, dizendo:

— Parabéns, meu filho! É uma linda menina, saudável, apesar do pouco peso...

Peguei, desajeitadamente, a menina nos braços, que se mantinha de olhos fechados, creio que dormindo. Olhei para aquele pingo de gente nos meus braços, e imediatamente fiquei encantado por ela. Tão pequenina, tão frágil, tão linda, e tão minha...

Minha filha, minha Ayla! Era inacreditável: eu era pai! Foi um momento mágico, me senti envolvido por uma alegria tão intensa e plena, ao ter próximo do meu peito aquele anjinho. Felicidade pura!

Alguns meses atrás eu estava convicto de que aquela gravidez indesejada era o meu inferno em vida; agora ali estava eu, completamente encantado com aquele serzinho que me era colocado nos braços. Eu estava envaidecido e orgulhoso do meu feito: aquela menininha tão perfeita e linda era minha filha! Foi quando levantei os olhos e percebi que meu pai abraçava minha mãe.

— Senhora minha mãe? — ela se virou, nossos olhos se encontraram e percebi um tanto de tristeza em sua alma. Ela desvencilhou dos braços do meu pai e se aproximou de mim.

Percebi que duas lágrimas escorriam pela sua face. Meu coração gelou. Um pensamento sombrio passou pela minha mente. Ela tomou Ayla dos meus braços e a repassou para meu pai.

— Por favor, minha mãe! Por que a senhora chora? — eu perguntava, mas temia a resposta.

— Sinto muito, meu filho, mas temo que Mabel não resista. Perdeu muito sangue! — ela pegou minhas mãos entre as suas, deu um rápido beijinho em cada uma.

— Como assim? O que deu errado? — puxei minhas mãos, me desvencilhando das dela. Eu não queria afagos. Não queria consolo. Queria saber o que estava acontecendo com minha Mabel.

Minha mãe voltou a se aproximar de mim, passou seus braços em torno dos meus ombros e me puxou para próximo do seu peito.

— Calma, Hugues! O médico já virá conversar! Mabel está inconsciente, de nada adianta você entrar lá agora! Só vai atrapalhar! Estão tirando as roupas ensanguentadas e lavando-a! Está muito quente, ela suou e sangrou muito!

— Eu quero vê-la! Saber o que aconteceu! Saí hoje pela manhã e deixei minha esposa com saúde, linda e feliz! Retorno e a encontro desfalecida! Alguém me explica o que ocasionou este parto antes da hora? E por que ela perdeu tanto sangue?

Eu já havia me desvencilhado dos braços da minha mãe e caminhava angustiado de um lado para outro. Foi quando ouvimos o choro de Ayla.

A atenção de minha mãe foi desviada para nossa pequena menina que acabara de chegar ao mundo. Ainda ouvi minha mãe pedindo a meu pai que encontrasse uma ama de leite para a menina.

Não sei quanto tempo passou, até que o médico judeu retornasse ao recinto em que estávamos. Ele já havia se lavado, mas havia manchas de sangue em sua roupa.

— Senhor Hugues? — perguntou ele ao se aproximar de mim.

Fiz um movimento afirmativo com a cabeça.

— O senhor já pode entrar e ver sua esposa, se assim o quiser! Mas lhe adianto que ela está inconsciente!

— E o que a gente faz agora? — perguntei alterado.

Meu pai e minha mãe haviam se aproximado. Minha mãe embalando a pequena Ayla, que ainda chorava.

— A primeira coisa a fazer é encontrar uma ama de leite para a criança! Ela precisa ser alimentada! Temo que Mabel não tenha condições de amamentar a menina... Mesmo que ela consiga superar as próximas horas, que serão cruciais para sua sobrevivência, ela estará extremamente fraca devido à grande perda de sangue! Não é recomendável que ela amamente.

— Quais são as chances de Mabel resistir? — eu perguntava angustiado.

— Ela é jovem, bem alimentada! As chances são razoáveis... Tudo o que ela precisa agora é descansar! Tenho a impressão de que seu organismo já estabilizou!

— O que significa isso? Eu não entendo esse linguajar... — eu não escondia minha irritação, minha ansiedade, meu inconformismo com tudo o que estava acontecendo. As últimas semanas tinham sido tão tranquilas e harmoniosas. Eu e Mabel, finalmente, estávamos nos entendendo. E, de repente, tudo pode se perder; assim, do nada! Eu não queria acreditar no que estava vivendo!

Demonstrando muita paciência e tolerância, o médico explicou:

— Aparentemente, Mabel teve uma alteração nas suas condições orgânicas, o que lhe causou o desmaio, dor de cabeça e o início do trabalho de parto! Acontece... Já vi vários casos, mas nos que acompanhei a mãe já tinha idade mais avançada ou eram mulheres gordas. Mabel não se encaixa no padrão que tenho registrado, mas de qualquer forma percebi que ela estava com muito inchaço pelo corpo todo, o que é um sinal de que algo estava em desequilíbrio. Ela perdeu muito sangue, e agora esse é um fator que me preocupa! Vamos aguardar... Ela deve descansar, ficar confortável, com temperatura amena. Quando ela voltar a si, deem a ela muito líquido, caldos de verduras, legumes e carne.

— Existe a possibilidade de que ela não se recupere? Não volte a acordar?

O médico olhou para meus pais. Percebi que meu pai fez um sinal de consentimento com a cabeça.

— Não vou lhe mentir, rapaz! Ela ficou muito fraca, muito sangue perdido, além de tudo o que já lhe relatei, não foi um parto fácil!

Uma pausa para a busca das palavras certas.

— Sim, existe a possibilidade de que ela não acorde... Sinto muito!

Ele ficou me fitando, aguardando minha reação.

Eu fiquei alguns segundos imóvel, tentando compreender qual era a razão de tudo aquilo. Não fazia sentido!

— E quanto à menina? Tudo bem com ela? Não veio antes da hora?

— Aparentemente sua esposa se perdeu nas datas. Creio que a criança nasceu dentro do prazo certo!

Era um alívio saber que minha filha estava com saúde, mas o medo de perder Mabel se apoderou de mim. Não consegui conter as lágrimas...

— Você é cristão! Se apegue em sua fé e reze! Milagres acontecem... — a voz do médico não demonstrava muita confiança.

Minha mãe voltou a se aproximar de mim, colocou nos meus braços a pequena Ayla e disse:

— Mabel é jovem e forte! Ela vai resistir... Tenha fé, meu filho, ore, peça à Virgem Santíssima pela vida da mãe de sua filha! Uma prece com o coração tem um grande poder! Sei disso!

Olhei para minha mãe e, ignorando a angústia que me sufocava, disse:

— Ela é mais que a mãe da minha filha, minha senhora! Eu aprendi a amar Mabel, quero construir uma vida, uma família com ela!

— E assim vai ser, meu filho! Há de ser... — eu queria poder acreditar naquilo que minha mãe me dizia. Eu queria tanto poder crer!

Minha mãe passou os dois braços em torno do meu torso, encostou seu rosto no pequeno corpinho que eu tinha no colo e chorou junto comigo!

Quando me recuperei do choque que as notícias do médico tinham causado, fui visitar minha Mabel. Sua mãe estava sentada numa cadeira de madeira num canto do aposento. Não chorava. Tinha o olhar fixo no corpo da filha sobre o grande catre. Nada falou quando eu cheguei, me aproximei e beijei a testa de Mabel. Depois de um tempo, ela saiu do aposento sem que eu percebesse, quase como um fantasma.

Fiquei ali, ao lado de Mabel, pensando em todas as mudanças inesperadas que vinham acontecendo na minha vida. Pensava, rezava, chorava...

Logo após o nosso casamento, o início da nossa vida em comum foi bem difícil. Mabel só chorava e reclamava de saudades da sua mãe, sentia falta da sua casa, sua família. Custou a se adaptar e se integrar à minha família — que tinha comportamento e costumes muito diferentes do que ela estava habituada. Eram mundos diversos e opostos: minha família muito rica, a dela vivia do trabalho e produção da terra que arrendavam dos meus!

De minha parte, tudo era novidade, não sabia nem como agir como marido. Dormíamos em aposentos separados, mas, segundo meu pai, eu deveria visitá-la, eventualmente. Nas primeiras vezes em que fiz isso, ela me rejeitou e mal trocamos algumas palavras e dei a volta, retornando para meu quarto, aborrecido. Felizmente, eu tinha o meu pai, com quem eu me sentia confortável para conversar a respeito. E foi ele que me aconselhou a ter paciência e não desistir. Ah, o meu pai: foi meu amigo e conselheiro. Ele me disse que mulheres são como flores, precisam ser cuidadas, regadas, acarinhadas para que floresçam, e tornem mais perfumado e colorido o nosso mundo masculino! Disse-me para sempre ser gentil, fazer pequenos agrados, como lhe trazer flores do campo, favos de mel ou lhe levar um chá de erva-doce tão logo ela se recolhesse aos aposentos, ao anoitecer. Meu pai era um galanteador, um verdadeiro cavalheiro, acho que ele entendia a alma das mulheres. Não era à toa que ele tinha o amor de minha mãe!

E assim, seguindo os conselhos do meu pai, aos poucos fui vencendo todas as barreiras, e numa tarde em que a convidei para passear nos jardins da propriedade, demos muitas risadas, caminhamos de mãos dadas, e nos beijamos. A partir daquela tarde, agradável e divertida, Mabel voltou a ser a jovem com quem eu tinha encontros furtivos no meio das oliveiras, num passado bem recente, e começamos a ter dias felizes. Eu a visitava todas as noites, não para contato carnal — eu tinha medo de machucar nosso bebê —, mas para ficarmos juntos, deitados no catre conversando, contando histórias, rindo... Para mim era o suficiente, e eu estava feliz! Já estava inclusive planejando uma conversa com meu pai para informá-lo de que eu havia desistido de ingressar na Ordem do Templo! Agora não fazia mais sentido eu deixar Mabel e minha filha para trás! Que meu pai enviasse Roque, meu irmão mais novo!

Mas então aconteceu aquele parto difícil, todo o sofrimento de Mabel e, novamente, o inesperado.

CAPÍTULO V
Livre escolha

Os primeiros dias logo após o nascimento de Ayla foram de pura angústia, dúvidas, desconsolo e muita espera. Para nosso alívio, Mabel superou as primeiras 48 horas logo após o parto, que segundo o médico seriam as mais críticas; mas nos dias que se seguiram o drama se alterou e, de certa forma, se intensificou. Ela ficava a maior parte do tempo dormindo, não se alimentava adequadamente, começou a ter crises de vômito quando comia um pouquinho mais, sempre sonolenta e dispersa. Minha mãe cuidava dela pessoalmente, e nossa preocupação aumentava dia após dia. Às vezes, no final da tarde os pais dela apareciam em busca de notícias, mas eram sempre visitas rápidas. Com o passar dos dias, essas visitas foram ficando mais esparsas, até desaparecerem. O médico judeu foi uma visita frequente no mês que se seguiu. Mabel foi ficando cada vez mais fraca, mais ausente, às vezes parecia ter delírios.

Eu aguardava, dia após dia, por um sinal de melhora, uma notícia, uma reação que me trouxesse uma pouco de esperança, mas isso não acontecia. Os seios dela inflamaram, segundo minha mãe, devido à produção não utilizada do leite. Ela teve febre, dores, muitos delírios e queixas.

Nas poucas vezes em que a encontrei desperta, ela se recusou a conversar comigo, pedindo que a deixasse sozinha. Eu não sabia mais o que pensar, nem o que esperar. Seguia os conselhos de minha mãe e rezava, rezava muito; mas Deus parecia estar surdo aos meus apelos. Até que chegou um momento, de pura desesperança. Foi quando desisti de pedir qualquer coisa, e desisti de rezar! Hoje eu sei que isso foi um erro!

É nos momentos de dor e angústia que mais precisamos estar conectados com a luz, com o Divino; às vezes, a resposta de Deus pode demorar um pouco, mas sempre virá! Essas são as provações pelas quais precisamos passar, são testes para nossa fé e perseverança. São oportunidades de crescimento, de reflexão, de fortalecimento da nossa força interior! Caso contrário, ficamos à mercê de energias pesadas e sombrias, sem forças nem ajuda superior para manter o equilíbrio e a harmonia interior! As coisas acontecem no tempo certo, de acordo com nossa necessidade de aprimoramento, de aprendizagem; e não de acordo com a nossa vontade.

Naquela época eu não tinha esse entendimento, mas na vida nada é em vão ou por acaso, tudo é aprendizado!

Tentava me distrair no trabalho junto com meu irmão Hector; nós dois havíamos assumido a administração dos feudos. Meu pai estava feliz e satisfeito por estarmos conseguindo gerenciar tudo com bastante eficácia, e até minha partida para Saint-Gilles já havia sido postergada.

A pequena Ayla estava sendo amamentada pela filha de um vassalo do meu pai; e, para que ela estivesse sempre perto e à disposição das necessidades de minha filha, toda sua família havia sido convidada a trabalhar e morar na grande propriedade rural, onde toda minha família morava. Eles eram pastores. Isso não foi empecilho. Meu pai decidiu que talvez pudéssemos criar algumas ovelhas ali, junto ao castelo, onde tínhamos uma enorme área pouco produtiva. E foi assim que aquela família veio morar junto a nós. Eles eram crentes, haviam abandonado definitivamente a Igreja Católica Romana. E minha família acabou por tornar-se seguidora, em definitivo e de forma clandestina, da nova doutrina.

Mabel também nunca quis ver nossa filha! Toda vez que a menina era levada até ela, se recusava a vê-la; algumas vezes fingia estar dormindo, outras se dizia com dores, tonturas. Até que um dia, persuadido pela minha mãe, levei pessoalmente nossa pequena Ayla até seus aposentos.

Ela estava sobre o catre, encostada numa espécie de rolo feito de penas e couro de animais, o olhar perdido no infinito, e, pela primeira vez, prestei atenção em sua aparência. Fiquei chocado! Sua pele muito pálida e ressecada, olheiras profundas, extremamente magra, o que deixava sua boca muito grande, em desarmonia com os demais traços do rosto, outrora tão lindo, cabelos presos numa longa trança. Não se parecia em nada com a Mabel que eu conhecia e pela qual havia me apaixonado. Aparentava ser muito mais velha do que seus dezesseis anos recém-completos. Rosto sofrido, mas o que mais me chocou foi o olhar: sem brilho, apático, sem vida, perdido e entorpecido.

Fiquei alguns segundos parado ali na porta do aposento, apenas observando. Ela estava desperta, mas parecia estar com pensamentos vagando longe, nem percebia nossa presença ali...

Ayla se agitou nos meus braços e me forçou a uma ação. Me aproximei do catre, mas não houve qualquer reação por parte de Mabel, que permanecia com aquele olhar vago, distante.

— Mabel! — falei docemente, tentando encontrar a menina dos encontros furtivos nas oliveiras. Tudo em vão; aquela menina inocente, mas também audaciosa, havia se perdido.

— Veja, Mabel, quem veio lhe visitar... Ayla!

Nenhuma reação.

— Mabel... — insisti.

Ela então se mexeu, languidamente, incomodada. Me fitou no fundo dos olhos, e disse:

— Não quero vê-la, não quero conhecê-la! Tire-a daqui! — a voz era baixa e fria como gelo. Uma voz cortante, que machucava fundo. Se ela tivesse gritado e tido um ataque histérico, eu não me sentiria tão ferido e chocado.

— Ela é nossa filha, Mabel! Veja como é linda e como já cresceu!

— Eu não quero essa filha! Não quero filho algum, nunca mais! — ela já falava sem me olhar, voltou a fitar o vazio.

— Mabel, por favor! Me diga o que está acontecendo, por favor! Eu preciso entender... — era um suplício.

— Não há o que entender! — foi a resposta curta e fria.

— Como não, Mabel? E nossos planos? E nossa filha? — eu já não falava calmamente. Toda aquela situação estava me deixando desesperado e eu já perdia o controle sobre minhas emoções.

— Vá embora, por favor! Vá embora e não volte nunca mais! — ela permanecia olhando o vazio, e falando baixo.

— Se eu sair por aquela porta, sem que você ao menos olhe para nossa filha, eu te garanto... Você nunca mais irá vê-la! Nem Ayla, nem a mim!

Foi então que ela se resignou a me encarar, e disse, com uma calma e frieza que beirava a insanidade. Seu olhar denunciava seu estado mental desajustado.

— Finalmente você entendeu: é exatamente isso que estou querendo! Que você vá e não volte nunca mais! Esqueça que existo! Eu já não consigo nem mais lembrar quem é você, ou essa criança, que você teima em dizer que é minha! Saiam!

Fiquei alguns segundos paralisado, chocado diante do que acabara de ouvir. "Ela estava muito doente da cabeça! Só podia..."

— Mabel... — eu tentava falar com calma, já convicto de que ela estava mentalmente doente, e que eu precisava ser gentil, muito paciente e equilibrado. Mas ela não me deixou falar, e prosseguiu na sua avalanche de frases sem sentido.

— Eu nunca mais vou deixar que homem algum me toque! Eu não quero filhos, nem marido, nem família, nada! Não quero casamento, não quero filhos! Eu quero viver para Deus, e para a Virgem, que, apesar de todo meu sofrimento físico, me mantiveram viva! — sua voz se mantinha firme, baixa, gélida, cortante.

— É isso que eu quero! Ave Maria, cheia de *glória*... — então sua voz começou a gaguejar, percebendo seu erro e, finalmente, mostrando um pouco de emoção. Parou abruptamente com a oração, como se tivesse esquecido. — Por favor! Eu quero ir para um convento! Eu preciso ir para um convento. Dedicar minha vida a Deus e à Virgem! Eu fiz essa promessa! Eu preciso ir... Por favor! — no final, lágrimas escorriam por sua face. Fui invadido por pura piedade! Eu não sabia o que havia acontecido, mas minha Mabel não estava mais presente! Quem eu via e sentia na minha frente era uma jovem mulher perdida em seus devaneios, que sofria física e mentalmente!

Alguma coisa se quebrara dentro da cabeça da minha Mabel durante as dores do parto, e ela se fora... Eu ainda fiquei algum tempo ali, próximo do catre, imóvel com meus pesares e divagações, sofrendo por mim, que acabava de perder minha jovem mulher, lamentando pela pequena Ayla, que fora rejeitada pela mãe, sofrendo por Mabel, que se perdera em suas alucinações! Minha família nem bem começara e já terminara! Por que, meu Deus? Eu não sabia, nem ninguém era capaz de dizer algo aceitável, que fizesse sentido.

Saí do quarto engolindo minhas lágrimas, decidido a lutar contra a autopiedade, não mais chorar ou sofrer por alguém que me rejeitava! Doente ou não, ela me rejeitava, e eu não suportava essa rejeição, essa humilhação! Sofria por Ayla, sofria por Mabel, sofria por mim!

Minha mãe me aguardava no salão principal, e, quando lá cheguei, ela veio correndo me abraçar, consciente de que minha visita a Mabel tinha sido um desastre! Imediatamente chamou a babá e ama de leite de Ayla, para quem entregou a menina. Depois, me conduziu até o jardim pela mão e, como se eu fosse ainda uma criança, quis me consolar, antes mesmo de me perguntar qualquer coisa.

Afeto maternal, algo que minha filha não teria!

Ficamos em silêncio por algum tempo, na quietude daquele espaço. Por fim, um pouco mais tranquilo, contei tudo à minha mãe e perguntei:

— Me fale, senhora minha mãe... Me diga se é possível entender o que aconteceu com Mabel. Como pode ela rejeitar a própria filha! Nem ao menos um olhar...

— Eu não sei, meu filho! Já fiz essa pergunta ao médico judeu, que só tem como resposta suposições vagas. Não consegue me dar uma resposta plausível, definitiva! Eu acho que Mabel não estava pronta para ser mãe ainda tão jovem! — continuou ela. — E passou por um trauma muito grande, foi um parto muito difícil, hemorragias, tonturas, muito sofrimento. Talvez seu corpo não estivesse pronto e maduro para um parto! Lembro que eu dizia a ela para ter fé, e pedir auxílio à Virgem Maria. Ela perdeu os sentidos umas três vezes! Eu não acreditava que ela fosse sobreviver. Sobreviveu, mas, infelizmente, acho que todo o sofrimento, toda a carga emocional, as dores e o medo afetaram sua sanidade, perdeu a razão, ficou doente da cabeça!

— E agora? O que a gente faz? Ela quer ir para um convento!

— Sei disso, ela me falou isso ontem à tarde! Mas eu queria que você ouvisse dela mesmo, por isso não lhe falei nada!

— E minha filha? Como posso ir para a Ordem do Templo e deixar a pequena Ayla abandonada? Sem mãe e com um pai ausente?

Naquele dia eu me senti perdido e vazio. Tantas coisas tinham acontecido em tão pouco tempo, e quando achei que tinha encontrado um rumo para minha vida, quando achei que estava feliz, construindo uma família, vem o destino e me tira tudo!

— Por que tudo isso foi acontecer conosco? Por quê? — uma amargura enorme começou a se entranhar pelas minhas vísceras, sugando toda minha energia, imobilizando minhas forças e minha fé. Eu me sentia fraco, sem ânimo para nada!

— Quanto à Ayla, você não tem com que se preocupar: eu e seu pai a criaremos como se nossa filha fosse! Filha do meu filho, sangue do meu sangue, minha filha é!

— Mas sou eu o pai dela! — eu não me conformava com toda as circunstâncias que a vida me apresentava. — Queria criá-la, educá-la! Mas como fazer isso sozinho?

— Você não estará sozinho! Já lhe disse, quanto à Ayla você não precisa se preocupar!

— Eu quero cuidar da minha filha!

— Hugues, nesse momento o melhor a fazer é encontrar um convento que aceite Mabel nas condições em que ela se encontra! Se é isso que ela quer, façamos seu desejo!

— Não aceito isso! Ela é minha esposa! Tem deveres para comigo, para com sua filha!

Naquele momento eu já não raciocinava direito. Todas as tristes e chocantes emoções daquela tarde caíam sobre minha cabeça como uma grande pedra! Eu me sentia esmagado pela vida, pelo destino, por Mabel, por seu sofrimento, sua insanidade! Onde estava meu anjo protetor? Onde estava Deus? Raiva e amargura eram os sentimentos que me dominavam e torturavam.

Acho que minha mãe percebeu o estado emocional alterado em que me encontrava, e desistiu de me convencer de qualquer coisa. Convidou-me para entrar, dizendo que chamaria meu pai e o padre Ignácio para conversarmos todos juntos, naquela noite, sobre o que deveríamos fazer.

E foi o que aconteceu...

Naquela noite, para minha surpresa, minha mãe havia chamado para um jantar e, posteriormente, uma reunião, além do meu pai e Hector, o padre Ignácio e o Dr. Josias — o médico judeu que vinha dando assistência a Mabel.

Todos estavam acomodados na sala de conferências, enquanto a criadagem servia um licor, quando meu pai tomou a palavra:

— Primeiro, quero agradecer a presença de todos em nome da minha família. Padre Ignácio, Dr. Josias, nossa gratidão! Estamos vivendo momentos de aflição e dúvidas, e acho importante discutirmos a situação médica de Mabel com Dr. Josias, e a parte religiosa da situação com o padre Ignácio. Quero dizer a você, meu filho Hugues, que sua mãe solicitou a presença dos pais de Mabel, que declinaram do convite, dizendo que você é o marido de Mabel, e, portanto, o único responsável por ela e pela criança, e que eles não gostariam de intervir em nada.

Fiquei perplexo diante dessa informação, e afirmei:

— Lavaram as mãos! Não estão muito preocupados com a vida da filha ou da neta! — Silêncio total. Ninguém ousou fazer nenhum comentário diante do fato.

— Muito bem! Como a decisão cabe a você, meu filho, o que queremos aqui com essa reunião é apenas auxiliá-lo.

Apenas fiz um movimento de entendimento e afirmação com a cabeça, e meu pai prosseguiu:

— Dr. Josias! Reitero nossa gratidão ao seu serviço e assistência contínua à Mabel, porém, nos parece que seu estado de saúde mental é grave! Gostaríamos que o senhor nos esclarecesse o que acontece com ela, se podemos ter esperança de melhoras ao longo do tempo. Enfim, que o senhor nos dissesse o que podemos esperar em relação a isso.

Fiquei em estado de alerta.

— Barão De Fillandryes, prezado senhor Hugues! Infelizmente, não temos muitas respostas para estas questões de saúde mental nos estudos médicos até agora. O que posso lhes dizer é que há registros de mulheres que sofrem profunda mudança comportamental após partos traumáticos. Às vezes, mesmo após partos em condições dentro da normalidade, há mulheres que sofrem danos emocionais, de comportamento. Algumas entram em profunda tristeza. É como se entrassem num estado de choque! Foi o que aconteceu com a jovem senhora!

Olhei para minha mãe. Ela parecia esperar maiores esclarecimentos.

Dr. Josias levantou-se e, para espanto de todos, disse:

— Acho que não tenho muito a colaborar nesta reunião. Se os senhores me derem licença, vou me retirar. Hoje tive um dia muito atribulado!

Ele já estava fazendo menção de sair, quando meu pai interveio:

— Espere! Preciso que o senhor nos diga, sinceramente. Com sua experiência, podemos esperar que Mabel reavalie suas atitudes, queira conhecer a filha, retomar seu casamento, e desista de ir para um convento?

Dr. Josias parou, fez um movimento com a língua, como que umedecendo os lábios, olhou para mim, depois retornou o olhar para o meu pai e falou:

— Sinceramente, acho que não. Creio que a menina Mabel era muito jovem física e emocionalmente para ser mãe. Não estava preparada, nem sabia exatamente como seria o parto, e seu corpo não estava maduro o suficiente para isso. Todo o drama do parto difícil que teve a colocou num estado de choque crônico, me parece que ela põe a culpa do seu sofrimento físico no senhor Hugues e na criança que nasceu! Ela não só rejeita, como odeia a filha... Sinto muito dizer isso a vocês! É muito triste uma mãe rejeitar a filha, mas foram palavras dela... Ela odeia a filha, odeia o senhor Hugues, odeia todos os homens! Está com a mente perdida, e na cabeça doente dela seu sofrimento no parto foi um castigo pelo pecado carnal que cometeu, e que ela não quer cometer nunca mais! Por isso quer dedicar sua vida à religião! Talvez ela tenha tido uma criação muito rígida, cheia de tabus e nenhum esclarecimento, e na cabeça dela tudo foi um grande pecado, e as dores do parto foram o castigo! Lamento, mas acho que ela não recupera o juízo nunca mais!

Aquelas palavras me queimaram no fundo da alma. Fiquei estático, olhando firme para o médico, como que esperando algo mais. Mas não teve nenhum comentário adicional, nada que aliviasse toda a carga pesada das palavras que foram jogadas sobre mim.

Acho que perdi por alguns segundos a conexão com o momento, com a situação que vivia.

Permaneci imóvel, ali, olhando o vazio... Eu estava vazio. Não conseguia pensar nem sentir nada!

Foi quando percebi a presença próxima de minha mãe, ela me puxava pelo braço, tentando fazer com que eu me sentasse. Eu nem havia percebido que ficara em pé.

Meu pai me trouxe um pouco de água fresca. Tomei em silêncio, vagarosamente. Quando olhei em volta, reparei que o médico já não estava mais ali. Procurei o padre Ignácio com os olhos. Ele continuava sentado, tomava água vagarosamente, pensativo.

— Padre Ignácio, por favor, eu preciso que o senhor encontre uma abadia, um convento, um mosteiro que aceite a Mabel. Por favor, é urgente! Daqui a alguns dias irei ingressar na Ordem do Templo e preciso deixar tudo isso resolvido definitivamente! — minha decisão estava tomada.

Percebi a troca de olhares entre meus pais.

— Você já tomou sua decisão, meu irmão? É isso mesmo o que quer? — era a voz de Hector, mas parecia vir de muito longe.

Olhando para o nada, respondi sem qualquer emoção:

— Sim! Não há o que decidir! O destino decidiu por mim...

Silêncio.

— Não tenho escolha! — completei.

— E quanto à Ayla? — insistiu meu irmão.

Ayla, minha filha querida. Eu tinha que optar pelo melhor para ela, não o que mais me convinha. E foi pensando assim que respondi:

— Ayla será criada pelos nossos pais, como se filha deles fosse! Vou acolher a sugestão de nossa mãe!

Olhei para minha mãe, que tudo escutava em silêncio. Ela ainda estava junto a mim, seu semblante mostrava toda a preocupação que lhe afligia. Mas foi meu pai que respondeu:

— Assim será... É o melhor para todos, diante das circunstâncias!

Olhei para o padre Ignácio e completei:

— Senhor padre, é possível que o batizado de Ayla seja feito imediatamente?

— Claro que sim, senhor Hugues! Ayla pode ser batizada já no próximo domingo.

— Perfeito, quero vê-la batizada antes de partir para Saint--Gilles! Hector, meu irmão! Você aceita ser o padrinho de batismo da pequena Ayla?

Meu irmão, passada a surpresa do convite, deu um largo sorriso e respondeu:

— Será com imenso prazer e honra!
— A madrinha será nossa irmã Amelie! — completei.
Voltei a olhar para o padre Ignácio e disse:
— Por favor, padre, nos registros,[15] os pais de Ayla serão minha mãe e meu pai. Não quero que o meu nome nem o de Mabel apareçam. Isso é possível?

O padre olhou para meu pai. Percebi um movimento afirmativo com a cabeça, muito sutil. Só depois dessa confirmação silenciosa do meu pai, padre Ignácio respondeu:
— Fique tranquilo, Hugues! Posso acertar isso, com certeza!

Um último olhar para minha mãe, outro para o meu pai. Levantei e ainda falei antes de me retirar do recinto:
— Outro pedido, padre Ignácio! Dê toda urgência possível para encontrar um convento que aceite Mabel. Quero deixá-la num lugar adequado, de acordo com o que ela quer. Ela decidiu, ela escolheu, seja feita sua vontade! E eu gostaria de conhecer o lugar, se isso for possível...
— Conhecer o interior, já lhe afirmo que será impossível! Nenhum convento permite a entrada de figuras masculinas; com exceção de padres e bispos, e, muito raramente, médicos!
— Então, deposito toda minha confiança para que o senhor encontre um local adequado para a mãe da minha filha!
— Acho que já sei onde ela poderá ser acolhida, e dedicar-se à carreira religiosa como quer; há uma casa que acolhe viúvas e jovens virgens, é mantida por famílias nobres da região de Fanjeaux.
— Me parece adequado! Por favor, faça o que for preciso para que ela seja aceita! — dito isso, me levantei e pedi licença para me retirar do recinto.

Já estava quase chegando na porta quando ouvi meu pai perguntar:
— É isso realmente que você quer, Hugues?
Me virei e, olhando diretamente para meu pai, respondi:

---

15 Naquela época, era a própria Igreja que cuidava dos registros civis, através do batismo.

— Não é o que quero, não é o que planejei, mas Mabel não me deixa alternativas! Foi Mabel quem fez as escolhas, tristes escolhas, mas livres escolhas! É o que Mabel quer!

E assim foi...

PARTE II

Vivendo o presente

◊◊◊◊

"Quanto mais nos elevamos, menores parecemos aos olhos daqueles que não sabem voar."

FRIEDRICH NIETZSCHE

CAPÍTULO VI
O mal que assola

Cidade de Béziers, 30 de julho de 1209. Chove muito!
Minhas lembranças fazem parte de um passado de paz e harmonia que nos foi roubado!
É preciso ter coragem, resiliência, sangue-frio para enfrentar o que o presente nos traz: o sofrimento de uma cidade aniquilada pela ignorância, ganância e crueldade do homem!
Por todos os lados, rastros da destruição, dos saques, da crueldade, do sofrimento e da morte.
As boas recordações neutralizam, mesmo que momentaneamente, os sentimentos amargos que crescem em mim, diante de toda esta tragédia promovida por homens que se julgam cristãos.
Será que eles realmente acreditam serem melhores cristãos do que todos esses que eles trucidaram? Que sentimento cristão é esse, o qual mata e destrói, amparado na intolerância e no preconceito? Foi isso que Jesus, o Cristo, nos ensinou? Foi essa a mensagem que ele deixou?
Junto com o desconsolo e a indignação, surge a dúvida, a ansiedade e o medo! Medo do que eu ainda possa ter que enfrentar: o medo da perda daqueles que amo!
Como está minha família? As pessoas mais próximas aos meus? Conseguiram fugir? Sobreviveram? Feridos? Será que nossas propriedades foram invadidas e tomadas pelos "cruzados" desta empreitada?
Ao mesmo tempo que esta aflição em relação à minha família aumenta, mais vergonha sinto pelo tamanho do meu egoísmo. Diante de tudo que tenho visto desde que cruzei a entrada da cidade, ainda

peço, no silêncio da voz do meu coração, misericórdia a Jesus Cristo Ressuscitado: "que minha família possa ter sobrevivido a toda essa devastação e morte!"

Troteamos lentamente, ainda mais alguns metros, antes de chegar ao nosso destino: a Igreja de Santa Maria Madalena. Olho desolado para Sir Renée, meu parceiro de missão. Ele faz um movimento de negação e resignação com a cabeça. Não trocamos nenhuma palavra. O que temos diante de nós, no lugar do que foi um dia a igreja, são apenas ruínas, apenas parte dos pilares e as paredes dos fundos que permanecem em pé. Não existe mais telhado, portas, vitrais ou qualquer coisa que lembre uma igreja! Tudo destruído, roubado ou queimado. No ar, um cheiro estranho de queimado. Cheiro de carne queimada! Num canto da antiga Igreja, um monte de corpos carbonizados. Um monte de cinzas!

Fazemos a volta nos entulhos, querendo sair apressadamente daquela visão macabra, e vamos até os fundos, onde percebo que a antiga casa paroquial permanece em pé. Desço do meu cavalo e fico procurando à volta um lugar adequado para amarrar nossos cavalos. Então eu percebo um movimento sobre os escombros da igreja. Um alçapão, muito bem disfarçado e escondido, é aberto, e surge o padre Ignácio.

Não foi surpresa para mim a existência deste local secreto, no subsolo da casa paroquial. Algum tempo atrás o próprio padre Ignácio havia mostrado o local para meu pai — que colaborou com mão de obra e dinheiro para ampliá-lo —, que foi preparado para ser um esconderijo e rota de fuga, em caso de necessidade. Infelizmente, o dia desta necessidade chegou!

— Louvado seja o Senhor, que ouviu minhas preces! — padre Ignácio, apenas com metade do corpo à vista, olhou para o céu e agradecia a nossa presença por ali, o que representava o socorro.

Prontamente, fui ajudá-lo a sair do esconderijo, mas este não o fez, e falando baixo, com certa rouquidão na voz, nos convidou a entrar, sem esquecer de recolocar entulhos por cima, para não haver chance do alçapão ser localizado por outros. Fazia mais de quatro anos que eu não via o padre, e sua aparência envelhecida demonstrava os difíceis tempos que todos passavam naquela região.

Precisei controlar a ansiedade e o nervosismo que ameaçavam me dominar: eu estava aflito por notícias de Ayla, da minha família, dos nossos amigos. Teriam conseguido fugir, se esconder dos cruzados bárbaros, que massacraram Béziers?

Meu pai era um homem influente e bem informado, tinha seus informantes espalhados por toda a região, no centro da monarquia francesa em Paris, junto ao alto clero, na Catalunha, além de ser próximo do Visconde de Carcassone e Béziers, Raimundo Trencavel. Minha esperança era de que ele, antevendo alguma ação violenta, tenha retirado o máximo de pessoas do alcance da crueldade sanguinária daqueles que invadiram a cidade.

Logo abaixo do alçapão, uma pequena escada terminava numa ampla sala, onde ainda era possível ver restos de comida, roupas sujas, vestígios de sangue e pessoas, o ar era sufocante, pesado: um misto de cheiro de queimado, mofo e terra úmida.

Ali deixamos nossas espadas e escudos seguindo orientações do padre: seria impossível nos locomover através dos túneis adjacentes carregando nossas armas. Padre Ignácio nos guiou através de um corredor subterrâneo, muito mais longo e engenhoso do que eu poderia imaginar; era preciso caminhar agachado ou de quatro, gatinhando, pois o teto, além de ser bem baixo, não era linear. Eu sabia que meu pai, de alguma forma, havia participado da construção desse túnel; e me perguntava se isso poderia significar que minha família tivesse sobrevivido. Será que estavam ali?

Por fim, chegamos num enorme salão, onde nos deparamos com uma cena dantesca.

Havia várias pessoas espalhadas pelo salão, algumas deitadas, outras encostadas nas paredes; todas imundas, fedendo, com o pavor estampado no rosto, creio que com fome e sede. Muitos feridos, alguns inconscientes.

Olhei para o padre Ignácio, que percebeu meu estado de choque e, imediatamente, respondeu às minhas perguntas silenciosas, que numa troca de olhar ele foi capaz de captar.

— Estamos imobilizados aqui há uma semana! Já não resta quase nada de comida ou água. Muitos feridos, alguns já faleceram e tivemos que retirá-los daqui à noite. Na última contagem éramos 101, acho que agora somos 93!

— Senhor Deus, precisamos tirá-los daqui! — olhei para meu irmão de Ordem, buscando solidariedade e apoio à minha ideia.

— Primeiro é preciso ter certeza de que aí fora é seguro! Não vimos ninguém, mas nunca se sabe!

— O mais urgente é água potável e alguma comida! Depois, podemos estabelecer um plano/rota de fuga! Definir pontos de descanso, abrigo e um destino seguro! Esses mercenários vieram com ordens para todos matar, não distinguiram católicos dos crentes: mataram todos ao seu alcance! — disse o padre Ignácio, e sua voz continuava muito baixa e rouca, às vezes tossia.

A minha surpresa, com toda aquela gente presa ali dentro, com muito pouco ar e quase nada para sobreviver, foi tanta que nem um abraço ou aperto de mão havia dado no nosso velho amigo. Me aproximei do padre, que parecia ter envelhecido muito mais que os anos passados, e estendi-lhe a mão, para depois nos abraçarmos fraternalmente. Finalmente, perguntei:

— Sua voz, o que houve com ela?

— Acho que aspirei muita fumaça, tentando salvar o máximo de pessoas que pude, quando colocaram fogo na Igreja! Estávamos todos dentro da Igreja, acreditando que a Casa de Deus seria respeitada!

— Colocaram fogo na Igreja com toda essa gente dentro? Não posso acreditar!

— Sim, Hugues! Primeiro, vieram alguns homens em busca da minha pessoa e de registros da Igreja. Não me identifiquei, felizmente não estava de batina, então dissemos que o padre havia partido junto com alguns católicos e o bispo, e que havia levado os registros da comunidade. Esses homens fizeram uma busca na sacristia, pegaram tudo de valor que encontraram, depois saíram e nos ordenaram ficar dentro da Igreja. Passado um tempo, percebemos que estavam colocando travas nas portas para que não pudéssemos sair. Até aí, imaginávamos que era uma espécie de prisão! Jamais imaginamos que seriam capazes de colocar fogo! O que aconteceu aqui é obra do demônio! Você não faz ideia do horror que toda essa gente viveu: muitos pereceram! — o padre falava com a voz embargada, num misto de dor e raiva.

— E, num deboche diabólico, tudo no dia festivo de Santa Maria Madalena![16]

— E como conseguiram escapar? — era meu parceiro de jornada que perguntava.

— Através da sacristia, em uma passagem secreta até a casa paroquial. E logo abaixo da casa, o túnel. Mas era muita gente, a maioria mulheres, velhos e crianças, já que os homens estavam lutando, tentando defender a cidade. Mas não houve tempo para todos saírem, muitos morreram! O túnel foi ideia e obra do seu pai, Hugues! Que ele e toda sua família possam estar em segurança.

— Acreditei que minha família pudesse estar aqui! — eu estava desanimado e muito aflito.

— Infelizmente, não! — foi a resposta curta do padre, para meu desespero.

Aqueles relatos e a visão de toda aquela pobre gente me deixaram revoltado, angustiado, querendo mover o mundo para ajudá-los! Era tanta injustiça, tanta crueldade! Mas o que fazer? Como fazer? Eu não sabia!

Onde estava a justiça divina, que deixava tanta crueldade acontecer? Cadê você, meu Deus?

---

16 Maria Madalena: importante discípula de Jesus Cristo, primeira pessoa a lhe ver ressuscitado em espírito e a quem os cátaros julgavam ter sido sua esposa ou concubina. Existem várias lendas de que Madalena havia ido para Languedoc, onde teria morrido e sido sepultada. Nada comprovado.

Minha cabeça doía, perdida e imersa em tantos pensamentos de indignação e dor. Foi quando o padre tocou meu braço e me puxou.

— Venha comigo! Antes de qualquer coisa, quero lhe levar a uma pessoa.

Fomos nos arrastando por um estreito corredor. Eu estava admirado do tamanho daquele esconderijo, que era um inacreditável túnel subterrâneo, cavado não sei como, nem por quanto tempo. Mas de alguma forma aquele túnel estava salvando algumas pobres almas.

O ar era sufocante e raro.

Chegamos numa espécie de anexo, um prolongamento lateral do túnel principal, que findava num quadrado minúsculo, onde havia uma pessoa deitada sobre o couro de algum animal grande. Meu coração disparou, era ela... Ayla! Um relâmpago de felicidade no meio de tanta tristeza e dor.

Dormia de lado, com o rosto virado para a parede úmida de terra e pedras. Me aproximei, tentei de alguma forma me acomodar sentado no chão, ao lado daquela que era minha filha. Toquei suavemente em seu ombro. Nenhuma reação. Olhei para o padre Ignácio, que a tudo acompanhava.

Então, ele falou baixinho:

— Ela precisa descansar, se recuperar, dar tempo para seu corpo: teve um ferimento sério de flecha no ombro, e ainda ficou mais de três dias sem comida, e sem qualquer curativo. Sozinha. Escondida na floresta!

Fiquei chocado. O padre ignorou meu espanto e continuou:

— Ayla viu o exército cruzado se movimentando, montando o cerco da cidade, e conseguiu avisar moradores nas redondezas sobre o ataque! Conseguiu ainda levar alguns documentos aqui da Igreja, e outros tantos registros dos crentes, para um lugar seguro. Um esconderijo previamente acertado! Foi vista e perseguida por dois homens! Conseguiu despistá-los para longe do esconderijo, mas, como te disse, foi ferida por uma flecha, nas costas, na altura do ombro esquerdo, ficou três dias escondida, dentro do tronco de um carvalho gigante, ferida e sem provisões! A flecha não atingiu nenhum órgão vital, mas a ferida não tratada piorou!

— Por que ela? É tão jovem, ainda uma menina... Nenhum homem se habilitou? — meu questionamento era quase uma acusação.

— Ela tem a mesma idade que os pais tinham quando ela nasceu! — retrucou de imediato o padre, como que tentando se justificar.

Eu e o padre Ignácio ficamos nos olhando em silêncio. Aquela afirmação era um segredo de família, mas também era a mais pura verdade! E foi o próprio padre Ignácio que quebrou o constrangimento que se instalou.

— Desculpe, meu cavaleiro, mas foi ela que insistiu. Os homens estavam tentando se organizar para uma luta armada, protegendo a ponte conforme instruções do visconde. Coitados, a maioria agricultores, artesãos, pastores! Foram massacrados! Eu mesmo pretendia levar os documentos daqui e ainda alertar as províncias ao redor sobre o ataque a Béziers; mas ela não me deixou. Argumentou o quanto era jovem, exímia cavaleira, conhecia toda a região melhor do que ninguém, e ainda, se fosse pega não faria falta a toda essa gente!

— Se ela fosse pega, provavelmente seria entregue aos mercenários para que fizessem o que quisessem com ela! — argumentei com a voz alterada, o que fez que a jovem despertasse.

Ela virou-se com alguma dificuldade e levou alguns segundos para me reconhecer.

— Hugues... — sua voz era baixa, frágil e rouca.

— Ayla, minha querida! — meu coração encheu-se de amor e alegria por revê-la. Com o dorso da mão fiz um carinho em seu rosto. Ela segurou minha mão sobre sua face, como se quisesse prolongar o carinho.

— Hugues, meu irmão, senti tanto medo! — ela tentou se levantar e me abraçar, mas gemeu de dor.

Um calafrio percorreu meu corpo ao ouvi-la me chamar de irmão. Ela não sabia que era minha filha, muito menos que sua mãe a rejeitou e nunca a conheceu. Mas, apesar de viver longe, não acompanhar seu crescimento, eu a amava tanto... Ela era minha filha, parte de mim. E isso nunca ninguém poderia tirar, e estar com ela era uma alegria imensa, ao mesmo tempo que trazia memórias tristes que ainda me atormentavam.

— Fique deitada! Você agora está a salvo, e estou aqui para protegê-la. Se acalme, e não tenha medo! Você foi muito corajosa, estou muito orgulhoso!

— Acho que papai também ficaria, você não acha?

Tive que respirar profundamente para manter o controle sobre minhas emoções; me corroía a alma ouvi-la falando do avô como se fosse seu pai, e eu sabia que eles tinham uma relação de pura afinidade e amor intenso. Meu pai desenvolvera com a neta a relação que eu queria ter com a minha filha, ele era o ponto de referência dela, que o amava mais do que a tudo e a todos. E isso enchia minha alma de ciúmes e inveja. Era uma situação angustiante: eu me sentia roubado e traído! De alguma forma, ele havia roubado meu lugar na vida de Ayla.

Nas poucas vezes em que pude visitar a família no decorrer desses quinze anos passados, pensei em contar toda a verdade a ela. Mas meus pais nunca permitiram, sempre diziam que seria muito sofrimento para ela, por nada; como cavaleiro templário eu não poderia viver com ela. Seria sempre um pai ausente. Ao menos, ela acreditando que somos irmãos e que seus pais estavam próximos, juntos dela, viveria mais tranquila e feliz! Eles sempre me convenciam, embora essa mentira fosse uma grande amargura na minha vida.

— Hugues! — a voz baixa de Ayla me trazia de volta à dura realidade.

Olhei para ela com o coração transbordando amor:

— Fale, minha querida...

— Precisamos saber notícias sobre papai! Como estão nossos criados, amigos, nossas terras...

— Como está mamãe! — completei, percebendo que ela não mencionara a avó.

Padre Ignácio interveio:

— Acredito que D. Sophia e o barão estejam bem; ainda a salvo! Alguns dias antes do ataque, seus pais viajaram até o centro do principado para participar de uma reunião convocada pelo Visconde Raimundo Trencavel[17] a respeito das ameaças vindas da Igreja, e da informação de que exércitos mercenários estavam sendo reunidos por parte de nobres franceses, interessados em conquistar nossa região, com o aval do Santo Papa, que teria nomeado Arnaud Amaury, o abade de Citeaux, como comandante. Seu pai levou alguns homens armados e deixou ordens ao seu irmão para que colocassem os homens em prontidão para a luta, e também me alertou para que enchêssemos nosso esconderijo com provisões e água potável!

— Arnaud Amaury, até onde sei, é um fanático por perseguições aos cátaros. Ele, como autoridade eclesiástica, já esteve nesta região tentando converter os crentes. Foi desprezado como um bobo, e nunca esqueceu. Já enviou vários para a morte na fogueira! — eu pensava em voz alta. O barão devia saber de alguma coisa que não lhes falou, e já estava se preparando para a batalha! — completei.

— Sim, certamente que sim! Ele só não poderia imaginar que seria de imediato, e que Béziers seria o primeiro foco de atenção dos mercenários e ponto de ataque! Muito menos que viriam prontos e decididos a matar a todos: homens, mulheres, velhos, crianças... Todos esperavam por um cerco, a cidade estava se preparando para isso! Não sabemos exatamente o que sucedeu, como a cidade foi tão rapidamente invadida e dominada! Algo excepcional deve ter acontecido! Pouca gente escapou! — padre Ignácio não conseguia esconder sua emoção, seu sofrer, ao relatar a tragédia que se abateu sobre a cidade.

— Ainda me pergunto como o próprio Santo Papa avalizou esse ataque! — eu pensava em voz alta.

---

17 Visconde Raymundo Rogério Trencavel: senhor feudal do Viscondado de Carcassone, Béziers, Albi e Limoux. A família Trencavel rendia homenagem à Coroa de Aragão.

— Algumas pessoas, que viram o início do ataque e ainda tentaram se proteger dentro da Igreja, disseram que, no primeiro momento, não foram os cruzados, e sim uma invasão de maltrapilhos imundos, armados com facas, porretes, machados, os chamados "rufiãos" que seguem os exércitos para o saque e a pilhagem. Parece que eles atravessaram o rio, enlouquecidos, e às centenas subiram os muros, atacaram os portões e alcançaram as escadas. Nossos defensores estavam desorganizados, acordados pelo barulho e gritos! Não houve tempo para nada. Logo depois chegaram os cruzados e terminaram o massacre! — com a voz embargada, o padre nos relatava o pouco que sabia sobre a tragédia que se abatera sobre a cidade.

— Vamos levar todos esses fatos ao conhecimento do nosso grão-mestre, que certamente irá levantar essas questões junto ao alto clero e nos trará algum esclarecimento! — Renée acreditava que a Ordem do Templo poderia, de alguma forma, defender os crentes. Como eu, ele não os via como hereges; mas entendia o quanto o crescimento dessa doutrina era perigosa para o alto clero, e como nossa situação, como Ordem subjugada ao Papa, era delicada. Por mais que quiséssemos auxiliar essa gente, agora perseguida e morta cruelmente, tínhamos que manter distância, ao menos oficialmente.

— O fato é que essa convergência de interesses da Igreja e dos nobres franceses é altamente ameaçadora à nossa sobrevivência. A guerra contra os crentes é a máscara perfeita para a nobreza francesa conquistar nossos territórios! — complementou o padre.

— Infelizmente, o Papa está entregando todos nós para esses bárbaros mercenários, como pagamento pelo fim da seita herege!

— Não é uma seita, e não somos hereges, meu irmão! — Ayla falava com visível esforço.

Minha atenção retornou a ela. Fiquei surpreendido com as palavras dela: "não somos hereges".

— "Somos"? Você aderiu a esta nova doutrina, religião ou sei lá o quê...? Nem sei como nomear!

Ayla me fitava firmemente, olho no olho, e com muita tranquilidade e maturidade para a idade dela disse:

— Eu nasci e fui criada como cristã, e assim permaneço. Cristã, fiel à verdadeira mensagem de Jesus; repudio a Igreja Católica Romana com seus dogmas e mentiras, sua ostentação, sua incapacidade de olhar para os desfavorecidos. Essa Igreja virou um negócio, uma fonte de riqueza e forma de vida para falsos homens de Deus, falsos cristãos, que exploram o povo! E você, meu irmão, como cavaleiro templário, sabe dessa verdade muito melhor que eu...

Olhei perplexo para o padre Ignácio, que a tudo ouvia impassível. Tudo o que Ayla falara sobre a Igreja era verdade.

— O que o Barão De Fillandryes acha disso tudo? Ele sabe dessa sua conversão? — perguntei.

A resposta foi imediata:

— Lógico que sim, se foi acompanhando-o aos encontros dos crentes em nossas terras que acabei me tornando uma...

— Você está querendo me dizer que o barão é um crente? — quando eu estava por aderir à Ordem do Templo, lembro que meu pai tinha certa simpatia pela nova crença, mas daí a tornar-se um convertido... sabendo de todos os riscos... era surpreendente.

— Papai e toda nossa família, com exceção de nossa mãe; dona Sophia é católica convicta e não aprova nossas crenças, nossa fé, e entende que estamos todos correndo risco de terminar numa enorme fogueira!

— E o senhor, padre Ignácio? Vai me dizer que também é crente!

Percebi a troca de olhares entre Ayla e o padre.

— Até a destruição de Béziers eu era ainda um padre católico! Oficialmente católico, mas adepto às práticas dos crentes.

— Até a destruição de Béziers? E agora? Deixou de ser padre? Não entendo como um padre católico poderia ser adepto a essas crenças consideradas heresia pelo Papa...

— Vou deixar que todos acreditem que morri no incêndio da Igreja! Eu já estava sendo vigiado e perseguido pelo novo bispo local.

Já desconfiavam que eu fechava os olhos para a disseminação da crença e investigavam minha adesão a ela. O bispo anterior foi deposto por isso e hoje responde a uma investigação de heresia. Corre o risco de ser condenado à fogueira.

Eu estava perplexo. E agora? Como eu poderia ajudá-los sendo todos crentes e eu um cavaleiro templário? Devendo obediência e lealdade ao Papa! Estávamos em lados opostos...

Padre Ignácio continuou:

— Sir Hugues, eu entendo sua difícil posição como cavaleiro templário, mas posso lhe assegurar que não somos hereges. Como o senhor, eu estava numa posição complicada, sem poder assumir minha nova fé. Reafirmo, não é uma seita herege! Ao contrário, acreditamos, buscamos e tentamos praticar a verdadeira mensagem de Jesus Cristo: amor e fraternidade universal! Você, conhecendo seu pai, acredita que iria aderir a alguma doutrina que não fosse baseada no amor?

Fiquei nauseado, aquele ambiente fechado e sufocante me deixou mal. Sem responder ao padre, pedi licença a todos. Eu precisava sair dali. Eu precisava de ar puro, e também pensar...

— Espera! O que você vai fazer? — Ayla perguntava angustiada.

— Preciso sair daqui, estou com falta de ar. Também precisamos trazer água e provisões para toda essa gente. Depois quero ir até nossas terras verificar a situação. Não quero pensar, vou apenas trabalhar para ajudar esse povo! Renée, você vem comigo? Vamos colocar todos os mantimentos que trouxemos conosco aqui para dentro.

E foi assim que num primeiro momento eu desisti de raciocinar sobre tudo o que estava acontecendo e resolvi agir! Havia muito o que fazer para ajudar aquela pobre gente.

CAPÍTULO VII
Feridas que sangram

Os dias que seguiram foram de puro caos: as pessoas estavam desnorteadas, chocadas, sem saber o que fazer. Alguns imaginavam poder voltar para casa — os católicos; os seguidores da nova doutrina sabiam que voltar para casa era um grande risco. Precisavam fugir e se esconder. Além de tudo, aquele grupo era formado basicamente de mulheres, crianças, alguns velhos e dois homens doentes.

Eu e meu parceiro, Sir Renée Estivalet, iríamos ficar em Béziers por sete dias consecutivos, auxiliando os refugiados da Igreja e os poucos cidadãos que sobreviveram ao ataque. A cidade estava destruída; as pessoas, aterrorizadas, sem saber para onde fugir, com medo de novos ataques. A maior parte do exército mercenário havia partido da região, mas ainda havia grandes grupos acampados nas propriedades rurais em torno da cidade.

Eu e Renée conseguimos nos deslocar com relativa tranquilidade, pois os cavaleiros templários eram respeitados e temidos. Todos imaginavam que o próprio Papa estava nos usando para monitorar os movimentos do exército cruzado; o que não era uma verdade, mas deixamos que eles assim pensassem, já que isso facilitava nosso trânsito entre eles.

Cavalguei até as cercanias da propriedade da minha família, mas não me aproximei demais, pois vi muita movimentação de guerreiros. Fiquei desolado, pois tudo indicava que nossas terras tivessem sido invadidas e usurpadas pelas tropas cruzadas. Com o coração angustiado tentei me manter tranquilo e auxiliar de imediato os sobreviventes.

Nos primeiros dois dias tratamos de colocar alguma ordem dentro do esconderijo, conseguir mantimentos e água potável, roupas e alguns utensílios para amenizar o sofrimento de toda aquela gente. Procuramos por sobreviventes pelas ruas da cidade, recolhemos alguns corpos que apodreciam ao relento e tratamos de queimar tudo!

Ratos, abutres e outros animas já circulavam pelas ruas desertas. O fedor era insuportável!

Em nosso esconderijo, eu estava muito preocupado com o estado de saúde de Ayla: todas as noites ela tinha calafrios e delirava, seu corpo pegava fogo, o que era um péssimo sinal. Não havia qualquer sinal de melhora, ao contrário: ela estava cada vez mais fraca, sonolenta e enjoada, às vezes, vomitava.

Na terceira noite, depois da minha chegada, pedi para ver o ferimento. Ela se mostrou reticente, talvez um pouco constrangida. Tive que ser duro com ela:

— Infelizmente não temos nenhum médico ou curandeiro por perto. Você piora a cada dia! Me permita lhe ajudar com o pouco que aprendi nos campos de batalha.

— Não é verdade! Estou melhorando! — ela tentou argumentar.

— Não é hora para rodeios, Ayla, sua vida pode estar em jogo! Deixe-me ver a ferida, preciso averiguar a real situação.

— Você não é médico! Vai melhorar… — sua voz era uma espécie de lamento.

— Ayla, me escute! Deixe-me ver seu ferimento — eu tentava ser persuasivo. Minha intuição me dizia que era preciso agir rápido; o ferimento estava apodrecendo, o cheiro que predominava naquele cubículo indicava isso, e eu bem sabia o que poderia acontecer. Minha experiência em campos de guerra me davam um bom subsídio e segurança para confiar nas minhas avaliações.

Relutante e com minha ajuda, ela sentou-se, deu as costas para mim e puxou para o lado do ombro o decote do camisolão que usava, expondo o local da ferida. Com cautela e delicadeza, retirei os panos e emplastos que estavam sobre a ferida. O que eu vi me deixou aterrorizado: a ferida estava horrível, com muito pus e secreção, e já toda carne em volta arroxeada, num sinal de apodrecimento: já começava a cheirar mal!

— Meu Deus, como você deixou chegar a esse ponto?

— Que ponto? — ela me questionava angustiada.

— Ayla, seu ferimento arruinou... Por isso os delírios! Você corre o risco de perder a vida se não agirmos imediatamente! Já vi muito soldado morrer por causa de ferimentos assim! Vamos ter que adotar um procedimento drástico, de campo de guerra! Mas que, infelizmente, receio ser nossa única alternativa!

— O que isso significa? — pela primeira vez desde que cheguei percebi Ayla com medo.

— Limpar e retirar toda carne podre, e depois queimar com ferro quente! — era um procedimento terrível, eu bem sabia; mas, no caso de Ayla parecia ser a solução. E eu rezava para que já não fosse tarde demais.

— Nãooooo! Não vou deixar!! Prefiro morrer! — ela tentou se levantar, mas caiu. Estava sem forças e com muito medo.

— Se acalme, por favor! — eu tentava mantê-la deitada, enquanto ela esperneava com a pouca força que lhe restava.

Foi quando ela, furiosa e completamente fora de si, me deu uma cuspida na face. Minha reação foi imediata e inesperada: com força apertei seus braços e a empurrei, com violência, obrigando-a ficar deitada. Ela não esperava aquela atitude de minha parte, nem eu próprio, imediatamente me arrependi, mas já estava feito.

— Perdão, eu não quis fazer isso! — falei de imediato, liberando seus braços já marcados pela minha força. Mas ela ignorou, e com os olhos marejados, mas cheios de raiva e ódio, falou:

— Quem você pensa que é para me dizer o que fazer e ainda me agredir? — Sua voz era cortante. A raiva e o ódio eram maiores que o medo e a dor. Fiquei impressionado com tanto rancor vindo de alguém tão jovem, e por tão pouco.

— Nunca mais cuspa no rosto de alguém! Ouviu? Nunca mais! É sinal de desprezo, nojo, aversão... — falei firmemente.

— Exatamente o que sinto por você! Voltou para quê? Vá embora e me deixe!

Sua voz continuava carregada de ódio e rancor. Fiquei em silêncio, tentando ordenar meu pensamento; eu precisava ser hábil com as palavras ou perderia o amor e respeito da minha filha para sempre.

— Ayla, me escute! Precisamos agir rápido ou esta ferida arruinada vai lhe matar! Depois, se você quiser me odiar, odeie! Mas eu não vou perdê-la para esse ferimento!

— Você não vai tocar em mim! — ela gritou.

Eu não queria ter feito o que fiz, fui impulsivo e agora tinha que lidar com as consequências: a maneira como ela passou a me olhar me assustou. Mas a situação dela era grave, precisávamos terminar com aquilo, e eu estava decidido a fazer o que fosse preciso para salvá-la. Essa era a minha prioridade agora: salvar a vida da minha filha! Depois eu veria como em resgatar seu amor e confiança!

Felizmente, padre Ignácio chegou. Alertado pelos gritos de Ayla, veio entender o que se passava.

O cubículo era muito pequeno, então ele, sem nada dizer, apenas fez um sinal para que eu saísse. Atendi seu pedido calado, pois eu precisava me acalmar, ordenar meus pensamentos e agir.

Saí do esconderijo subterrâneo sem nada falar, mas não sem deixar de perceber os olhares curiosos e interrogativos sobre mim. Eu precisava de ar puro, minha respiração estava acelerada, me sentia tenso, nervoso, com medo. Medo de que algo acontecesse à minha filha antes mesmo de eu ter a oportunidade de contar a ela que era seu pai. Desde que eu chegara em Béziers o medo era uma constante.

Saí caminhando nas cercanias da Igreja destruída, orando e pedindo. Felizmente eu tinha minha fé, que me sustentava nas horas de desespero, do medo e da dor. E foi rezando, pedindo ajuda ao mundo celestial, que comecei minhas andanças pelas ruas da cidade. Eu tentava me tranquilizar sobre o estado de Ayla, mas sabia que a situação era séria, e então, percebi que, inconscientemente, eu já procurava algumas ervas curativas e panos limpos.

Mas onde encontrar panos limpos por ali?

Meus pensamentos se concentraram no que eu precisava para limpar a ferida, tentando esquecer o incidente e a revolta dela.

Foi quando me deparei com o que parecia ser um pequeno mercado abandonado. Entrei, e percebi que já havia sido saqueado; não restava nada pelas prateleiras ou cestas. Continuei a procurar por panos limpos, e então eu o vi. Estava em pé, na frente de uma janela, e parecia contemplativo a olhar a rua deserta. O homem não percebeu minha presença.

Me aproximei vagarosamente, e quando eu estava bem próximo, repentinamente, ele se virou. Levei um susto.

— Perdão pela invasão! Estava tudo aberto...

— Já levaram tudo, não resta nada para roubar! — O velho homem falava um catalão[18] bem pausado, num tom baixo que refletia uma certa tranquilidade na voz. Tinha o cabelo branco, comprido, preso numa espécie de trança, uma barba longa e suja. Usava uma espécie de camisolão que ia até acima dos tornozelos, de algodão cru, um tecido surrado e sujo.

— Busco panos limpos que possam ser usados como ataduras num ferimento grave — respondi na minha língua natal, a língua do occ.

O ancião ficou calado, pensativo.

— O senhor me entendeu?

— Sim! — Foi a resposta curta e objetiva dele, quase inaudível.

Achei melhor seguir meu rumo; aquele homem não parecia precisar de ajuda nem estava disposto a conversar ou auxiliar. Quando virei as costas, tentando prosseguir na minha busca por panos limpos, ele falou:

— Acho que tenho o que cavaleiro precisa! — agilmente foi vasculhar num grande cesto de vime, escondido sob o balcão de madeira. E com alívio e alegria o vi estender vários sacos de linho branco a mim.

---

18 Catalão é um idioma românico que surgiu do latim vulgar nos Pirineus, entre a França e a Espanha, e muito similar à língua occitânica, falada na região de Languedoc.

— Estão limpos, pode levá-los e usar. Se não confia em mim, lave-os e passe água quente antes de usá-los — se é que tem como aquecer água. Mas o senhor sabe, não há tempo a perder ou ela vai partir para o mundo dos mortos!

Fiquei estarrecido: como ele sabia que era ela, ou que o tempo era nosso inimigo.

Antes mesmo que eu fizesse qualquer questionamento, ele disse:

— Você está tão focado em sua missão de salvá-la, com a imagem dela fixa em sua mente e coração, que consigo vê-la... É sua filha, não é? — ele disse, me analisando enquanto perguntava. — Talvez seja difícil e muito sofrido, mas acredito que com seu amor vá conseguir salvá-la! — completou ele.

— Quem é você? Como sabe tudo isso sobre mim e Ayla?

— Hummm, Ayla! — ele ignorou minhas perguntas, repetindo o nome de Ayla lentamente. — Nome muito diferente. Nunca conheci nenhuma Ayla. Mas é um nome bonito, de alguém que certamente tem uma missão de vida. Não, ela não vai morrer dessa ferida arruinada... Sabe? Ela vai viver mais alguns anos... — continuou ele, para logo fazer uma pausa. Piscou longamente, e depois começou a coçar os olhos, como se houvesse entrado poeira. Parecia um pouco irritado.

Fiquei em silêncio, assistindo a ele coçar freneticamente os olhos. Parecia não ter fim aquele coçar, e, irritado, intervim:

— Quem é você? Como sabe do ferimento de Ayla, de sua saúde; como pode estar falando do futuro de alguém que nem conhece? — minha voz estava levemente alterada. Respirei fundo, tentando controlar minhas emoções; afinal, esse desconhecido já havia me ajudado muito, fornecendo os panos limpos. Eu tinha que respeitá-lo!

— Muitas perguntas, meu jovem templário! Muitas perguntas... — ele continuava a coçar os olhos.

Nada respondi e fiquei apenas observando. Passados alguns segundos, para mim, uma eternidade, ele finalmente parou de coçar os olhos, se aproximou de mim, pegou minhas mãos e, olhando fixo nos meus olhos, disse:

— Talvez eu não devesse lhe contar o que vi! Mas, se vi, talvez seja porque o jovem templário seja merecedor de saber e possa de alguma forma modificar o destino da menina Ayla!

Seria esse ancião um bruxo vidente?, pensei curioso, *Não, não quero saber do futuro distante. Quero saber do futuro imediato!*

— O futuro imediato de Ayla é sofrimento, quase morte, muita amargura e raiva! Mas, depois, tudo vai passar, a luta pela sobrevivência vai fazer passar a raiva e a mágoa! — disse o velho, como que respondendo aos meus pensamentos.

Fiquei paralisado. Acho que meu sangue parou de circular por breves segundos enquanto eu tentava digerir o que acabara de ouvir.

— É isso mesmo que você está pensando: a menina vai sofrer muito por causa da limpeza que você irá fazer. Ela já está com muita raiva, muito dessa raiva não é por sua culpa, outro tanto é!

Não sabia o que pensar nem o que falar.

— Não precisa me dizer nada! Já sei de tudo...

Definitivamente, o velho lia meus pensamentos.

— Não leio pensamentos! Eu apenas sinto seus sentimentos!

— Quem é você? — perguntei pela terceira vez, agora aos gritos.

— Não importa quem eu sou, importa o que vou te dizer. Preste atenção... — voz calma e tranquila.

Fiquei enfurecido. Tudo ali me irritava, inclusive o tom de voz do velho. Uma raiva incontida explodiu diante daquela cena. Dei um chute numa cadeira de madeira próxima a mim, que voou longe. Me virei e já estava saindo, com os panos limpos nas mãos, quando ele perguntou calmamente:

— Nem vai dizer "obrigado" pelas ataduras que te arrumei?

Parei envergonhado e pensei:

Senhor, meu Cristo, dai-me o tanto de paciência e compreensão que preciso neste momento. Não era um lamento ou queixa irritada, era uma prece de verdade. Eu realmente precisava conter minha fúria e ignorância diante do que acontecia, e mesmo sem entender aquele homem eu precisava ser grato, afinal, eu havia conseguido as ataduras.

Silêncio.

Por fim, depois de alguns segundos, me virei calmamente e falei:

— Peço desculpas pelo meu desatino! Estou com o coração aflito e...

— Sei como você está, não precisa me dizer! — mais uma vez ele me interrompeu, e mais uma vez falava dos meus sentimentos.

— Quero lhe dizer que sou eternamente agradecido pelos panos limpos! Não sabia como consegui-los no meio de todo esse caos em que está a cidade.

— Eu também tenho algo a lhe dizer.

— Não quero saber do futuro de Ayla! — respondi.

— Acredito piamente que você deva saber!

— Por quê?

— Por quê? Não sei por quê! Mas sinto que devo lhe dizer! E isso me é suficiente... — ficamos nos olhando em silêncio.

Por fim, eu me rendi e disse:

— Conte-me então o que você viu! — eu ainda não tinha certeza se acreditava ou não, se que aquele velho homem podia ver o futuro.

— Vou falar. Não me interrompa. Apenas escute e depois não faça mais perguntas. Primeiro, quero te falar sobre o dia de hoje e o que deve ser feito para salvá-la sem tanto sofrimento físico! Depois, falamos do futuro.

Enquanto ele falava, percebi que o homem ficava com o rosto voltado para o teto, olhos semicerrados, como se procurasse por alguma coisa. Sua fala era mansa, voz bem baixa e muito pausada.

— Vá até as margens do rio Orb, próximo à antiga ponte de paus, e lá você encontrará babosa da folha redonda. Não é a babosa da folha espinhenta, é a da folha redonda e lisa! Peça autorização à natureza, licença para dona babosa, e colha bastantes folhas. Você vai precisar. Escolha as folhas maiores, que você vai lavar bem, puxar aquela pelezinha na parte interna da folha, e com essa parte desnudada das folhas irá cobrir toda a ferida e a pele em volta. Duas vezes ao dia, você irá lavar a região com água morna e cobrir totalmente com babosa, firmando com panos. Isso por cinco dias. Depois é preciso deixar o ferimento ao ar livre, se possível pegar um pouquinho do sol da manhã, por dois dias. Ao final deste prazo, a ferida deve estar limpa e começando a cicatrizar. A partir do terceiro dia, a menina não pode mais ter calafrios, vômitos nem delírios. Se você conseguir as ervas, alterne chás de gengibre e cravo-da-índia com chá de hortelã e macela. Essas ervas ajudarão o corpo a combater a inflamação.

— Vou em busca destas folhas agora! — me aproximei do velho e instintivamente peguei suas mãos enrugadas e frias, e beijei. Eu mesmo fiquei surpreso com minha atitude. Não foi ato pensado. Mas meu coração precisava acreditar nele, e que aquele procedimento teria efeito sem que fosse preciso queimar a ferida e impor tamanho sofrimento físico a Ayla.

Peguei os panos e enfiei por dentro da minha malha branca de templário para que não sujasse, e já estava saindo quando lembrei das premonições. Estanquei na porta, com a mente fervilhando: eu não tinha certeza se queria saber o que nos aguardava no amanhã.

Mas o ancião parecia ter convicção de que devia falar-me a respeito:

— O passado quer emergir: a verdade precisa ser contada a sua filha. A princípio ela ficará revoltada, mas depois irá entender toda a situação do seu nascimento. Sua alma busca por algo, sem saber exatamente do que se trata, mas é a sua verdadeira identidade.

— Se fosse só por mim, ela já saberia desde menina a verdade. Mas meus pais nunca me permitiram contar...

— Seu pai agora é morto, sua mãe não se oporá!

Não quis acreditar no que acabara de ouvir. Voltei e sacudi o velho pelos ombros gritando:

— Como sabes que meu pai está morto?

— Eu simplesmente sei! Seu pai e seus irmãos estão mortos. Caíram em campo de batalha, defendendo sua propriedade. Só resta sua mãe.

Olhei incrédulo para o rosto impassível do ancião. Nossos olhos se encontraram, e não sei como, mas tive um lampejo de visão. Dentro da pupila daquele homem, eu vi meu pai caído, mortalmente ferido com uma lança enfiada pelas costas. Foi por um segundo, mas eu vi! Caí de joelhos no chão e chorei...

CAPÍTULO VIII
Vidências perturbadoras

Chorei.

    Chorei por tudo que não convivi com meu pai e agora já não teria mais oportunidade de viver. Chorei por tanto que o amava, e nunca lhe disse, chorei por sua ausência, que agora seria permanente; eu ainda precisava tanto dos seus conselhos, da sua sabedoria, da sua presença. Chorei por tudo o que ele havia me ensinado, feito por mim, e que nunca agradeci. Chorei por não ter tido oportunidade de me despedir, por tanto de mágoas e ciúmes que tive de sua relação com Ayla, por todas as brigas e discussões, totalmente sem sentido, que não nos levaram a nada. Chorei pelo último abraço que não foi dado, chorei porque eu havia perdido o meu pai para sempre, o homem mais digno e justo que conheci.

    Depois de algum tempo, voltei à realidade ao sentir uma mão, muito leve e fria, no meu ombro: era o ancião, que neste simples gesto solidário tentava me consolar. Depois ele esticou sua mão, totalmente gélida, para que eu me reerguesse, e disse:

    — Infelizmente não há tempo para chorar os mortos, os dias árduos e difíceis ainda se prolongarão!

    Tentando me recompor, um tanto constrangido pela cena de fragilidade, olhei para ele, tomado por um sentimento de vergonha e melancolia.

— Não tenhas vergonha de se mostrar humano! — disse ele.

Respondi apenas com um olhar, e um imperceptível gesto de cabeça. Ele então continuou:

— Sinto muito por suas perdas; mas seu pai e irmãos já estão livres desse mundo de agonia e sofrimento, já partiram para o mundo dos espíritos; e sua mãe, por enquanto, não está ao seu alcance ajudá-la. Sua prioridade agora é sua filha! Ela precisa e ainda vai precisar muito de você! — completou ele. — O senhor cavaleiro sabe que tem um compromisso com ela, um comprometimento que está além das questões da paternidade física, não sabe?

— Não o entendo! — respondi, querendo ignorar qualquer significado maior relativo à questão.

— Sua paternidade é um compromisso que vai além de dar o que comer à criança; é um compromisso de almas! O jovem templário comprometeu-se, ainda no mundo dos espíritos, a auxiliar esta menina em sua presente jornada.

— Compromisso de almas? Como o senhor sabe disso tudo? E por que não posso ajudar minha mãe? Como consegue ver o amanhã? — eram tantas as perguntas.

— Eu simplesmente sei! Sei e aceito as visões como um desejo do Mundo Maior para que assim seja. Tento pensar como um dom que me foi dado para auxiliar as pessoas. Só aceito, sem medo, e faço o que devo fazer!

— Agora vá e busque as babosas — completou ele. — Faça conforme lhe disse, sempre iniciando o trabalho com uma prece, pedindo ajuda aos guardiões celestiais; e no final de cada troca de folhas vai perceber que as folhas tiradas estarão quase secas, encolhidas, e a ferida descorada: toda a carne em volta ficará pálida. Queime as folhas utilizadas, não sem antes agradecer os seus serviços. Daqui a uma semana estarei aqui para que você me fale como a menina está, e então, se ela estiver bem, lhe conto tudo o que sei sobre o amanhã de vocês!

Ainda fiquei uns segundos olhando para aquela figura tão surreal, quase patética, mas que emanava um "quê" de sabedoria e generosidade. Difícil descrevê-lo, descrever a áurea de mistério e energia que o cercava, e que agora eu percebia tão claramente. Mas ainda assim tive dúvidas se realmente devia seguir suas instruções.

Que certeza eu tinha sobre tudo o que ele acabará de me contar?, pensei mais uma vez, mas então, uma voz interior me disse que deveria acreditar. Resolvi não mais tentar compreender o que se passava, e apenas me deixar levar, a decisão estava tomada:

— Farei isso! — agora eu era invadido por um sentimento de urgência crescente.

Quando já estava na rua encilhando meu cavalo, o velho apareceu e gritou:

— Não conte a ela sobre a morte do seu pai agora. Espere ela se recuperar...

Apenas fiz um sinal afirmativo com a cabeça e saí a galope em direção ao rio.

Naquela mesma noite começamos o tratamento da ferida, conforme as instruções do ancião. Tentei não dar atenção às dúvidas e ao medo de que tudo fosse um grande equívoco, perda de um tempo que não tínhamos, uma grande ilusão sobre o sucesso num procedimento tão simples para um ferimento tão sério.

Quando cheguei ao esconderijo subterrâneo já estava anoitecendo. O estado de Ayla havia piorado muito desde o início da tarde: estava praticamente inconsciente, respiração difícil, corpo ardente, e não falava, apenas os olhos pareciam ainda querer se comunicar. Com o coração angustiado, tentando afastar os pensamentos sombrios sobre a possibilidade de perdê-la, pedi ao padre Ignácio que estivesse comigo para uma prece antes de iniciar o curativo. Eu precisava, desesperadamente, acreditar no que o ancião havia me dito, e então eu repetia para mim mesmo "o meu amor vai salvá-la!".

Padre Ignácio quis me perguntar sobre o que significava tudo aquilo, mas não lhe dei ouvidos, prometendo explicar-lhe depois. Eu tinha uma necessidade visceral de começar todo o processo: era como se o primeiro curativo fosse a aceitação de todo um procedimento, instruído por forças desconhecidas, que eu supunha serem do bem e para o nosso bem.

Era assim que eu estava considerando tudo o que ocorrera naquela tarde: um profeta ou bruxo havia aparecido no meu caminho, guiado por alguma força divina que eu não compreendia, e por algum motivo ele havia apontado o caminho para que eu salvasse a minha filha. Jesus Cristo, ressuscitado em espírito, estava nos ajudando, e foi pensando assim que me agarrei com toda fé na esperança de salvar Ayla.

Padre Ignácio, mesmo sem entender o meu silêncio e comportamento, confiou e aceitou auxiliar, tanto nas preces quanto no procedimento, na expectativa de respostas mais tarde, conforme o prometido.

Foi ele que iniciou a prece: *Pai Santo, Deus justo dos Bons espíritos, Tu que jamais te enganas, nem mentes, nem erras, nem duvidas, para que não experimentemos a morte no mundo estranho a Deus, pois não somos do mundo e o mundo não é nosso, dá-nos a conhecer o que conheces e a amar o que amas.*[19]

Logo após rezou o *Pater Noster*, o Pai-Nosso praticado pelos crentes, cujo final era um pouco diferente da oração que eu conhecia e praticava:

Pai nosso que estais nos céus, santificado seja o Vosso nome; venha a nós o vosso reino; seja feita a vossa vontade, assim na terra como no céu. Nosso pão supersubstancial dai-nos hoje. E perdoai as nossas dívidas assim como perdoamos aos nossos devedores. Não nos deixeis cair em tentação, mas livrai-nos do mal, pois a vós pertencem o Reino, o Poder e a Glória.[20] *Pelos éons dos eóns. Amém.*[21]

Ao final do primeiro curativo, Ayla parecia dormir. Seu corpo ardia de tão quente, suava muito. Fiquei ao seu lado, colocando compressas em sua testa e sob as axilas, numa tentativa de resfriá-la um pouco.

---

19 Oração extraída do livro *Os cátaros e o catarismo*, de Lucienne Julien.
20 Ibidem.
21 Éon: imensurável período de tempo; a eternidade. (Oxford Languages)

Nitidamente respirava com dificuldade. O medo tentava se apoderar dos meus pensamentos, mas eu tentava espantá-lo rezando. Eu rezava, falava com Deus de forma aleatória, exigia sua atenção, o atendimento às minhas preces. Minha filha precisava viver! E agora só me restava rezar, vigiar e esperar. E eu detestava esperar, então eu rezava!

Depois de algum tempo que não sei precisar, padre Ignácio tentou me substituir na vigília junto a Ayla, mas não aceitei. Era eu que precisava estar junto a minha filha, impregná-la com o meu amor e minha fé. Acreditava na força destes dois sentimentos, genuínos e tão vibrantes, dentro do meu ser.

Jesus Cristo não poderia ignorar tamanha força! Eu precisava acreditar nisso!

Aquela foi a pior noite da minha vida: a mais angustiante, a mais longa, com a sombra da morte a nos rondar, como um predador, sinistro e traiçoeiro, aguardando um momento oportuno para dar o bote. Eu podia sentir sua presença, sua energia sombria, o medo tentava infiltrar-se no meu coração, na minha mente; mas eu resistia, e rezava! Orar ocupava minha mente, acalmava minha angústia, compassava meu coração, e eu acreditava, afastava a ceifadora!

Não fechei os olhos nem para piscar, eu precisava estar atento e vigilante. Me mantinha ocupado, sempre mantendo um pano úmido sobre sua testa. De tempos em tempos eu molhava os lábios dela com gotas de chá, colocava galhos de hortelã molhados sob seus braços, mas seu corpo estava tão quente que logo secavam. E a noite assim passou, lentamente, e eu numa batalha frenética contra o medo e a morte, rezando e pedindo sem parar, na expectativa de um sinal de melhora...

Quando o dia amanheceu, padre Ignácio apareceu com novas folhas de babosa para a troca, e mais chá de gengibre e hortelã. Fizemos nossa prece, e qual não foi nossa surpresa ao retirar os panos que firmavam as folhas na ferida: toda aquela secreção amarelo-esverdeada, que no dia anterior vertia do ferimento, parecia ter sido sugada pelas folhas, que estavam enrugadas. A carne em volta ainda estava com uma cor horrível, mas já era visível alguma melhora.

Eu e o padre trocamos um olhar de alívio, nossas esperanças se renovaram. Ao final, fizemos uma prece de agradecimento aos bons espíritos que nos ajudavam, e à mãe natureza, que nos cedia a força e o poder das folhas da babosa e das ervas para os chás. Eu ainda achava um tanto estranho conversar e agradecer as plantas e ervas, mas o padre me explicou que os crentes entendiam tanto os animais como a natureza em todas suas formas como manifestação viva do Criador, e, portanto, deviam ser respeitados e honrados. Aquilo de alguma forma fez sentido para mim, e, desde então, conversar, agradecer, trocar energias com o reino das plantas e árvores tornou-se um hábito permanente para mim.

Será que o ancião visionário era crente?, pensei, lembrando das suas recomendações para pedir licença antes de colher as folhas de babosa.

Padre Ignácio ficou com Ayla e mandou que eu saísse para comer alguma coisa. Tomei apenas água, e saí com meu cavalo em direção ao rio. Queria queimar as folhas utilizadas da babosa longe do esconderijo, para não chamar atenção de qualquer vivente que pudesse estar nas cercanias. Também queria me lavar nas águas do rio, e ficar um pouco sozinho. Ainda não contara ao padre Ignácio sobre o encontro com o ancião, nem sobre a morte de meu pai e irmãos.

E foi ali, na beira do rio, que consegui fazer uma prece pelos meus mortos. Sozinho com o meu pesar, sentindo a dor da perda e da saudade e a impotência diante do inevitável da vida: a morte!

Lembrei do que meu pai dizia a respeito da vida e morte: "O nascimento é o primeiro passo para a morte, e a morte é o primeiro passo para o nascimento". Meu pai, apesar de católico, sempre acreditou em vidas sucessivas.

Já estava quase indo embora, imerso nos meus pensamentos e lembranças, quando avistei um corpo caído um pouco mais adiante de onde eu estava, às margens do rio. Fui até o local, com minha espada em punho, para logo perceber que era um homem, inconsciente, mas vivo. Estava muito ferido, parecia ter sido surrado e chicoteado. Suas costas estavam terrivelmente feridas. Quando o virei, levei outro susto:

havia uma ferida em sua testa que parecia ter sido feita com ferro em brasa. Era recente!

Não pensei: o coloquei sobre meus ombros e levei-o até meu cavalo. Aquele pobre homem precisava de ajuda imediata.

Quando cheguei ao nosso esconderijo, gritei no alçapão por Renée. Eu precisava de ajuda para descê-lo para o interior do túnel.

Instalamos o pobre homem, e chamamos o padre Ignácio — afinal, ele era o líder e comandante do local. Logo que ele chegou, percebi uma certa surpresa junto com um grande pesar ao ver o estado do homem; tive a nítida impressão de que o padre havia reconhecido o indivíduo.

Tentamos dar-lhe água, seus lábios estavam secos e rachados. Auxiliei o padre a limpar as feridas e resolvemos cobri-las com babosa, exatamente como vínhamos fazendo com Ayla. Pobre criatura, mesmo na sua inconsciência, gemia de dor. Enquanto o tratávamos, o padre disse:

— Sir Hugues, vejo que não reconheceu o homem que resgataste.

Parei o que estava fazendo, olhei atentamente para aquele rosto desfigurado.

— Deveria reconhecer? É algum conhecido da minha família? — indaguei ao padre.

— Sim, meu caro! Esse pobre infeliz, marcado a ferro quente como simpatizante da doutrina, é o Pierre, cavalariço de sua família e homem de confiança do senhor Hector, seu irmão.

Foi como se eu tivesse levado um soco no estômago. Meu estômago estava vazio, mas um líquido ardido subiu queimando minha garganta, e tive que me afastar rapidamente, gatinhando feito criança, para vomitar. Fiquei constrangido de ter sujado, um pouco mais, aquele ambiente já tão contaminado e malcheiroso.

— Não se preocupe, Hugues! Depois apanhamos terra fresca lá fora e cobrimos sua sujeira.

— Peço perdão, mas não consegui segurar — fiquei ainda um tempo distante, sem coragem de voltar a olhar para Pierre, mortalmente ferido por gente sem escrúpulos, gente sádica e sem alma!

— Agradeço a Nosso Senhor Jesus Cristo, que me levou até aquele ponto das margens do rio, me permitindo resgatar meu amigo de infância.

— A vida está sempre nos levando para onde temos que estar; onde as melhores lições nos esperam, mesmo aquelas carregadas de dor e sofrimento. Nada é por acaso! — padre Ignácio ainda tentava fazer com que Pierre tomasse um pouco d'água fresca.

Me aproximei e segurei o rosto da pobre criatura com as duas mãos, tentando enxergar naquele rosto massacrado algo que lembrasse o meu companheiro de infância. Pierre, filho da camareira de minha mãe, aquele que cresceu junto à minha família e tantas vezes treinou esgrima comigo, tantas vezes me ajudou a subir no cavalo, tantas vezes colheu avelãs e castanhas comigo. Lembranças de uma época tranquila junto à minha família me vieram à mente. Pobre Pierre, havia sido cruelmente castigado.

Quem, em nome de Deus, faria tamanha maldade? Quem impunha tanto sofrimento a um ser humano, a um cristão? Eu já havia presenciado muita barbárie em campos de guerra, no castigo a escravos inimigos, mas não contra gente do seu próprio povo. Aquilo era obra de gente ruim, com o mal enraizado na alma. Um pequeno sentimento de vingança, de busca por justiça começou a brotar no meu íntimo.

Padre Ignácio me acordou para a dura realidade dizendo:
— Pierre provavelmente lutou junto com seus irmãos na defesa de sua propriedade! Caso ele sobreviva, poderá nos contar tudo que aconteceu por lá.

Olhei para o padre, depois retornei a olhar para o Pierre. Comentei:
— O que fizeram com ele é um mau sinal.
— Infelizmente, sim, caro Hugues. Temo que seus irmãos e suas famílias tenham sido massacrados igualmente.

Imaginar que meus irmãos e suas famílias pudessem ter sido mortos cruelmente fazia com que os piores sentimentos me invadissem a alma: uma revolta perante a injustiça, a intolerância, a crueldade começou a se tornar crescente dentro do meu ser.

— Por que eles não trouxeram suas famílias para cá? Para esse refúgio...

— Não houve tempo! Ninguém imaginava que Béziers fosse ser o primeiro alvo de ataque, muito menos de forma tão agressiva e cruel. Todas as informações recebidas diziam que os exércitos cruzados, sob ordens do Papa, iriam focar no Conde de Toulouse. Quando chegaram as notícias de que o exército marchava para cá, a cidade se preparou para suportar um cerco. Seu pai e o Visconde Trencavel buscavam apoio para suportarmos esta situação.

— Ouvi na Província de Saint-Gilles que a alta cúpula da Igreja acredita que foi Raimundo VI, o Conde de Toulouse, que mandou executar Pierre de Castelnau,[22] o legado papal,[23] logo após ter sido excomungado.

— Seu pai dizia que não era uma suspeita, era fato! O Conde de Toulouse, de certa forma, apoia nossa doutrina, é simpatizante, não colaborou com as investigações do legado e não entregou ninguém. Mas ele não é confiável e faria qualquer coisa para não perder suas propriedades! Até onde sei, foi realmente excomungado por Pierre de Castelnau, e então teria incitado seu cavalariço a executar o monge.

Ficamos em silêncio, por fim o padre completou:

— E foi a partir da morte do legado papal que toda essa "guerra santa" começou!

— Guerra santa? O que tem de santa essa carnificina? — indaguei, incrédulo de que era assim que nominavam toda essa atrocidade.

— Sim, meu prezado templário. É assim que o seu Papa nomina essa verdadeira cruzada contra nós! E ainda se acha mais cristão que todos! Como um verdadeiro cristão pode autorizar tamanho suplício para seus irmãos? Segundo o Papa, não somos cristãos, somos hereges e merecemos morrer na fogueira!

---

22 Monge cisterciense, enviado pelo papa Inocêncio III para lutar contra a heresia cátara no sul da França.
23 Legado papal, do latim *legatos*, significa "enviado", ou seja, um representante do papa encarregado de uma missão específica.

— Infelizmente, os homens que constituem a alta cúpula da Igreja Romana estão mais interessados na política e no poder, no acúmulo de riquezas e na ostentação do que nas questões espirituais. Aumentando cada vez mais a autoridade dos padres e bispos, com essa crença inventada por eles próprios de supremacia sacerdotal, se autodenominando intermediários indispensáveis para o contato com Deus — completou o padre, desesperançoso.

Os gemidos de Pierre encerraram aquela nossa conversa, e eu não pude revelar ao padre o quanto eu, apesar de católico e servo do Papa, repudiava tudo aquilo.

CAPÍTULO IX

Verdade nua e crua

Naquele mesmo dia, após Pierre dar os primeiros sinais de que se recuperaria, padre Ignácio me interrogou sobre o estranho tratamento que eu vinha utilizando em Ayla, e agora também em Pierre. Sem enrolação, contei tudo para ele, que se mostrou especialmente interessado na figura do ancião:

— Caro Hugues, é possível lembrar da roupa que ele usava?

Olhei para o padre, aturdido e surpreso com aquele tipo de pergunta. Antes que eu falasse qualquer coisa, ele completou:

— Perdão, Hugues! Mas eu acho que este ancião que você encontrou é um velho perfeito, que durante muito tempo viveu pelas cercanias de Béziers pregando e ensinando a doutrina.

— E esse perfeito de quem o senhor padre fala, ele conseguia ver o futuro?

Padre Ignácio baixou os olhos e começou com a ponta dos dedos a desenhar no chão de terra onde estávamos sentados. Parecia estar pensado numa resposta, antes de falar:

— Eu o vi uma única vez, numa dessas reuniões clandestinas que fazíamos; mas muitas pessoas conviveram com ele, e, para outras tantas por aqui, foi ele quem deu o *consolamentum*.[24] Esse bom cristão a que me refiro, todos diziam que era um profeta! Ayla assistiu a

---

24 *Consolamentum*: rito solene que permitia ao crente, depois de longa e profunda purificação da alma, receber a iniciação espiritual, ou seja, acolher na sua alma, em plena consciência, o Espírito consolador, tornando-se assim um "perfeito" ou "bom cristão". Também era ministrado aos crentes antes de sua morte como forma de limpar a alma dos pecados terrenos.

muitos encontros que ele presidiu, ela sempre falava encantada sobre o dom da palavra que ele tinha. Se é a pessoa que acredito que seja, o nome dele é Benoit!

— Então, ele conhece Ayla... Será que conheceu mais alguém da minha família?

— O barão, certamente! Seu pai não permitiria que Ayla fosse sozinha às reuniões, que aconteciam sempre à noite, em lugares bastante isolados!

— Me diga, padre Ignácio, o senhor acredita que alguém possa prever o futuro?

— Não só acredito, como me surpreende que o senhor, como cavaleiro templário, tenha dúvidas quanto a isso! Desde que o mundo é mundo os profetas estão à nossa volta, pessoas com o dom de ver o amanhã; as escrituras sagradas relatam vários e vários casos de profecias. O mistério do tempo e espaço revelados no dom da vidência é fato!

Era verdade, eu mesmo havia lido outros tantos livros além da Bíblia em que pessoas com esse dom eram descritas. Mesmo no Oriente havia tantos oráculos e maneiras de prever o amanhã, desde os astrólogos até os quiromantes.[25] Por que agora eu tinha dúvidas quanto a isso?

A resposta não era difícil: tudo era obra da Santa Igreja, dos seus dogmas, do medo institucionalizado pelo papa e bispos que a tudo condenavam, a tudo ridicularizavam, desmentiam ou diziam ser obra de Satanás. Tudo e qualquer coisa fora dos padrões da normalidade era tido como maléfico, obra do demônio ou punição de Deus. Qualquer pessoa com algum carisma ou dom especial era investigado, podendo ser tachado de herege, excomungado ou queimado vivo, nos casos mais sérios. Até as incapacidades físicas, os corcundas, aleijados, paralíticos, cegos, doentes da cabeça e outros problemas dessa

---

25 Quiromantes: pessoa que pratica a quiromancia — previsões sobre o futuro através da leitura das linhas das mãos; praticada em todo o mundo com raízes na astrologia indiana e tradições ciganas. (Oxford Languages)

ordem eram tratados como castigos impostos por Deus à família, e até estendido à comunidade onde viviam, comumente isolados em guetos. Crianças que nasciam com malformações, quando não eram sacrificadas em nome de alguma crendice popular, passavam a vida em situação de privação e eram marginalizadas. Era muita ignorância e crueldade, instalada e cultivada na mente e no coração das pessoas, do povo de forma geral. Os homens que compunham a alta cúpula da Igreja Católica Romana controlavam a vida das pessoas, e através de falsas crendices impunham o medo, as dúvidas e a incerteza no coração e mente das pessoas, cultivavam a ignorância e o analfabetismo para o povo em geral, daí a importância do mito do inferno. E então eu percebia que até alguém como eu, alfabetizado e que tivera a oportunidade de conhecer, ler e estudar outras culturas e crenças, estava contaminado.

Padre Ignácio interrompeu meus pensamentos, dizendo:

— Quando o senhor for reencontrá-lo, se possível, eu gostaria de acompanhá-lo.

Surpreso com aquele pedido, respondi:

— Acho melhor eu pedir autorização a ele para levá-lo a sua presença. Ainda mais se ele for mesmo um perfeito; deve estar fugindo e se escondendo, não deve estar confiando em ninguém. Se for pego, seu destino é a fogueira, com toda certeza!

— Você tem razão! — ponderou o padre. — Mas te peço, por favor; converse com ele, e diga que eu preciso muito da sua ajuda. O medo está solto e apavora todos, mas fale quem sou e o que quero! Ele me conhece como padre da Igreja Santa Maria Madalena.

Fiquei intrigado com a insistência do padre, que, percebendo minha curiosidade, expôs o que lhe ocorrera:

— Na verdade, meu caro Hugues, eu quero receber o *consolamentum*! Quero me tornar um bom cristão e seguir pregando a palavra do Divino Mestre! Agora não me considero mais um padre e posso assumir definitivamente minha nova fé; mas desejo prosseguir na minha vocação de trabalhador e pastor na seara do Cristo.

— Entendo seu desejo, mas devo lhe dizer que esse não é um bom momento para se tornar um perfeito, muito menos para pregar por aí! Toda a região está tomada pelos cruzados e por pessoas capazes de delatar quem quer que seja por uma moeda de ouro! Tudo nos leva a crer que desta vez o Papa está disposto a literalmente eliminar todos os seguidores e simpatizantes da nova doutrina! Sem piedade.

— Não tenho medo da morte, meu caro Hugues! Já estamos vivendo no inferno mesmo! Sinto dizer, mas estou desesperançoso com o futuro da humanidade, com o futuro de todos nós, minha alma já clama por livrar-se desta prisão que é meu corpo físico!

— Não fale assim, padre, o senhor tem um rebanho imenso para guiar! E depois, existem coisas piores que a morte: a tortura e o flagelo, por exemplo. Veja o que fizeram com o pobre Pierre. E, por favor, não se esqueça de que precisamos tirar toda essa gente daqui em segurança. E como pastor da seara de Cristo, sua prioridade agora é guiar essa gente para um lugar seguro!

— Sei disso, meu caro Hugues, sei disso! Mas tem horas que não me sinto capaz de seguir com esse fardo imenso; e agora que sei que o Benoit está por aqui, gostaria de conversar com ele, meu desejo é receber o *consolamentum* antes de partirmos. Talvez ele até possa e queira se juntar a nós. Nossa marcha vai ser longa e perigosa, e nem sabemos direito qual será nosso destino. O que agora sei é que eu quero me tornar um bom cristão!

Eu conhecia o padre Ignácio desde pequeno; ele sempre fora presença constante na minha casa, na minha família, mas nunca o vira tão melancólico e desesperançoso. Sempre fora um revolucionário, defensor dos pobres e oprimidos, dinâmico e objetivo, sem medo dos poderosos, numa luta incansável pela justiça, pela disseminação dos evangelhos e da palavra de Cristo! Agora parecia cansado de tanto lutar.

— Nem sabemos se o ancião que me ajudou é realmente o tal de Benoit! — falei mais enfático, numa tentativa de inspirá-lo. — Temos coisas muito mais sérias e importantes para serem resolvidas! E, de imediato, precisamos conversar e planejar direitinho essa fuga! Mais alguns dias e serei obrigado a retornar à Província dos Templários, e então não poderei mais ajudá-los.

— Assim que Ayla, Pierre e dois outros feridos graves se recuperarem, a gente sai daqui. Mas temo que isso ainda vá demorar mais uns dias. Por que você não conversa com Sir Renée, para que ele vá até a província templária, dê as primeiras notícias e peça permissão para que vocês possam ficar por mais alguns dias, acompanhar toda essa gente até sair da zona de conflito? Eu mesmo posso escrever e endereçar uma carta ao seu grão-prior[26] pedindo auxílio. Ele me conhece... Relato que os cruzados mataram indiscriminadamente de crença e fé, que crentes ou católicos, todos correm riscos; penso que talvez isso seja um fator de peso para justificar a ajuda da Ordem do Templo.

Ficamos os dois em silêncio por um breve instante, cada qual tentando elaborar toda a questão que se impunha.

— Será que ele pode ser tocado por algo neste sentido? — o padre quebrava o silêncio instaurado.

— Acho que vale a pena tentar — respondi simplesmente.

E assim foi feito. Embora os templários usualmente não andassem sozinhos, no outro dia meu companheiro, Sir Renée Estivalet, partiu em direção à nossa fortaleza em Saint-Gilles, a fim de conseguir uma licença maior para que pudéssemos acompanhar a fuga dos sobreviventes de Béziers. Com essa providência, mesmo que a permissão não fosse concedida, teríamos mais uns dez dias, até o retorno de algum emissário com as novas ordens do grão-prior.

Apesar dos ferimentos graves, surpreendentemente Pierre se recuperou logo, e dois dias após o seu resgate ele já estava nos contando tudo o que sabia sobre a tomada de nossas propriedades pelo exército cruzado.

---

26 Grão-prior era o mestre das províncias ocidentais da Ordem do Templo, nomeado pelo Grão-Mestre de Jerusalém, que, por sua vez, era o superior de toda a irmandade e se nivelava aos soberanos, participando, inclusive, nos concílios gerais da Igreja Católica Romana.

Logo após o massacre da cidade de Béziers, o exército cruzado se dividiu em pequenos batalhões, e começou a cercar e dominar as propriedades rurais nas cercanias da cidade, entre outras, a propriedade do Barão de Fillandryes, meu pai — que foi avisado sobre a aproximação dos cruzados e retornou de Carcassone, onde se encontrava, com um pequeno batalhão de soldados. Infelizmente, muito pequeno e sem chances contra o numeroso exército cruzado. Lutaram corajosamente, mas foram em pouco mais de uma hora massacrados. Meu pai, meus irmãos e seus filhos, mais todos os homens que combateram, mortos em batalha. Ninguém foi poupado.

Minha família praticamente toda exterminada pela intolerância e ganância dos homens!

Pierre foi previamente encarregado de fugir para as montanhas levando mulheres e crianças, antes do início da luta armada. Minha mãe negou-se a abandonar a propriedade e sua família, ela e sua camareira — Niélly, mãe de Pierre — inclusive participaram da luta, com arco e flechas, escondidas no alto de uma das torres do pequeno castelo onde minha família morava. Infelizmente, isso pouco adiantou, ambas foram feitas prisioneiras e duramente castigadas por isso. Os dois filhos de Pierre, de dezesseis e doze anos, eram os únicos homens do grupo fugitivo e, apesar da pouca idade e inexperiência, ficaram responsáveis pela segurança e provisões dos demais.

Após deixá-los em uma gruta isolada, e que muito poucos conheciam, Pierre voltou ao campo de batalha. Esperava poder ajudar, mas quando retornou, sem ser visto, percebeu que a batalha já havia terminado. Os cruzados já estavam cavando duas grandes trincheiras, onde todos os corpos foram depositados e depois queimados com óleo quente: uma prática comum após batalha, para evitar a putrefação dos corpos a céu aberto e não atrair os animais comedores de carniça.

Pierre tentou observá-los secretamente, preocupado que estava com as duas mulheres resistentes; mas foi descoberto, e então torturado, por que os cruzados imaginavam que ele pudesse ter informações importantes sobre a resistência dos nobres da região. Ficou dois dias acorrentado a uma árvore, exposto ao tempo, chicoteado sistematicamente, sem comida ou água. No final do segundo dia, ficou inconsciente, e então foi retirado do poste e atirado às margens do rio, para que os animais terminassem o trabalho. O soldado encarregado de matá-lo e enterrá-lo não quis se dar o trabalho de fazer uma cova e resolveu atirá-lo no rio: jamais imaginou que ele sobreviveria. Obra do destino? Do acaso? Ou algum tipo de intervenção divina? Jamais saberemos, mas todos nós temos consciência de que Pierre manter-se vivo foi um milagre!

Mesmo acorrentado e sendo impiedosamente castigado, Pierre ouviu algumas conversas de soldados ao seu redor. E, assim, soubemos que as mulheres haviam sido entregues ao prazer dos comandantes das tropas, e que depois foram poupadas para cozinharem para eles enquanto estivessem por ali. O que seria feito delas quando se retirassem era uma incógnita, mas muito provavelmente seriam mortas. Então, naquela hora em que ouvíamos a narração de Pierre, eu, com o coração dilacerado por tudo que as duas mulheres estavam passando, soube que algo deveria ser feito urgentemente para resgatá-las das mãos dos cruzados.

Também era prioritário resgatar as mulheres e crianças escondidas na gruta. Já deveria estar faltando água e comida, além do grande risco de serem descobertos. Minhas cunhadas e dois sobrinhos pequenos, a esposa e os três filhos de Pierre estavam entre os refugiados na gruta. Nossa angústia, tensão e medo do amanhã só aumentavam...

Conforme Pierre tinha forças e lembrava dos fatos, ele nos falava; e foi através dele que tivemos uma noção de como Béziers foi dominada tão rapidamente. De acordo com o que ele ouviu, um grupo de jovens cidadãos viram um bando de maltrapilhos imundos, que se emboscavam aos arredores dos muros da cidade. Faziam parte de um enorme número de homens que haviam se juntado aos exércitos cruzados na espera de oportunidades para saque e pilhagem. Não tinham nada a perder, eram ladrões, vagabundos marginalizados, doentes. Sabendo que a verdadeira tropa de cavaleiros e soldados estava ainda muito longe de representar uma ameaça, eles abriram um dos portões e saíram gritando, urrando e abanando uma bandeira branca. Encontraram um dos ladrões maltrapilhos na ponte, o mataram e atiraram o corpo no rio. Pronto, o caos estava armado. Os demais participantes do grande grupo oportunista, às centenas, saíram desvairadamente atrás dos jovens, armados com facas, porretes, enxadas, machados, e conseguiram adentrar nos portões da cidade, matando tudo o que encontravam pela frente. Os defensores da cidade, recém-acordados e desorganizados, foram pegos de surpresa. Como moscas na merda, os maltrapilhos se multiplicaram. E tão logo a informação chegou aos cruzados, a ordem de invasão imediata foi dada! Não houve tempo de organização de uma defesa, a cidade foi aniquilada no amanhecer do dia!

Ouvimos atentamente a história que Pierre nos narrava, que, por sua vez, a ouvira na conversa de um grupo de soldados, quando ainda não havia sido descoberto. Se era verdade ou não, nunca ficamos sabendo! Mas o fato é que de alguma forma fazia sentido: os cruzados entraram na cidade muito facilmente, não houve cerco, praticamente não houve resistência ou luta, nem os portões da cidade foram derrubados.

Num outro momento, um pouco mais refeito de todo o trauma, enquanto ele nos contava, chorando, sobre meu pai e irmãos, minha mãe e a dele, a raiva e o desejo de vingança se apoderavam da minha alma. A crueldade dos cruzados, a barbárie imposta sobre todo o povo da região, mortos sem piedade nem compaixão, a destruição dos vinhedos, das fazendas, vilarejos, tudo esmagado ou queimado, acordavam em mim o que havia de mais sombrio.

E eu não podia permitir que a pior versão de Hugues De Fillandryes fosse desperta!

CAPÍTULO X
Fé que encoraja

O tratamento de Ayla foi um sucesso. Após a primeira sessão de emplastos com a babosa, os primeiros sinais de melhora começaram a aparecer. No primeiro dia, com Ayla desacordada, o ferimento já parou de formar secreção purulenta, toda a região em volta começou a melhorar de coloração, a pele já não ardia em brasa.

No amanhecer do segundo dia, Ayla saiu daquele estado de inconsciência: foi um alívio, confiávamos que o pior já havia passado. Eu, o padre Ignácio e uma jovem senhora, amiga de Ayla, nos revezamos na vigília e cuidados com ela. E, apesar de muito fraca, aos pouquinhos ela começou a se alimentar, se fortalecer e recuperar.

A partir do terceiro dia, minhas preces eram de puro agradecimento; eu me sentia privilegiado em ter sido socorrido, instruído, e encaminhado para perto daquele sábio ancião, que me orientou e deu o tratamento milagroso para a cura de Ayla e Pierre.

A vida era realmente fascinante e misteriosa; e, quanto mais eu pensava naquele encontro em que tivera notícias tão tristes — foi quando eu soube da morte do meu pai e irmãos —, mais eu tinha convicção de que somente pela ação e desejo da minha fé, e do mundo espiritual em resposta, eu, caminhando desesperado e sem rumo na cidade destruída, iria entrar entre tantas casas desertas, exatamente naquela onde quem podia salvar Ayla se encontrava. Nosso encontro, nossa conversa, tudo muito bizarro; mas eis que o bizarro era o milagre, e havia dado resultados magníficos: Ayla estava praticamente recuperada, e então eu agradecia!

Agradecia a Deus Pai, a Jesus Cristo Ressuscitado, a São Miguel, o arcanjo guerreiro, protetor da Ordem do Templo, a todas as forças da natureza e da vida, benfeitores e amigos do mundo espiritual. Seres e entidades que eu não compreendia muito bem sua existência, sua conexão com o mundo físico, seres que eu não via, mas que eu sentia, percebia e acreditava estarem junto de nós. Eles eram minha fé e minha força, e com eles eu me mantinha esperançoso por dias melhores.

No sétimo dia após o início do tratamento de Ayla, conforme eu havia combinado com o ancião, me dirigi até o refúgio dele. Padre Ignácio me acompanhou, mas ficou escondido numa casa nas proximidades. Se o ancião fosse realmente quem ele pensava e aceitasse encontrá-lo, então eu viria chamá-lo.

Entrei no mercado vazio, procurei pelo ancião e nada encontrei. Olhei em volta, e não havia qualquer sinal de que uma pessoa estivesse morando ali; resolvi esperá-lo.

Me sentei no chão, encostado na parede que ficava de frente para a porta. Eu estava muito cansado pelas noites maldormidas, esgotado físico e mentalmente, e então adormeci. Acordei, não sei quanto tempo depois, num sobressalto; ali estava o ancião, parado na minha frente, estático e silencioso, me observando. Usava o mesmo camisão surrado da vez anterior.

Levantei rapidamente, um tanto ansioso, com uma sensação estranha no coração. Suava frio.

— Como está a menina? Ficou bem? — perguntou ele, estático no mesmo lugar.

— Sim! — respondi feliz. — Vim lhe agradecer, e dizer que para sempre estará nas minhas preces.

— Não é preciso agradecer; mas aceito as preces. São bem-vindas, todos nós precisamos de preces e boas vibrações.

Fez uma pausa, caminhou em direção à janela. Ficou alguns segundos observando a rua deserta, e então disse:

— Eu sabia que ela ficaria bem, assim como o outro rapaz! Me conforta saber que ainda posso ajudar a quem precisa.

— Como sabes de Pierre? — perguntei, chocado, diante da obviedade de que ele via e sabia muito mais do que um simples mortal.

— Apenas sei! — foi a resposta curta e breve.

Silêncio. Ele observava a rua pela janela, parecia absorto em seus pensamentos e ter esquecido da minha presença. Por fim, ele comentou:

— Imagino que vocês estão pensando em ir para Montségur...

— Nós quem? — não entendi o comentário de imediato.

— Os sobreviventes do massacre de Béziers! Você e Ayla estão com eles, não estão?

— Por ora, sim! Mas em breve deverei retornar à Província de Saint-Gilles — fiz uma pausa aguardando alguma resposta, alguma reação.

Como o ancião ficou quieto, perguntei:

— Mas por que Montségur? — indaguei curioso.

Sempre de costas para mim, com o olhar fixo para além da janela, ele falou:

— O castelo, no pico da montanha, será reconstruído por Raymond de Perella a pedido dos "crentes anciãos". A construção original está quase totalmente em ruínas, mas a partir de agora ali será o refúgio dos crentes. Uma comunidade dos adeptos da nova doutrina se organizara em torno da fortaleza reconstruída. Se tornará um refúgio inexpugnável por bons anos... Acredite no que lhe digo, e sigam para lá; ajudem na construção desta nova comunidade.

Fiquei pensando no que acabara de ouvir, que para mim não fazia o menor sentido.

— O local é de difícil acesso. Conheço o pico de Montségur, é como um gigante rochoso, que se ergue para o céu, rompendo nuvens, no centro de um círculo de montanhas, que o circundam a distância — eu falava sobre as condições desfavoráveis do lugar, longe de tudo, descrente de que o pico de uma montanha pudesse vir a se tornar um refúgio viável para uma comunidade numerosa.

O pico de Montségur fica na vertente norte dos Pirineus, a uma altitude de dois a três mil metros, dominado por vales profundos a sua volta. É um imenso penhasco, e as ruínas do castelo que conheci, construído no topo do rochedo, não poderiam abrigar um grande número de crentes. O que aquele ancião falava não parecia fazer o menor sentido.

— Lugar perfeito para um posto de observação, posto de sinalização, e com condições para se erguer uma fortaleza, construir casebres de pedras, um vilarejo. Lá em cima tem uma fonte de água, poucos sabem disso, natureza em plenitude, o ar em movimento e estarão mais próximos do sol, da lua e das estrelas... Lugar perfeito para elevar o verbo ao Criador, mais próximo do sol e de Jesus Cristo, daquele que irradia luz e vida — argumentou ele.

Eu escutava aquele velho homem falar com tanta segurança e confiança, como se tivesse certeza sobre o amanhã. Sempre pausadamente, num ritmo constante, sem alterar o tom ou a consistência da voz. Era uma figura enigmática, e quanto mais eu prestava atenção em sua aparência, mais esquisito ele me parecia. Resolvi cortar aquela conversa que girava sobre uma possibilidade que, para mim, era inexistente:

— Nada sei a respeito da reconstrução da fortaleza em Montségur, muito menos de vir a se tornar um refúgio para os crentes; até porque, pela força das leis da conquista, estipulada pelo papa, Montségur logo se tornará propriedade de algum nobre francês participante desta cruzada. Mas, de qualquer forma, vou falar a respeito com o padre Ignácio, ele é o líder dos refugiados de Béziers e certamente vai optar pelo melhor destino.

— Padre Ignácio... Sei quem é! — ele parecia estar falando com si mesmo, com a voz muito baixa, além disso, estava muito mais introspectivo do que no outro dia; na verdade, todo o lugar parecia estar numa energia diferente.

— Aproveitando o ensejo; ele quer vir aqui lhe encontrar — eu tentava focar no objetivo do encontro. — Disse-me que seu nome é Benoit, e que és um perfeito da nova seita! Padre Ignácio quer receber o *consolamentum* e se tornar um bom cristão como você!

— "Perfeito"... não gosto dessa forma como vocês nos chamam... Fui um bom cristão! Além disso, não tenho tempo para ver o padre, é tarde demais! Também não sou autorizado a dar o *consolamentum* a quem quer que seja. Me foi permitido retornar aqui apenas para dar algumas recomendações sobre a jornada de toda essa gente.

"Fui um bom cristão" — aquela frase no passado não me passou despercebida; será que ele havia renegado sua crença? Muitos, com medo da fogueira, estavam negando sua fé. E, para mim, era totalmente compreensível, mas não me parecia ser o caso. Mas, enfim, aquela conversa já estava por demais dispersa. Eu queria respostas.

— Quem está a lhe dar ordens? A vida por aqui está um caos, cada um por si e salve-se quem puder! Quem poderia estar lhe dizendo o que fazer ou não? O que você precisa fazer de tão urgente que não pode atender um pedido destes? Você é ou não um bom cristão?

— Nada disso é relevante! O que realmente importa é que o destino de toda essa gente seja Montségur, e que partam o quanto antes. Padre Ignácio e Ayla serão os líderes deste povo nesta nova jornada; assim como já foram líderes em outra perseguição, em tempos já passados...

— Não o entendo... — eu estava confuso.

Que outra perseguição?, eu me perguntava. O ancião parecia estar vivendo uma outra realidade. *Será que todo esse sofrimento, todo este drama lhe causou danos na cabeça?*

— Talvez o entendimento chegue com o tempo, pode vir rápido ou não! Tudo tem o tempo certo para acontecer, não se aflija! — completou ele.

— Como não me afligir? Tudo o que não temos é tempo. Os exércitos cruzados continuam matando e aniquilando por toda a região de Languedoc, um verdadeiro extermínio dos adeptos ou simpatizantes da nova seita. Se você realmente é Benoit, um perfeito ou bom cristão, aqui o que menos importa é o nome, você deveria estar preocupado com a atual situação e ajudando sua gente.

— Tudo o que estou tentando fazer é ajudá-los, mas do único jeito que posso! Você é o meu intermediário, ninguém entenderia caso eu os contactasse diretamente. Este é o seu papel neste episódio: aquele que intermedeia e ajuda aos que buscam a redenção!

— Ninguém busca redenção, estão todos tentando se manter vivos! — falei alto e extremamente irritado; eu estava perdendo a paciência com aquele velho que não falava claramente. — Por favor, homem, veja o que aconteceu a essa gente: suas famílias mortas, despedaçadas, suas casas queimadas, plantações destruídas, animais mortos ou roubados, um massacre, sem dó nem piedade — completei.

Mas nada parecia perturbar a serenidade daquele ancião, nem mesmo toda minha irritação, voz e emoções alteradas: o homem parecia não se importar. Falava ignorando meu estado, meu comportamento, minha irritação. Nada o tirava daquele estado de equilíbrio e harmonia.

— Eles sabiam que seria assim, muitos até pediram para aqui estar! — ele continuava a falar coisas sem qualquer sentido. — Buscam encontrar a paz interior, aliviar a dor de suas consciências por todo o mal que fizeram em tempos passados, levados pela ignorância, egocentrismo e intolerância. Não acreditaram nas palavras do Divino Mestre, muito menos de seus apóstolos e discípulos, agora buscam o autoperdão. Todos nós já fomos os perseguidores! Estamos pagando o preço de nossas escolhas e ações! Causa e efeito, não existe acaso![27]

Foi então que perdi o controle: aquele homem parecia viver num mundo à parte, falava coisas sem sentido, desconexas da realidade que vivíamos. Ele estava louco! Cheguei perto dele, que continuava a falar coisas que eu não entendia, com o olhar fixo além da janela. Pus minhas mãos sobre seus ombros, tentando forçá-lo a virar-se para mim, queria olhar nos seus olhos e dizer tudo o que estava pensando a respeito de todo aquele sermão.

Mas, quando tentei tocá-lo, não pude sentir seus ombros nem seu corpo; ele se afastou tão repentinamente que eu não captei o movimento. Foi como se meus olhos não tivessem registrado a velocidade de seu deslocamento. Quando percebi ele já estava do outro

---

27 Um dos sete princípios de Hermes Trismegisto — sábio que teria vivido no Antigo Egito.

lado daquele armazém, longe o suficiente para que eu não pudesse encostar nele. Fiquei atônito, tentando entender o que havia acontecido. Então ele disse:

— Vou embora! Já disse tudo o que precisava falar de mais importante. Só não se esqueça de sua missão com sua filha; você prometeu ajudá-la em seu propósito de vida. Cumpra o prometido!

— Você não pode ir embora assim! Não me explicou nada do que tudo isso significa.

— Conte ao padre Ignácio, ao rapaz e à Ayla nossa conversa e tudo vai ficar claro.

Falando isso, ele saiu rapidamente pela porta. Corri para tentar impedi-lo, mas quando cheguei na porta já não o avistei. Havia sumido.

Fiquei desconcertado, mas não me permiti ficar pensando a respeito daquele encontro inusitado. Suas últimas palavras rodavam na minha cabeça, e então eu queria muito falar com o padre Ignácio, contar tudo a ele, a Ayla e Pierre. Esperava que tudo se esclarecesse, conforme Benoit disse.

Retornei rapidamente ao lugar onde o padre me esperava para voltarmos o quanto antes ao esconderijo subterrâneo.

Padre Ignácio não se conformou de Benoit ter se recusado a lhe dar o *consolamentum*, mas não entrei em mais detalhes, afirmando que precisávamos ter uma conversa com Ayla e Pierre.

Eu não queria ter que contar aquela estranha conversa mais de uma vez; achava que todos deveriam ouvir tudo juntos, em uma única versão. E assim foi...

CAPÍTULO XI

Passado que condena

Assim que chegamos ao nosso esconderijo, chamamos Pierre e fomos até o cubículo onde Ayla se recuperava; era o único lugar, dentro de todo o túnel, onde poderíamos ter alguma privacidade.

Ayla já estava quase totalmente recuperada, mas precisava se fortalecer, tinha perdido muito peso e força muscular em função da má alimentação — em vários dias ela só tomou água. Continuava convalescendo em seu catre.

Já fazia cinco dias desde que ela ficara consciente, mas eu e ela ainda não tínhamos conversado sobre tudo o que ocorrera naquela última semana. Ela parecia ter esquecido o conflito e a situação constrangedora no dia em que ela cuspiu no meu rosto, provavelmente delirando devido à sua enfermidade. E eu ainda não tivera coragem de lhe contar sobre nossa família, nossa mãe prisioneira dos cruzados, pai e irmãos mortos. Mas era chegada a hora de Ayla tomar conhecimento de tudo, até porque precisávamos planejar o resgate de nossa mãe e Niélly, e, na sequência, organizar a fuga de toda essa gente para algum lugar mais seguro.

Nosso esconderijo estava superlotado com o resgate das mulheres e crianças foragidas das propriedades do Barão De Fillandryes, acontecido naquela manhã. Agora se recuperavam dos dias sofridos, com pouca água e quase nada de comida. E eu ainda me perguntava como faríamos para movimentar mais de cem pessoas sem chamar a atenção dos cruzados. Era tanta coisa ocorrendo ao mesmo tempo que eu ainda nem tinha conversado com essa gente. Faria isso tão logo tivesse acabado essa conversa recomendada pelo ancião.

Ayla e Pierre nada sabiam sobre o meu primeiro encontro com Benoit, então fiz um breve resumo para eles, até porque, se estavam vivos, devíamos agradecer ao procedimento com babosa recomendado por ele.

— Então hoje fechava a semana, e, conforme havíamos acordado, me dirigi ao antigo mercado para rever o ancião......

— Eu fui junto, e fiquei escondido nas proximidades — o padre Ignacio fazia uma inserção na minha narrativa —, porque conversando com Hugues eu deduzi que este velho profeta é o bom cristão Benoit! Não deve haver dois perfeitos que conseguiam predizer o futuro por aqui, na nossa região. Então fui junto e me mantive distante, Hugues iria questioná-lo a respeito e iria me chamar caso ele concordasse em falar comigo. Eu queria pedir a ele que me desse o *consolamentum*.

— Você disse Benoit? É a pessoa que estou pensando? — interrompeu Ayla com uma certa euforia.

— Benoit? Impossível! Não pode ser! — era Pierre, falando ao mesmo tempo que Ayla. Os dois estavam surpresos com o fato de ser Benoit, o ancião que nos ajudou.

— Calma, pessoal! Um de cada vez... — o padre tentava acalmar a ansiedade dos dois.

— Ele não chegou a me confirmar se era o Benoit, mas também não negou! Só disse que não lhe fora permitido dar o *consolamentum* a quem quer que fosse — comentei.

Padre Ignácio não conseguia disfarçar sua decepção quanto ao *consolamentum*, sua expressão facial revelava todo seu descontentamento.

— Com certeza, não é o Benoit! — falou Pierre, com muita segurança.

— Como você tem tanta certeza de que não é o Benoit? Você o conheceu? — perguntei curioso.

Pierre olhou para cada um de nós antes de dizer:

— Acompanhei Ayla e seu pai a vários encontros clandestinos conduzidos pelo mestre Benoit. Eu e minha família também nos tornamos crentes. Ele tinha o dom da oratória e persuasão.

— Tinha? — indagou Ayla.

Todos os olhares se voltaram para Pierre, que demonstrava sua aflição ao molhar os lábios com a língua, parecia estar encontrando a melhor forma de nos falar.

— Não era o Benoit! — reafirmou ele. Fez uma pausa e, por fim, continuou: — Ou você conversou com o fantasma dele... — deixou a frase suspensa no ar e observou nossas reações.

Ayla ficou pálida. O padre fez o sinal de cruz. Eu gelei, sem saber o que pensar. Mas imediatamente vieram algumas lembranças à mente, eram pequenas frases ou reações, coisas inusitadas que haviam acontecido no nosso último encontro e às quais, embora tenham me chamado a atenção, não dei importância no momento. Passado o choque inicial, perguntei diretamente:

— Por favor, Pierre, seja claro! Benoit está morto? É isso que você está dizendo? Você tem certeza disso?

— Sim! Eu o vi na pilha de corpos que seriam incinerados numa vala aberta, lá na sua propriedade. Vestido apenas com um camisolão de algodão cru — olhei para Ayla, que estava perplexa, com os olhos marejados, pois aquela afirmação já deixava no ar que algo muito sério e grave tinha acontecido nas nossas terras.

— Acredito que ele estava escondido na casa de algum dos vassalos de seu pai. Nos últimos tempos ele vinha pregando e fazendo reuniões pelos arredores — completou Pierre.

Fiquei sem saber o que pensar, era muita coisa para ser processada. Voltei a atenção para minha filha:

— Ayla, você está bem?

— Sim! Estou chocada diante de tudo isso, mas estou bem! Podem prosseguir...

Padre Ignácio olhou para cada um de nós e, já recuperado da surpresa inicial, tentava ser objetivo e racional:

— Precisamos ser práticos e diretos! Hugues, meu caro, por favor, tente se lembrar em detalhes tudo o que ele lhe disse, certamente ele deixou mensagens subliminares...

— O que é isso? Mensagem subliminar? — Pierre e Ayla perguntaram juntos, se antecipando a qualquer resposta que eu pudesse dar, pareciam não entender a que o padre se referia.

— São mensagens dissimuladas, indiretas, ocultas, abaixo dos limites da nossa percepção consciente, mas que muitas vezes irão influenciar nossas atitudes, nosso comportamento, nossas escolhas — fiz uma tentativa de explicar a eles, enquanto minha mente buscava lembrar da conversa com Benoit.

— Não sei se entendi muito bem — resmungou Pierre.

— Depois eu explico melhor! — respondeu o padre.

— Eu ainda estou tentando assimilar que estive conversando com um espírito — fiz uma pausa, tentava compreender toda aquela situação, completamente fora da realidade. Depois continuei: — Bem, desde o início da nossa conversa ele parecia falar coisas sem sentido. Primeiro, quando eu disse a ele que estava eternamente agradecido pela cura de Ayla e Pierre e que ele estaria sempre em minhas orações, ele disse que não precisava agradecer, mas que aceitava as orações, que todos precisavam de preces. Mas disse que consolava saber que ainda podia ajudar a quem precisasse.

Todo o grupo ficou em silêncio, reflexivo sobre o que estávamos conversando e a complexidade de tudo aquilo. Continuei:

— Depois, do nada, me perguntou se iríamos fugir para Montségur.

— Montségur? Por que Montségur? — era Ayla que questionava.

— Fiz essa mesma pergunta a ele.

— E ele me falou que a fortaleza no pico de Montségur será reconstruída e que irá se tornar um refúgio para os crentes. Que deveríamos ir para lá, ajudar na formação desta nova comunidade, e que o padre Ignácio e você seriam os líderes desta jornada.

O padre e Ayla trocaram um olhar, surpresos com aquela revelação.

— Eu, líder? Que loucura, nem consigo andar por minha conta...

— Está aí o nosso destino! — padre Ignácio falava entusiasmado. — Para mim está claro, ele veio para nos dizer para onde ir...

Olhei para ele, perplexo e surpreso pela facilidade com que ele aceitara todo aquele contexto como uma verdade. Ele percebeu minha reação, mas não se importou; fez um movimento com os ombros sinalizando indiferença e nada disse. Eu prossegui com a minha narrativa:

— Quando lhe perguntei se era um bom cristão e se podia dar o *consolamentum* para o padre Ignácio, ele me deu uma resposta que na hora me deixou intrigado. Ele disse: "Fui um bom cristão e não tenho tempo para ver o padre, além disso não me é permitido dar o *consolamentum* para quem quer que seja!" — falei dando ênfase ao verbo conjugado no passado.

— Está aí: "Fui um bom cristão!" — Ayla estava agitada. — Foi um bom cristão, enquanto vivo. E ele, na condição de espírito recém-desencarnado, não deve ter sido autorizado a ficar convivendo com os vivos. Parece que ele só podia conversar contigo, meu irmão!

Ouvir Ayla me chamar de "meu irmão" fez com que meu coração doesse. Percebi o olhar inquisitivo do padre sobre mim. Certamente, meu pai tinha lhe falado das inúmeras discussões que tivemos, durante minhas rápidas visitas às nossas propriedades, já como um cavaleiro templário, em função da verdade sobre a paternidade de Ayla. Procurei disfarçar meu desconforto, contando o que me fora dito:

— Sobre isso a que Ayla se refere, ele falou como se eu fosse o seu intermediário, e que ninguém entenderia caso ele os contactasse diretamente. Que o meu papel nesta jornada é intermediar e ajudar os que buscam a redenção!

Novo silêncio, como se cada qual tentasse organizar as ideias e os sentimentos em relação a tudo aquilo que estávamos vivendo. Foi o padre Ignácio que mais uma vez reiniciou a conversa, me questionando:

— Meu caro Hugues, ele deve ter dado outros indícios que confirmem sua nova condição. Como ele estava fisicamente, sua aparência, sua forma de andar ou falar, cheiro, algo assim... Busque na sua memória, qualquer detalhe pode ser importante e vir a confirmar tudo o que estamos imaginando.

— Bom, do que eu me lembro: nas duas vezes que o vi, ele vestia uma espécie de camisolão ou túnica, bastante surrada.

— De que cor? — adiantou-se Pierre.

— Acho que cor natural, algodão cru, penso eu, mas muito surrado e sujo.

— Exatamente como o corpo que vi! — exclamou Pierre.

Tentei ignorar o arrepio que percorreu minha espinha. Continuei:

— No segundo encontro, ele manteve-se quase que todo o tempo de costas para mim, olhando sempre através da janela... Espere, lembrei agora algo que ele falou!

— Fale, todo detalhe é importante! — era o padre Ignácio. — Talvez vocês não tenham se dado conta, mas se esse encontro do Hugues foi realmente com o Benoit em espírito, fica claro que ele deve ter feito um esforço enorme para vir até nós, indicar o nosso destino. Talvez o mais seguro...

Ayla interrompeu o padre:

— Continue, Hugues, por favor...

— Eu lembrei agora que quando disse que o padre e Ayla seriam os líderes nesta jornada, ele se referiu a uma perseguição ocorrida em tempos remotos, em que ambos eram líderes, e que agora, todos buscavam a redenção!

Neste momento, padre Ignácio exaltou-se:

— Ayla, o teu sonho!

Todos olhamos para Ayla, esperando a explicação.

Ayla, visivelmente transtornada, com os olhos arregalados, disse:

— Gente, eu não sei o que está acontecendo... Parece que estamos vivendo um pesadelo guiado por seres de outro mundo! Não tem explicação! Seria uma obra do mal?

Silêncio total. Me arrastei até próximo de onde estava seu catre, ela estava sentada, encostada na parede de rocha. Peguei suas mãos e as beijei. Ela me olhou, aquele olhar era visivelmente um pedido de socorro. Ayla se continha, mas estava muito abalada. Com o dorso da minha mão, limpei duas lágrimas que desciam lentamente por suas faces, e então falei suavemente:

— Você não está sozinha, minha pequena! Nunca esteve, juntos vamos conseguir passar por toda essa tragédia que caiu sobre nós!

Foi quando ela, então, se entregou às emoções. Se agarrou a mim e chorou convulsivamente. Naquele momento, fiquei em pânico: tudo o que eu queria era proteger e acalmar minha filha, mas não sabia como. Ela era ainda uma menina, uma menina que queria ser forte e corajosa, mas que estava passando por muito sofrimento físico, dores e medos. Nossas vidas tinham sido arrancadas de nós, vivíamos um verdadeiro drama, sem saber o que nos esperava no amanhecer; e eu nem havia contado a ela que o barão e meus irmãos estavam mortos, nossa mãe e Niélly estavam nas mãos do exército cruzado! Era muita tristeza, um sofrimento atrás do outro! E, agora, toda esta estranha situação com o Benoit.

Como sobreviver a tudo isso? Como se manter lúcido e mentalmente são com tudo isso?

Com ela nos meus braços, fiz mentalmente uma prece. Eu precisava de sabedoria e discernimento, tranquilidade para acalmá-la, conquistar sua confiança e seu coração, e poder assumir, definitivamente, meu lugar na vida dela como pai!

Padre Ignácio, calado, a tudo observava aturdido, talvez surpreso pela crise emocional de Ayla. Então se afastou, foi buscar água. Pierre ficou no mais profundo silêncio, cabeça baixa, parecia estar rezando.

Quando o padre retornou, com água fresca num cantil, Ayla já estava se acalmando. Depois de alguns goles, limpei seu rosto molhado, e falei:

— Acho melhor você descansar um pouco! Depois, com calma, continuamos essa conversa!

— Não! — retrucou ela, voltando a agir como a Ayla voluntariosa que eu conhecia. — Acho que precisamos definir logo nosso futuro; e parece que o meu sonho tem a ver com tudo o que você está nos trazendo.

Olhei para o padre e para Pierre, que assentiram com um movimento de cabeça.

— Se é assim que você quer, que assim seja! Nos conte seu sonho...

— Peço desculpas pelo desabafo, mas é muita coisa junto! O sonho foi longo e confuso, eu sei que foi; e não lembro de quase nada, mas agora, depois de tudo o que nos contou, acho que o principal eu me recordo.

Ayla parecia receosa. Olhou para cada um de nós, tomou mais um gole d'água. Parecia estar postergando a sua narrativa. Resolvi intervir:

— Ayla, escute! Qualquer que seu seja o sonho, é só um sonho! A gente nem sabe ainda se tem alguma conexão com o que o Benoit nos disse. Ninguém vai te julgar por nada! É apenas um sonho...

Ela se encheu de coragem e falou:

— Bom, eu não tenho certeza se foi só um sonho! Foi como se eu tivesse vivido o que vou lhes contar, foi muito real, e foi quando eu estava inconsciente, quase morrendo. Quando voltei daquele longo período dormindo, não lembrei de imediato. Fui relembrando aos poucos...

Fez mais uma pausa, para finalmente começar a contar:

— Acho que foi numa época passada, talvez do Império Romano. Havia muitos soldados, falavam um dialeto muito parecido com a nossa língua. Eu entendia tudo o que diziam.

Parou, olhou cada um de nós. Fiz um sinal com a cabeça para que ela prosseguisse:

— Havia gente sendo caçada, era gente pobre, malvestida, correndo, fugindo, tentando se esconder. Eu me vi como um soldado, comandando uma legião... Acho que ordenava que pegassem o máximo de pessoas possíveis. Depois vi o padre e o papai, ambos com aquelas armaduras, havia uma bandeira com uma águia. Logo em seguida eu vi gente sendo queimada, crucificada, eu sabia que eram todos cristãos! Foi um sonho horrível: caça, fuga, medo, gritos, sofrimento, muito sangue e morte. Mas eu, papai e o padre não estávamos fugindo, e sim perseguindo! Éramos soldados romanos, eu acho!

Ouvir aquilo foi quase um soco no estômago. Esqueci que estava dentro do túnel, tentei ficar de pé numa reação ao que ouvira, bati violentamente a cabeça no teto baixo, feito de rocha... desmaiei.

Quando voltei a mim, havia muita gente a minha volta, todos apreensivos.

Foi só ao anoitecer que conseguimos terminar aquela conversa. Ayla, Pierre e o padre Ignacio estavam angustiados: queriam saber o que me fez ter aquela reação inesperada. Então, tentando manter a racionalidade, eu falei:

— Em determinado momento, o ancião me disse que eu seria o intermediário entre ele e os que buscavam a redenção. Retruquei, dizendo que ninguém buscava a redenção. Que as pessoas estavam tentando se manter vivas, que havia ocorrido uma carnificina em Béziers e que os exércitos cruzados perseguiam, torturavam e matavam em Languedoc. Então, ele disse que todos sabiam que seria assim, muitos até pediram para aqui estar, que buscam encontrar a paz interior, aliviar a dor de suas consciências por todo o mal que fizeram em tempos passados, levados pela ignorância, egocentrismo e intolerância. Disse que não acreditaram nas palavras do Divino Mestre, e agora buscavam o autoperdão. Que todos nós já havíamos sido os perseguidores, e agora estávamos pagando o preço de nossas escolhas e ações!

Um silêncio perturbador tomou conta daquele pequeno espaço. Pierre foi o primeiro a falar:

— Para mim, está bastante claro: todos nós fomos uma legião romana que perseguiu e matou cristãos! Agora somos nós os perseguidos, talvez por escolha própria antes de voltarmos à carne, para aliviar nossa consciência! Faz sentido, acredito nisso!

Olhei para o padre, que parecia estar absorvendo o sentido de tudo o que eu acabara de contar.

— Padre, me diga com toda sinceridade. Você acredita nisso tudo? É possível? — perguntei direto.

Ele ficou pensativo, talvez em dúvida por um momento. Depois, respondeu confiante:

— Jesus Cristo, manifesto num corpo físico, desceu à Terra, viveu como homem; sua paixão e crucificação não foram reais? E logo após, ressuscitado em espírito, não apareceu para Maria Madalena, e mais adiante a todos os apóstolos? Ele não assim o fez para a regeneração da Terra e o despertar da consciência humana?

Olhou para Pierre e Ayla e, falando diretamente a eles, perguntou:

— Não acreditamos que precisamos liberar a centelha divina que cada homem traz em si, encarcerada no seu corpo carnal, e que para isso precisamos percorrer um longo caminho evolutivo? E que isso só pode acontecer através de numerosas vidas sucessivas? Não é exatamente isso que a nossa nova fé ensina?

Pierre e Ayla apenas afirmaram com um movimento de cabeça. Então, o Padre olhou para mim e disse:

— Hugues, eu sei que tua Igreja, que também foi a minha até pouco tempo atrás, não prega nada disso! Muito pelo contrário, a Igreja Romana estabeleceu alguns dogmas fantasiosos, que nem o Papa é capaz de explicar. Mas eu também sei que a Ordem do Templo, talvez por sua convivência com o mundo árabe e muçulmano, com outras ordens iniciáticas, ou por ter participado dos Concílios Eclesiásticos, entende que vidas sucessivas são um fato; sabe que o nascer-morrer-e-nascer de novo fazia parte das Escrituras Sagradas, e que foi omitida e deletada da Bíblia por interesses nada espirituais.

Fui obrigado a concordar com tudo que o padre falou. Ele então completou:

— Então, meu caro Hugues, respondendo à tua pergunta, SIM, eu acredito que o mestre Benoit, livre do seu corpo físico, o utilizou como intermediário para nos indicar nosso destino, e, mais que isso, nos deu a explicação que nos consola, os porquês de tanto sofrimento, de estarmos passando por tudo isso! Já fizemos a mesma coisa em tempos passados: fomos nós os intolerantes, os algozes dos cristãos, fomos nós os perseguidores que os obrigavam à clandestinidade, escondidos em bosques e cavernas. Éramos nós que matavam e trucidavam! Estamos aqui e agora, vivenciando como vítimas tudo aquilo que outrora exercemos sobre os outros! Somos merecedores!

Ficamos todos num silêncio absoluto, cada qual absorto em suas reflexões. Depois de algum tempo, falei:

— Acho que depois de todos esses esclarecimentos e aprendizados, podemos fazer uma prece em honra ao nosso irmão Benoit, que veio do mundo dos espíritos nos ajudar, nos indicar o caminho! Também uma prece pedindo perdão a todos aqueles que perseguimos e matamos em tempos remotos. E, por último, agradecer ao nosso Jesus Cristo Ressuscitado e a Deus Pai, Criador do Céu e da Terra, que nos permite esta nova oportunidade de vida, esta oportunidade de remissão das nossas falhas e pecados, e ainda nos envia Benoit para nos esclarecer e consolar. Uma prece de agradecimento foi feita. E, desta forma, o destino de todos foi definido: Montségur!

CAPÍTULO XII
Emoções turbulentas

Logo que a reunião foi dada como encerrada, eu pretendia conversar com Ayla; desde sua recuperação ainda não havíamos tido uma ocasião para conversarmos a sós; e eu precisava contar-lhe não apenas da morte de parte da nossa família, como a verdade sobre sua paternidade. Mas, enquanto todos saíam, Pierre se aproximou e disse:

— Senhor Hugues, ainda não tive oportunidade de lhe agradecer por ter salvado minha vida! — Pierre se comportava como se não tivéssemos sido melhores amigos em nossa infância, falava cheio de formalidade e distanciamento.

Olhei diretamente em seus olhos e meu coração se encheu de felicidade em ver meu amigo recuperado, apesar de ainda ostentar uma ferida feia na testa. Puxei ele para próximo de mim, e dei-lhe um afetuoso abraço. Ele no princípio ficou surpreso, mas logo percebeu que ali estava o seu amigo de aventuras, e não o filho do seu senhorio. Foi um abraço caloroso de verdadeiros amigos. Quando nos afastamos lhe disse:

— Agradeço a Deus Pai pela oportunidade de ter-lhe encontrado e poder salvá-lo. Certamente, se você não fosse resgatado naquele dia, seu corpo sucumbiria a todos os ferimentos.

— Devo minha vida a você, meu irmão! — respondeu ele emocionado. — E para toda a eternidade lhe serei grato!

— Devemos agradecer é ao Mundo Superior, que de alguma forma me inspirou e guiou até o local em que você agonizava! Tenho certeza de que estamos sendo inspirados e auxiliados por amigos espirituais! Nada é por acaso e são muitas as coincidências.

— Faz sentido! De qualquer forma, inspirado ou não, quem me encontrou, me resgatou e ainda me tratou com folhas milagrosas foi você!

Pierre se aproximou e de novo nos abraçamos, e, quando Pierre se afastou e se retirou daquele pequeno cubículo, percebi que Ayla estava adormecida. Dei um leve beijo em sua testa e me retirei, eu também precisava descansar. Estava exausto! Mais uma vez a conversa que queria ter com ela foi adiada; mas eu estava decidido a lhe contar toda a verdade sobre seu nascimento.

No dia seguinte àquela reunião tão esclarecedora, formos surpreendidos com a chegada de Sir Renée Estivalet e mais dois cavaleiros templários. O grão-prior da Província de Saint-Gilles estava sensível a tudo o que o povo da região de Languedoc estava sofrendo, não via a seita dissidente como uma heresia, e sim uma nova forma de vivenciar a mensagem de Jesus, portanto, tão ou mais cristãos que os católicos e seu alto clero.

A Ordem do Templo tinha ciência de que esta cruzada não se tratava, simplesmente, de uma guerra particular da Igreja para exterminar com a suposta seita herética, mas que era, sim, um conflito de interesses e implicações complexas, na verdade, conquistas territoriais sob a custódia do Papa. Muitos cavaleiros da nossa província eram filhos da região de Languedoc e Catalunha, com suas famílias vivendo em estado de guerra, logo, a Ordem tentava se manter oficialmente imparcial, embora na clandestinidade ajudasse a população de uma forma geral.

Os cavaleiros trouxeram comida, peles para o inverno que se aproximava, vinho, ervas medicinais, algumas ferramentas e armas; e novas notícias sobre os exércitos cruzados e sua trilha de sangue, sofrimento e morte. As ordens eram para que nós, os quatro templários, acompanhássemos os sobreviventes até uma região mais segura, longe das mãos cruéis do exército comandado por Arnaud Amaury, abade cisterciense, líder religioso daquela cruzada contra cristãos.

Foi através deles que ficamos sabendo sobre o cerco e queda de Carcassone, e a prisão em uma masmorra de Raimundo Roger Trencavel, Visconde de Béziers e Carcassone, ocorrida em 15 de agosto. A situação de toda a região piorava.

Soubemos que o Conde de Toulouse, Raymond VI, excomungado, com suas terras sob interdição da Igreja, e acusado de ter sido o mandante do assassino de Pierre Castelnau, buscou reconciliação com a Santa Sé, submetendo-se a uma cerimônia pública de penitência e humilhação: nu até a cintura e descalço, foi conduzido à praça perante o abade de Saint-Gilles, onde foi açoitado diante do público, bispos e arcebispos da região. Ele ainda se comprometeu a reparar seus erros e combater os hereges, mudando radicalmente sua posição de simpatizante da nova seita à de cruzado incumbido de caçá-los com armas em mãos. Com isso, suas propriedades ficaram sob proteção da própria Santa Sé e, portanto, intocáveis enquanto estivesse empenhado na "guerra santa" em defesa da fé.

Exatamente como seu tio, Raimundo Roger Trencavel, Visconde de Béziers também foi ao encontro do exército cruzado a fim de submeter-se como meio de evitar o ataque às suas fortalezas, o que lhe seria fatal. Porém, foi rejeitado, e Arnaud Amaury preferiu dar uma demonstração de força, atacando e conquistando seus territórios na luta armada, matando a população sem piedade, usando o medo e o terror como armas para a rendição de outras localidades.

Antes do ataque a Béziers, o exército cruzado chegou em Montpellier, cidade fiel à ortodoxia católica, e que, portanto, estava protegida pelo Papa. De lá tomaram Servian, que os habitantes haviam abandonado aterrorizados, para então chegarem às muralhas de nossa cidade.

Conversando, concluímos que Béziers foi trucidada propositalmente, como demonstração de força, poder e terror! Seria o exemplo, mostrando às demais populações o que aconteceria àqueles que não denunciassem os hereges e a estes, caso não renegassem sua fé herética.

Em 1º de agosto, o exército cruzado estava diante das muralhas de Carcassone, mas pelo caminho já havia se apossado de várias localidades, onde encontrava somente aquilo que os habitantes, amedrontados e em fuga, não haviam conseguido levar consigo.

Carcassone era uma antiga fortaleza visigótica do século VI; em um local romano os muros antigos haviam sido reforçados, e Raimundo Roger acrescentou um grande castelo. Era forte, mas havia uma fraqueza: estava longe do rio Aude, e os cruzados tomaram o controle da ponte que cruzava o rio. A cidade dependia de seus próprios poços d'água no meio de um longo e quente verão. Foi um tempo crítico para ambos os lados, até que no dia 14 de agosto, sob a promessa de salvo-conduto, Raimundo Roger e outros nove entraram no campo das cruzadas para negociar as condições sob as quais os ocupantes de Carcassone teriam a permissão de sair da cidade. Mas a traição ocorreu, e o Visconde Raimundo Roger foi acorrentado e aprisionado em uma das suas próprias frias e úmidas masmorras. Segundo as informações, no dia seguinte os habitantes de Carcassone saíram carregando nada mais que seus pecados, e a cidade foi ocupada sem resistência em 15 de agosto. Inexplicavelmente, nenhum cátaro foi preso. Homens, mulheres e crianças, católicos e cátaros, todos ficaram livres, exceto Raimundo Roger. E a fortaleza transformou-se no quartel-general das cruzadas.

O exército cruzado, agora, tinha um comandante militar: Simon de Montfort.

◇◇◇◇

A chegada dos cavaleiros templários trouxe, além dos mantimentos e informações, um novo ânimo para todos. A confirmação de que o exército cruzado havia feito Carcassone como quartel-general deu a todos coragem e ânimo para novas movimentações; nossa cidade, destruída, agora não estava mais sob o olhar constante e vigilante do comando cruzado.

Os poucos católicos que estavam no grupo decidiram voltar ao que sobrou de suas casas e propriedades, e tentar recomeçar a vida.

Quanto aos crentes, estavam firmes e unidos em sua fé e, com a chegada dos cavaleiros templários, deliberaram em conjunto, organizando e planejando a fuga de Béziers, o que ocorreria na primeira madrugada de lua cheia. E o destino seria Montségur!

Porém, antes, era preciso resgatar minha mãe e Niélly das mãos dos remanescentes do exército cruzado. E foi decidido que dali a dois dias os quatro cavaleiros templários iriam até a antiga propriedade do Barão De Fillandryes sob alegação de que católicos cristãos não podiam ser feitos de prisioneiros ou escravos sem motivo justificável, iriam requerer a libertação imediata das duas mulheres.

Eu os acompanhei, mas, quando foram discutir a questão junto com o comandante local, fiquei na rua, como vigilante. Não queríamos que minha mãe ou Niélly denunciassem nossos laços familiares, o que poderia gerar desconfiança sobre nossa alegação.

No final, tudo foi mais rápido e fácil do que poderíamos imaginar. O fato é que o pequeno grupo que por ali se mantinha não queria confusão e conflito com os templários.

Logo que minha mãe e Niélly foram entregues aos templários, foram avisadas sobre minha presença, e que deveriam se conter até estarmos longe da vigilância dos cruzados.

De minha parte, aquela espera a distância, sem saber o que acontecia na reunião, me deixou angustiado e agitado. Definitivamente, eu odiava esperar.

Eu estava ansioso para ver minha mãe, saber como ela estava, saber o que lhe tinha acontecido, tudo o que havia acontecido ali, em nossa propriedade. Todos esses dias, sem ter tempo para pensar e compreender de forma absoluta tudo o que estava acontecendo, fez com que, naquele momento, toda minha força emocional se rendesse ao pesar, à tristeza, à dor do incontrolável e do definitivo! Meu corpo físico sofria com toda aquela tensão: espasmos musculares percorriam todo meu corpo, dos pés ao pescoço: uma dor aguda, intermitente, de forma quase insuportável.

O peso de toda vestimenta e armas também colaboravam para meu total desconforto e agonia. Como forma de impactar, e demonstrar que havíamos vindo preparados até para um confronto, estávamos vestidos e armados para a luta, prontos para o combate. Mas é claro que essa não era a intenção!

Uma luta armada contra os cruzados, mesmo sendo um grupo pequeno e aparentemente sem a menor importância, poderia chegar aos ouvidos do Papa, o que seria um problema. Oficialmente, a Ordem do Templo era contrária à nova heresia!

Pensamentos e sentimentos contraditórios me angustiavam, ideias dispersas, sem conexão ou foco. Tudo o que eu queria era que aquela espera terminasse e eu pudesse estar com a minha mãe.

E aqueles espasmos dolorosos, que iam e vinham, como que testando minha resistência física e emocional!

Naquele dia, naquele tempo em que esperava, eu me vi como um menino desamparado, que só queria a segurança e o conforto dos braços de sua mãe. Por um momento me vieram à mente e ao coração lembranças doloridas do dia em que Mabel recusou-se a conhecer nossa filha e disse que queria seguir uma vida religiosa.

Por que estava lembrando disso? Exatamente agora?

Eram fatos que eu buscava manter a sete chaves dentro do meu peito. Nunca conversei com ninguém a respeito depois daquele jantar e daquela reunião em que havia decidido fazer a vontade de Mabel.

Nunca mais vi Mabel, nem procurei saber notícias sobre ela. Certamente, o padre Ignácio deveria se perguntar como eu pude simplesmente ter esquecido da mãe da minha filha. Nunca esqueci! Essa lembrança dolorida vivia em mim! Mas eu havia decidido que não deixaria que essa tristeza guiasse a minha vida. Então eu a ignorava. Com sacrifício e muita força de vontade, eu fazia questão de ignorá-la! Mas ela estava lá, amarga e silenciosa, sempre presente no fundo do meu coração. Uma mágoa profunda e resistente, que contaminava todo o meu ser!

Estava eu conjecturando sobre tudo isso, quando percebi a movimentação e a aproximação dos templários, acompanhados por duas mulheres e mais um grupo de quatro homens armados. Tive que demonstrar indiferença à aproximação da minha mãe, trocamos um rápido olhar.

Um olhar de tristeza e pesar, mas também de alívio e esperança!

Minha mãe estava muito mais magra e envelhecida do que eu me lembrava; havia quase quatro anos desde que a vira pela última vez, não parecia a mesma mulher!

O sofrimento e a tristeza haviam envelhecido Dona Sophia De Fillandryes uns quinze anos! Ela sempre tão altiva, elegante, com um brilho próprio; agora, se mostrava como uma pessoa cansada, apagada, sem qualquer fulgor!

As duas mulheres foram ajeitadas sobre os cavalos extras que havíamos trazido, e seguimos cavalgando por um trajeto completamente contrário ao nosso real destino.

Não podíamos correr o risco de ser vigiados e levar o inimigo ao nosso esconderijo. Cavalgamos por quase uma hora no mais completo silêncio! Eu estava angustiado e ansioso por dar um abraço na minha mãe, mas a cautela nos mandava ter paciência.

CAPÍTULO XIII
Bênção que alivia

Existem experiências e emoções nessa vida que são verdadeiras graças divinas, e nós, focados na rotina do dia a dia, ou na própria sobrevivência, não as valorizamos, deixamos passar despercebidas ou esquecemos de usufruir dessas bênçãos. Estar nos braços de sua mãe, não importa qual seja sua idade, é uma sensação tão confortante e agradável, única, um verdadeiro bálsamo para a alma. Eu havia esquecido disso.

Quando chegamos, naquele dia, onde outrora havia a Igreja de Santa Maria Madalena, eu pude finalmente dar um abraço na minha mãe, percebi o quanto eu estava precisando daquela energia, daquele calor, daquele amor revitalizante que só as mães podem propiciar.

Sim, eu era um monge guerreiro, já havia participado de muitas guerras, muitas batalhas. Já havia matado, sentido a morte muito próxima, visto a morte em suas formas mais cruéis. Não tinha medo dela, acreditava na vida após a morte, sabia da existência de uma Força Criadora Maior, mas, além de tudo isso, eu era apenas um homem, com sentimentos, medos e emoções comuns a nós, seres humanos! Algumas coisas podem ser piores que a própria morte: perder alguém que se ama muito, por exemplo. E naquele dia o abraço da minha mãe era a coisa mais valiosa que eu queria e precisava: o melhor conforto, o maior consolo, o maior alívio, o maior amor!

Naquele dia só ela sabia o tamanho da minha dor, do meu pesar, das minhas perdas! Só ela, que também havia perdido seu companheiro de vida, filhos, amigos, sua casa, sua história...

Minha mãe, recém-liberta de um cativeiro humilhante, degradante, aviltante. Refém daqueles que haviam matado seu marido, seus filhos, amigos, empregados. Refém daqueles que haviam usurpado sua vida, sua família, sua honra, e ainda assim era eu quem mais precisava daquele abraço! Era eu quem precisava de consolo! Meu egoísmo de filho...

Minha mãe estava com a alma ferida, magoada e, mesmo assim, resignada! Resignada, firme e forte na sua fé, forte o suficiente para me consolar e animar. Era isso que eu pensava!

Depois de se lavarem, ela e Niélly foram alimentadas. E só então, finalmente, ela concordou em ver Ayla.

O encontro das duas foi emocionante e, ao mesmo tempo, doloroso.

Após muitas lágrimas de felicidade e alívio, abraços e carinhos, muitas perguntas de parte a parte, uma prece conjunta em agradecimento pelo reencontro, Ayla perguntou:

— Por que o barão ainda não veio me ver? Ele estava junto com a senhora, não estava?

Eu e dona Sophia trocamos um olhar de total desconforto e pesar. Não sabíamos como agir: a notícia da morte de quem amamos nunca é fácil de ser verbalizada. Não existe maneira certa, nem fácil de fazê-lo.

Minha mãe pegou as mãos de Ayla e as beijou. Depois, com os olhos transbordando lágrimas silenciosas, apenas disse:

— Não, querida, nem seu pai, nem Hector ou Roque... Suas vidas foram ceifadas pelas mãos dos algozes gananciosos que queriam nossas terras!

Eu assistia à cena com a alma em fuga: era como se meu espírito quisesse tudo abandonar e ir para bem longe de todo aquele sofrimento. Meu coração era uma mistura de sentimentos que iam da dor e tristeza à raiva e ódio.

Onde estava a justiça divina? Cadê o meu Deus, que permitia tanta atrocidade e sangue derramado em nome da intolerância e da ganância? Como ser um bom cristão, buscando a paz e o amor universal, num mundo repleto de injustiças, e de tanto sofrimento e dor?

Ayla abraçou a minha mãe, e juntas choraram suas dores e seus lutos.

Fiquei em silêncio, a tudo acompanhando, deixando que minha dor se transformasse em lágrimas de pesar, mas também de alívio.

Depois de algum tempo, busquei água fresca para as duas, que tentavam se recompor: já não havia mais lágrimas a serem derramadas.

Ayla contou suas façanhas, sobre seu ferimento, falou de Benoit e tudo mais. Dona Sophia a tudo ouvia com atenção, às vezes fazia uma ou outra pergunta. Depois de um tempo, minha mãe disse:

— Ayla, minha filha! Depois de tudo o que nos aconteceu, toda essa tragédia que caiu sobre nossa cidade, nosso povo, nossas vidas; depois de você quase morrer, nossa família ser destruída, eu acreditar que seria morta quando não servisse mais àqueles monstros imundos e cruéis, depois de tudo isso, acho que chegou a hora de você saber algo muito importante sobre o início de sua vida!

Meu coração parou, meu sangue congelou, o tempo parou. Ayla me olhou intrigada. Minha mãe não podia fazer o que me passou na cabeça. Não agora, não naquele momento!

— O barão já partiu, e logo sou eu que me vou... Não posso partir sem lhe contar uma história.

— Por favor, minha mãe! Não fale bobagem, a senhora ainda há de viver muito em nosso meio...

Eu estava sentado no chão, à porta daquele cubículo onde Ayla ainda se restabelecia de sua fraqueza; assistia, silencioso, ao reencontro triste das duas pessoas mais importantes da minha vida. Meu amor por ambas era infinito e poderoso; por elas faria qualquer coisa. Quando ouvi minha mãe dizer que precisava contar uma história, eu sabia do que se tratava. Tive medo, aquele não era o momento. Ayla acabara de saber que aquele a quem chamava de pai estava morto.

Não sabia como Ayla reagiria diante da verdade, e eu preferia que ela soubesse por mim.

Tentei ficar de pé, mas ali era impossível. Simplesmente falei:

— Dona Sophia, por favor! Ayla ainda se recupera fisicamente: está fraca e frágil. Acabou de saber da morte de parte de sua família! Esse não é o momento...

— Estamos sempre esperando o melhor momento, que nunca chega! Ayla precisa saber da verdade, é a sua história de vida, por mais triste que seja! — Dona Sophia estava determinada.

Ayla olhou para mim, olhou para minha mãe, e retrucou:

— Se é sobre mim, eu quero saber! Não se preocupe com minha saúde, meu irmão!

Silêncio.

— Por favor, minha mãe, prossiga... — pediu ela.

Pensei estar tendo um pesadelo, ou seria um sonho, quando ouvi minha mãe dizer de forma muito clara e objetiva, sem rodeios:

— Eu não sou sua mãe, Ayla! Sou sua vó!

Ayla ficou por alguns momentos paralisada, como se precisasse digerir e entender o que acabara de ouvir. Seus olhos iam da minha mãe para mim, e vice-versa. Seu olhar revelava confusão, ansiedade e medo. Dona Sophia passou as mãos pelos cabelos de Ayla, num gesto cheio de carinho e falou:

— Meu amor por você não muda em nada. Você é sangue do meu sangue, corpo do corpo do meu corpo, mas não foi gerada no meu ventre! Sou mãe do seu pai, sou sua avó!

Senti o olhar de Ayla fixo sobre mim: ela estava confusa, chocada diante daquela verdade.

Não disfarçava a surpresa, o impacto: seus olhos estavam marejados de lágrimas, suas faces coradas, sua voz engasgada, mas percebi um certo tom de indignação, quando perguntou:

— Quem é meu pai? Hector? E onde está minha verdadeira mãe?

Dona Sophia, demonstrando muita calma e tranquilidade, confiante de que fazia o que era certo, se virou para mim:

— Diga a ela, Hugues!

Eu queria ter tido essa conversa com Ayla há muitos anos, quantas e quantas vezes ensaiei essa conversa. Planejando as melhores palavras, a melhor forma de lhe contar que havia sido rejeitada pela mãe, e que seu pai se afastou para ir servir a Ordem do Templo, conforme desejo e ordens do Barão de Fillandryes! Não seria dessa forma. Por que minha mãe contava a ela este segredo guardado por tanto tempo, de forma tão abrupta, num momento de tanto pesar? Contava tão direta a verdade nua e crua, sem rodeios, sem conforto, sem figuração! Contava sem me avisar, não me dando tempo para me preparar.

Um silêncio perturbador tomou conta do ambiente. Ayla me fitava e esperava por uma resposta!

Respirei fundo e respondi:

— Eu sou seu pai, Ayla! Tinha quinze anos quando me enamorei e engravidei sua mãe, filha de um vassalo do senhor meu pai.

Ayla me olhava. Deu um suspiro profundo, e deixou que as lágrimas tornassem a cair livremente por suas faces coradas. Seus olhos ainda estavam vermelhos e inchados de tanto chorar pela morte do barão.

— Onde está minha mãe? — sua voz era quase um lamento.

Troquei um olhar com Dona Sophia e criei coragem de contar a minha filha a parte mais triste desta história: a rejeição por parte de sua mãe.

— Mabel, esse é o nome de sua mãe, teve um parto muito difícil, perdeu muito sangue, quase morreu. Tinha quinze anos na época, muito menina. Ficou mais de uma semana inconsciente, enfraqueceu muito. Nunca se recuperou do trauma, que parece ter mexido com sua sanidade mental e fez com que ela perdesse o juízo. Culpou a mim e a você por toda sua dor, seu sofrimento durante o parto, julgava ter sido um castigo de Deus tudo o que lhe ocorrera, por ter se deitado comigo fora do casamento. Não aceitava minha presença, meu amor, nosso casamento, nossa filha...

Fiz uma pausa, respirei profundamente, e continuei:

— Infelizmente, Ayla, sua mãe nem quis conhecê-la quando voltou a si.

Me aproximei do catre onde Ayla estava sentada. Minha mãe se afastou, abrindo espaço para mim, tentei abraçá-la, mas ela se esquivou, afastando-se e encostando na parede fria de pedra. Encolhida, assustada, confusa.

Sua expressão facial revelava toda sua surpresa, sua perplexidade diante da verdade. Eu sofria por ela, e por mim também. Naquele momento, toda a dor vivida há mais de quinze anos, quando Mabel rejeitou a mim e a sua filha, voltou. Era uma dor sufocante, cortante, aguda, que se materializava como uma pontada no peito, na altura do coração.

Levei instintivamente a mão ao local, minha mãe percebeu e interveio:

— Ayla, entenda que tudo foi uma surpresa e um sofrimento enorme para todos nós! Hugues desesperado, sendo rejeitado pela mulher que amava, com uma recém-nascida nos braços e com data marcada para se apresentar à Ordem do Templo.

Ayla pareceu não ouvir o que lhe era dito, simplesmente perguntou:

— E onde está minha mãe?

— Mabel quis ir para um convento, disse não querer saber de filhos, marido ou família! Queria se dedicar a Deus! Fiz o que ela me pediu, pedi ao padre Ignácio que encontrasse um convento, uma abadia que a recebesse — respondi com a voz um tanta embargada.

Foi quando minha mãe nos apresentou uma segunda surpresa, falando de uma decisão surpreendente e dolorosa para todos nós:

— Hugues e Ayla, decidi seguir o caminho de Mabel! Quero viver o que ainda me resta de tempo num convento...

Não quis acreditar no que ouvia:

— Como assim, senhora minha mãe? Que conversa é essa? Não a estou entendendo! — a dor no meu peito era real e persistia.

— É exatamente isso o que você ouviu, Hugues! Vou me retirar dessa vida mundana e triste, não me restou muito... Vou falar com o padre Ignácio para que ele ao menos me indique um lugar onde eu possa ficar, talvez o mesmo lugar onde Mabel foi acolhida.

Ayla a tudo assistia. Chorava copiosamente.

— Por quê? A senhora tem Ayla, tem a mim, tem duas noras e netos que precisam de consolo e força para seguirem, a senhora é nossa guia, nossa referência, nossa matriarca.

— Eu já não tenho forças nem energia para continuar minha própria vida, quanto mais para consolar ou guiar alguém. Quero ficar sozinha com minha dor! Tenho esse direito!

Caminhando de joelhos, dentro daquele cubículo sufocante, cheguei até minha mãe, nos abraçamos e choramos juntos. Não havia nada que eu dissesse que a faria mudar de ideia, ela estava determinada. Quando não havia mais lágrimas a derramar, minha mãe me deu um beijo na testa, e outro em cada mão. Sem nada dizer, foi até a beira do catre, onde Ayla permanecia, e a tudo assistia, calada e tentando assimilar tudo o que estava acontecendo; puxou Ayla para seus braços, colocou a cabeça da menina junto ao seu peito e disse:

— Meu amor por ti é muito maior do que você possa imaginar! Sempre quis te compensar pelo amor que sua mãe de corpo não teve condições de lhe oferecer. Perdoe a todos nós! Tudo foi feito pensando no que seria melhor para você! Perdoe seu pai, que sempre quis lhe falar a verdade e sempre foi impedido pelo barão! Perdoe o barão, que era completamente apaixonado e dedicado a você, mais do que foi pela própria filha!

Ayla nada respondeu. Permaneceu muda, recebendo o carinho de sua avó. Fiquei um tempo quieto, observando as duas, e depois me retirei. Tive a compreensão de que Ayla precisava de um tempo para tudo assimilar. Eu também estava aturdido com tudo o que estava acontecendo.

A dor no meu peito amainara, mas persistia. Eu já não sabia o quanto a minha dor era física ou uma dor de alma.

Saí dali e fui caminhando até o rio Orb. Precisava ficar sozinho, respirar ar puro, arejar meus pensamentos, meus medos, minha dor.

Finalmente a verdade havia sido revelada, isso era algo que eu sempre quis; desde quando Ayla tinha cerca de sete anos. Meu pai nunca me permitiu: Ayla era sua paixão. Acho que temia que os sentimentos da menina mudassem, que lhe visse com outro olhar, ao saber que era seu avô e não seu pai! E, de certa forma, o senhor barão me roubou a filha, privando-me de viver esse amor paternal; mesmo eu estando longe, tenho certeza de que nossa relação seria mais estreita, íntima e acolhedora, se ela me enxergasse como seu pai ao invés de irmão.

A verdade é que todos nós temos medos e fantasmas guardados em nosso íntimo, e que muitas vezes não nos permitem as melhores escolhas, as melhores decisões. Entender a origem e os motivos desses limitantes é o que nos faz crescer como indivíduos, nos fortalece, e torna nossa vida mais leve e equilibrada. O senhor barão teve seus medos, assim como eu os tinha!

Mabel também teve medo, não soube enfrentá-lo. Deixou que seus medos e fantasmas a engolissem, roubassem sua sanidade mental. Se perdeu...

Mas agora tudo era passado, e não adiantava seguir com mágoas e ressentimentos dentro do coração. Não adiantava ficar imaginando o que teria sido se nossas escolhas tivessem sido outras. As escolhas foram feitas de acordo com as nossas capacidades e o entendimento na época. O que passou, passou! Era preciso olhar para a frente e deixar toda essa carga pesada para trás. Era preciso perdoar a todos os envolvidos, inclusive a mim mesmo.

Somos criaturas falíveis e imperfeitas. A vida é nossa mestre; nossos relacionamentos, e todas as dificuldades, dramas e traumas que nos são apresentados são nossas lições e provas. É entre erros e acertos que vamos aprendendo, amadurecendo, evoluindo.

O erro de ontem pode vir a ser o acerto de amanhã!

Enfim, naquele dia em que minha mãe revelou a verdade à Ayla, mesmo sem saber como ela reagiria ao fato, eu me sentia aliviado: um peso havia sido tirado dos meus ombros. E quanto ao meu pai, e aos ciúmes que sempre tive de sua relação com Ayla, eu agora era capaz de compreender, aceitar e perdoar. E isso era uma bênção! Minha dor no peito sumiu.

O perdão, uma benção e um alívio!

Agora, eu me sentia forte para enfrentar o que o futuro nos aguardava...

CAPÍTULO XIV
O desespero

Nas semanas subsequentes, nosso foco foi planejar e trabalhar nos preparativos da nossa fuga: já estávamos em setembro, o outono chegando, trazendo os ventos frios dos Pirineus. Precisávamos fugir daquela região de conflitos e perseguição o quanto antes; ou o inverno nos impediria de atingir nosso destino: o pico de Montségur.

A jornada seria longa, árdua e perigosa: não podíamos seguir pelas rotas e trilhas comuns, correndo o risco de ser descobertos e, provavelmente, massacrados. Havia necessidade de alimentos, água potável, proteção contra o frio e a chuva, mas também nossos utensílios domésticos e ferramentas de trabalho. Só tínhamos uma única carreta, dois bois e uma vaca, duas ovelhas e uma cabra. Os cavalos e um burro de carga eram animais dos templários. Era um grupo heterogêneo, pessoas de todas as idades, muitas mulheres e crianças, alguns velhos, alguns saudáveis, outros nem tanto; em torno de cem pessoas. O grupo havia diminuído, pois alguns católicos decidiram tentar a reconstrução de suas vidas no que sobrou de suas propriedades ou casas, desistindo da fuga. Sabiam que agora deviam fidelidade ao novo senhor do viscondado, e logicamente servir à Igreja Católica, e dar combate à "heresia", o que lhes colocava como nossos inimigos, possíveis delatores. Era o jogo da sobrevivência! Quem se recusasse a prestar juramento de lealdade ao novo senhor seria tachado de cúmplice da heresia, além de rebeldia ao novo senhorio, que, por sua vez, podia exigir pela força das armas o juramento de fidelidade de todos que habitavam seus domínios. Éramos obrigados a respeitar a lei e os costumes vigentes! Lei e costumes que a nova doutrina — eu agora já sabia — abominava!

Naquela altura dos acontecimentos ainda não sabíamos de quem se tratava o novo senhor da região, talvez algum bispo ou nobre do norte da França.

Através da minha mãe e de Niélly, que serviram por alguns dias parte do exército cruzado, ficamos sabendo algumas histórias terríveis sobre o aniquilamento de Béziers, e o andamento daquela cruzada de cristãos contra cristãos.

A mais chocante refere-se a uma ordem do então comandante espiritual das tropas, o monge cisterciense Arnaud Amaury, que, antes do ataque à cidade, foi perguntado sobre como distinguir os católicos dos hereges, e teria respondido: "Mate-os todos! Deus reconhece os seus!".

Um monge, um senhor religioso, antigo abade do Mosteiro de Poblet na Tarragona, mandando matar em nome de Deus! Que sacrilégio!

E assim foi feito: mulheres, idosos, crianças e padres que buscaram refúgio na Catedral foram decapitados antes de ela ter sido incendiada, tal como na Igreja de Santa Maria Madalena. Uma chacina!

E, segundo o que minha mãe ouviu, nunca a preocupação dos comandantes e nobres foi com relação à crueldade excessiva, ou a proteção dos inocentes; mas ganhar seu quinhão na participação dos saques, não podiam deixar que mercenários e *routiers*[28] usurpassem tudo.

A verdade, por mais dolorida que seja, é que o saque às cidades invadidas e o massacre da população eram práticas comuns e admitidas na dura lei das guerras medievais. Era comum, era praxe, era a lei do mais forte!

O pior de tudo era saber que tudo o que estava acontecendo era tratado como uma "guerra santa", nomeada e aclamada pelo papa e,

---

28 *Routiers*: bandos selvagens de marginais e assaltantes que vagueavam pelas estradas (*routes*) em busca de aventuras.

portanto, geradora de indulgências[29] a quem dela participava, oportunizando, inclusive, uma cobertura canônica legal para conquistas territoriais, mesmo onde não houvesse heréticos. Assim o papa formou seu exército cruzado!

Estávamos vivendo um regime de terror, e, segundo o que dona Sophia pôde apurar e lembrar, o exército cruzado colecionava vitórias, já tendo conquistado Albi — que se rendera —, Castres, Caussade, Mirepoix, além de Carcassone. Ou seja, nossa fuga seria extremamente perigosa, e eu já estava determinado a acompanhar o grupo até Montségur, quando todos estivessem seguros, mesmo que eu não tivesse autorização formal do grão-mestre de Saint-Gilles para isso.

Minha mãe e Niélly nos relataram conversas que ouviram entre os cruzados que serviram na semana subsequente ao seu resgate e antes de partirem para o Mosteiro de Prouilhe, situado aos pés da colina de Fanjeaux. Fundado há pouco mais de três anos pelo frade castelhano Domingos de Gusmão,[30] era o lugar onde pretendiam viver até o fim de seus dias e, depois eu vim a saber, para onde Mabel foi transferida depois da sua fundação.

Eu e Pierre acompanhamos e escoltamos minha mãe, Niélly — a mãe de Pierre, que igualmente decidiu entrar para o convento e acompanhar sua senhora e amiga de toda uma vida —, e o padre Ignácio até o vilarejo, próximo ao mosteiro. Como não podia deixar de ser, foi uma jornada melancólica, cujo silêncio só foi quebrado pelo padre Ignácio, que nos contou um "aparente" milagre ocorrido na região:

— Numa tarde de julho de 1206, o frade castelhano Domingos de Guzmán, que buscava a conversão de cátaros através da pregação, orava na imensa planície no topo da montanha, em Fanjeaux, lugar onde já havia se instalado devido ao grande número de cátaros na região.

---

29 Indulgências: perdão, absolvição de pecados e culpa (Oxford Languages). Na Cruzada, perdão por todos os pecados, morte, roubo, saques durante o tempo prescrito de participação na guerra santa.
30 Domingos de Gusmão seria canonizado pelo papa Gregório IX em julho de 1234, tornando-se São Domingos de Gusmão. Fundador da Ordem dos Dominicanos ou Ordem dos Pregadores e da Ordem Segunda, dirigida apenas às mulheres. Combateu o catarismo através da pregação.

"Foi quando viu uma enorme bola de fogo, no vale abaixo, na aldeia abandonada de Prouilhe, onde havia uma capela destinada a Nossa Senhora praticamente destruída. Pareceu-lhe um sinal de Deus, recebendo inspiração para ali construir sua obra, uma casa religiosa para mulheres.

"No mesmo ano, o Conde Toulouse concedeu a Domingos de Guzmán a capela de Santa Maria de Prouilhe e trinta e três passos do terreno que circundava a capela destruída. Uma casa de taipa é construída e o frade ali instala suas primeiras irmãs, a maioria convertidas do catarismo. Era o início do Monastério de Prouilhe."

Milagre ou lenda, aquele convento construído pelo frade espanhol a partir da visão de uma bola de fogo seria a última morada da minha mãe.

Fanjeaux era uma pequena cidade fortificada, cuja população era predominantemente cátara, e que ocupava uma importante posição geográfica, em vista de ser ponto de irradiação para diferentes caminhos. Quando lá chegamos, o local estava em polvorosa, com seus habitantes assustados, em fuga, carregando o que podiam, e deixando toda a história de suas vidas para trás. Sabiam que o exército cruzado, agora comandado por um nobre cavaleiro francês, Simon de Montfort, estava a caminho, e que este, por onde passava, deixava um rastro de violência, sangue e morte. Entretanto, nossa rápida passagem por lá permitiu-nos saber que famílias inteiras — muitas de origem nobre —, perfeitos e perfeitas de toda a região, estavam fazendo um verdadeiro êxodo para Montségur na expectativa de dias melhores. Ou seja, Montségur parecia ser um destino seguro e factível não apenas para nós.

E neste lugar, num clima de tensão e medo, me despedi para todo o sempre de minha mãe. No princípio, tentei fazê-las desistir da ideia, com medo de que os cruzados não respeitassem o mosteiro e matassem todas como fez em Béziers. Mas elas estavam irredutíveis e o padre Ignácio alertou-nos de que era um local sob a proteção da Santa Sé, já que fora construído pelo frade Gusmão, alguém que vinha trabalhando arduamente na pregação da fé católica contra o catarismo, influente junto à alta cúpula da Igreja e, segundo diziam, amigo de Simon de Montfort. Ele era contrário à violência e acreditava que as conversões só aconteceriam quando os representantes da fé católica se apresentassem de forma humilde, pregando a palavra de Jesus num vocabulário compreensível ao povo mais humilde. Era o que ele e alguns pupilos faziam!

Aquele dia foi difícil: o medo de que minha mãe não estivesse segura, a aflição por saber que nossos caminhos seriam distintos, saudades antecipadas dos seus abraços, seu carinho de mãe, o seu conforto. Um sentimento de perda imensurável, pelos dias e experiências que a vida não nos deixou compartilhar e que agora estariam perdidos em definitivo.

A vida não era justa, muito menos amigável.

Naquele dia, meu estado de espírito contrastava com o belo entardecer do lugar: uma angústia e tristeza profunda envolviam minha alma, eu tomava consciência do tão pouco que convivera com meus pais! E agora nada podia mais ser feito!

Do alto da colina de Fanjeaux, observando aquela pequena e simplória construção, onde minha mãe viveria a partir de agora, no lindo vale abaixo, eu me perguntava: por que não valorizamos e usufruímos do nosso presente? Dos momentos abençoados com que somos presenteados pela vida? Só quando os perdemos é que tomamos consciência do quanto eram importantes para nós! Eu me sentia desolado com a destruição total da minha família: acabara de perder meu pai, meus dois irmãos, dois sobrinhos com os quais quase nada convivi, e agora estava perdendo minha mãe. Não para a morte, mas a perdia para as conjecturas da vida! Basicamente, só me restava Ayla e dois sobrinhos pequenos que nem me reconheciam como tio devido à falta de convivência. Minha irmã Amélie havia casado com um conde do Reino de Aragão, e muito provavelmente nunca mais nos veríamos. Família destruída: a partir de agora, eu já não teria uma casa para voltar, um lar para chamar de meu, uma família para visitar. Meu corpo, meu coração e minha alma transbordavam um misto de raiva, tristeza e ódio.

Uma vez alguém me disse que o ódio sempre tem uma parcela de medo! Era verdade.

Naquela mesma tarde, tanto minha mãe como eu sabíamos que seria nosso último abraço, último beijo, última visão que teríamos um do outro. Uma despedida difícil; despedidas definitivas sempre o são!

Com o coração apertado, eu a vi entrar ao lado de Niélly por uma velha porta de madeira e ferro. Seus passos eram firmes e decididos, e ela nem ao menos olhou para trás. Talvez para não chorar ou desistir... E assim, depois daquela tarde de setembro, nunca mais vi ou tive notícias concretas de dona Sophia De Fillandryes, restando-me apenas doces lembranças do seu carinho e amor, e um grande aperto no coração por nada saber do seu destino.

◇◇◇◇

Nesta mesma semana, Ayla abandonou, definitivamente, o leito onde se fortalecia: pela primeira vez desde a tragédia que havia se abatido sobre Béziers ela saía do túnel e pegava um pouco de sol. Mais uns dias e ela estaria apta a fazer a longa jornada que tínhamos pela frente.

Nossa relação estava bastante estranha, um certo desconforto surgia entre nós cada vez que tentávamos conversar. Eu me preocupava com sua condição física, mas também emocional, diante de tudo o que ela havia sofrido; e, agora, com o agravante de que não teria mais a presença da minha mãe. Eram muitas perdas...

Todos ali estavam emocionalmente abalados, alguns desesperançosos, acreditando que não chegaríamos vivos ao nosso destino. Algo precisava ser feito para levantar a moral de todos, fazê-los acreditar que dias melhores estavam por vir, num outro lugar, vivendo uma outra forma de vida, uma nova comunidade, com liberdade para viver sua fé.

Conversei com o padre Ignácio a respeito e sugeri que encontrasse algum lugar minimamente seguro para fazermos uma missa, um culto, uma pregação — nem sabia como nominar uma reunião de fé e oração dos crentes — antes da partida de quatro homens que se preparavam para seguir para Montségur no dia seguinte. Eles fariam um reconhecimento prévio, tanto do trajeto mais viável e seguro quanto das condições atuais no pico da montanha. Estávamos todos tão abalados por tudo o que havia acontecido, tão focados em sobreviver, que havíamos esquecido de trabalhar nossa espiritualidade: todos precisavam se reconectar ao Divino, fortalecer sua fé, não importava qual fosse, ou nossa jornada seria um fracasso antes mesmo de começar. Num primeiro momento, o padre não achou uma boa ideia devido ao perigo de sermos descobertos, mas, por fim, foi obrigado a concordar que precisávamos fortalecer nossa união e espiritualidade. Só com muita fé e resiliência para suportar tanto sofrimento, tanta destruição e crueldade, assistir ao que se passava ao nosso redor e ainda assim acreditar em dias melhores.

Naquela noite, depois de uma pregação inspiradora do padre Ignácio, estávamos nos preparando para recolher-nos quando ele me convidou para caminharmos, queria conversar comigo a sós. O padre Ignácio era o grande líder de toda aquela gente, que viam nele seu guia: a grande maioria mulheres e velhos, confusos e amedrontados. Nossos primeiros passos foram num silêncio meditativo. Até que ele perguntou:

— Como você está se sentindo depois de ter deixado sua mãe lá em Prouilhe?

— Com o coração despedaçado, a alma em frangalhos, e a mente fervilhando! Respeito, mas não entendo esta decisão da senhora minha mãe — respondi sinceramente.

— Posso compreender... — respondeu ele, como que deixando o final da frase em suspense.

Fiquei com a nítida sensação de que ele queria me dizer algo mais. Esperei por algum segundos, e, como ele permanecia em silêncio, provoquei-o:

— Padre Ignácio, o senhor está querendo me dizer alguma coisa?

— Meu estado de espírito está tão aparente assim, é?

— Sinto o senhor angustiado — respondi.
O padre parou, se virou para mim e disse:
— E realmente estou, meu filho!
Silêncio. Compreendi sua angústia e respeitei sua necessidade de pensar cada palavra, intuindo que a conversa seria difícil.
— Creio que você não sabe, mas foi em Fanjeaux, numa casa que acolhia mulheres, que Mabel foi instalada há mais de quinze anos, logo depois o mosteiro de Prouille foi fundado e abrigou todas as mulheres do antigo estabelecimento.
Minha mãe havia falado algo a respeito, mas eu preferi ignorar.
— Que importância tem isso? Talvez minha mãe reencontre Mabel, nunca saberemos… — esse era um assunto que me machucava; e que eu pretendia mantê-lo quieto e isolado no fundo do meu coração.
— Elas nunca se reencontrarão… fiquei sabendo que Mabel já faleceu!
Lembrei do rosto da menina por quem me apaixonei e senti o peso daquela notícia. A pergunta sobre como e quando isso acontecera morreu na minha boca; era melhor nada saber, não mexer com essa ferida — ela poderia voltar a sangrar.
Fiquei quieto, pensativo, e o padre não pareceu se importar com a minha aparente falta de interesse pelo fim de Mabel.
Estabeleceu-se um silêncio, mas que não era desconfortável. Acho que o padre Ignácio, assim como eu, precisava de alguns momentos de solitude com seus pensamentos. Uma pausa para respirar e pensar, para só então continuarmos com aquela conversa, triste e pesada.
Por fim, o padre retomou a conversa:
— Hugues, isso não é tudo! Infelizmente, tenho mais para lhe contar, e são mais notícias tristes, meu filho. Estava até há pouco tempo na dúvida se deveria lhe contar ou não, mas meu coração me manda compartilhar mais essa dor contigo, afinal é a sua família!
Nas últimas semanas, minha vida tinha se resumido a sofrimento, medo e perdas. Me senti frio e insensível, meu corpo e minha alma estavam cansados, e pareciam não ter mais nenhuma reação para a dor. O que o padre falava não me surpreendia: parece que tudo o

que a vida tinha para me oferecer eram notícias tristes. O que mais podia acontecer?

— Por favor, padre, não me esconda nada! É sobre minha mãe, não é? — algo me dizia que aquela decisão da minha mãe de ir para um mosteiro tinha algum motivo oculto, uma força maior.

Ele simplesmente baixou a cabeça e, sem conseguir me olhar de frente, disse:

— Sua mãe está morrendo!

Meu cérebro não foi capaz de registrar o verdadeiro e amplo sentido daquelas palavras de imediato. Silêncio. Era impossível. Não fazia o menor sentido.

— Como assim? — eu não estava entendendo nada. As imagens dela começaram a surgir na minha mente. Primeiro, ela na minha infância e juventude, em toda sua vitalidade, beleza, alegria, força e determinação; para logo depois, em nosso reencontro, meu espanto diante da sua fragilidade, fisionomia cansada, seu rosto pálido, a extrema magreza, seu olhar profundo e sem brilho, refletindo uma tristeza sem fim.

— Logo que vocês as resgataram, sua mãe me procurou e pediu para se confessar; queria se confessar antes mesmo de rever Ayla. Eu lhe disse que era impossível, pois eu havia me convertido em crente, e não me considerava mais um padre. Não podia conceder-lhe o sacramento da confissão!

— Ela implorou, chorou e disse que eu devia isso a ela em nome da nossa velha amizade, e do tão pouco que restou dos velhos tempos. Alegou que não havia outro padre com quem ela pudesse conversar e se confessar, e que ela não se importava com a minha conversão, que para ela eu sempre seria o padre Ignácio, confessor de toda a família Fillandryes.

O padre fez uma pequena pausa, passou a língua nos lábios, parecia procurar as melhores palavras. Eu acompanhava cada movimento, ouvia atentamente, ansioso e intrigado:

— Eu acabei convencido por ela — continuou ele —, concordando em ouvi-la, mas lhe disse que de minha parte não era uma confissão, mas sim um desabafo entre dois velhos amigos. Conversamos, e, depois de saber de tudo o que se passava, eu disse a ela que você deveria saber o que estava ocorrendo. Minha opinião era de que ela deveria conversar com você e Ayla, vocês deveriam ter ciência de tudo, e que certamente estariam juntos com ela, dando todo o apoio necessário. Juntos, poderiam decidir o melhor para todos. Mas ela se manteve irredutível: nem você nem Ayla deveriam saber de nada até que ela já estivesse num mosteiro, a decisão já estava tomada. Ela sentia-se visivelmente envergonhada por seus atos, pelo que chamou de fraqueza, seu desespero, e não se sentia forte ou com energia para compartilhar toda a dor com vocês, quis poupá-los. Até pediu que eu fizesse um juramento sobre isso, não o fiz e lhe disse que minha nova fé não admite juramentos de qualquer espécie, nossa palavra, nossa honra é maior do que qualquer juramento!

Interrompi a narrativa do padre:

— Estou agoniado, padre, me conte logo o que se passa!

Reparei na fisionomia dele, seus olhos estavam marejados, sua voz embargada, visivelmente emocionado, ele ainda me deu um último olhar antes de prosseguir:

— Sua mãe está morrendo, Hugues! Ela tentou se matar ingerindo uma porção de ervas venenosas que já carregava consigo ante a iminente invasão e combate que haveria com o exército cruzado. Já havia chegado aos seus ouvidos histórias aterrorizantes sobre o destino de algumas senhoras diante de guerras de domínio territorial. Quando perdeu seu pai, seus irmãos, netos e foi feita prisioneira, quis morrer. Não imaginou que seria resgatada, ou que veria você e Ayla novamente. Queria morrer, mas a quantidade não foi suficiente para uma morte imediata, e agora ela está morrendo lentamente. Infelizmente, seu organismo rejeita todo e qualquer alimento, está perdendo sangue… Ela definha, restam-lhe poucos dias, talvez horas! Fez um esforço enorme para não demonstrar toda a dor e fraqueza para vocês!

Caí de joelhos, num acesso de revolta e angústia, gritando e socando a terra a minha volta. A mesma terra que havia nos dado tanto: a comida, a sobrevivência, saúde, uma vida familiar plena, tantas alegrias, o poder e a riqueza de toda uma dinastia. Nada restou: agora, tudo de nós era arrancado, tudo era esmagado, destruído, morto. Naquele dia eu aprendi, da forma mais sofrida possível, a lição mais importante de toda minha existência: não temos nada nessa vida carnal além da nossa própria consciência! Nem mesmo nossos corpos físicos são nossos! Tudo pertence ao Pai Criador, a uma ordem universal que não compreendemos, que, do mesmo jeito que nos empresta, nos tira!

O padre deixou-me liberar toda a raiva e sofrer que corroíam minha alma. Ele apenas orava baixinho.

Por fim, quando não havia mais lágrimas, nem voz nem qualquer sentimento em meu peito, eu pedi:

— Por favor, eu lhe peço: não conte nada a Ayla! Nem sobre Mabel, nem sobre dona Sophia! Neste momento, saber disso só vai lhe trazer mais dor e sofrimento! Não há mais nada que possamos fazer!

O padre Ignácio fez um gesto afirmativo com a cabeça e disse:

— Por favor, Hugues, não se deixe dominar pela tristeza ou pelo ódio!

Respondi apenas com um sinal afirmativo de cabeça.

— Lembre-se sempre de que por aqui só estamos de passagem; todos nós! Uns ficarão mais tempo que outros, mas todos nós iremos voltar à nossa verdadeira vida, do mesmo jeito que aqui chegamos, sem nada nas mãos, e ainda livres do peso deste corpo.

Ainda de joelhos na terra, olhei para o padre e murmurei:

— Às vezes, nada disso faz sentido para mim. Ultimamente, tenho visto tanto sofrimento e crueldade, são tantas as perdas, minha dor é tamanha, que fico em dúvida até sobre minha fé, minhas crenças. Onde estará Deus?

Padre Ignácio não pareceu se importar com minhas palavras, se ajoelhou ao meu lado e disse:

— Me acompanhe, vamos rezar... Precisamos rezar por nós, por nossa fé, por Mabel, mas especialmente por sua mãe, que teve uma vida toda de bondade, amor ao próximo e muita fé! Que Deus Pai na sua infinita misericórdia a perdoe por esse gesto desesperado, uma afronta contra a própria vida!

Então, rezamos.

Nossa história não era a única, tantas outras famílias estavam passando pelo mesmo, ou por coisas piores. Eram tempos de escuridão!

Este era apenas mais um entre tantos capítulos tristes, nesta tragédia que se abateu sobre Languedoc...

PARTE III

Acreditando no futuro

◇◇◇◇

"Enquanto houver vontade de lutar, haverá esperança de vencer."

SANTO AGOSTINHO

CAPÍTULO XV
Bom dia

Nos dias que se seguiram, me esforcei para não ficar preso às lembranças de minha mãe. Mas às vezes, sem qualquer aviso, meus pensamentos teimavam em buscar por ela. Relembrava momentos de festa e alegria, momentos de dor e tristeza, palavras e ensinamentos. Meu coração se agoniava diante do não saber nada sobre o estado dela: ela podia já estar morta e eu nem saber...

Tentava ocupar minha mente na preparação da jornada que aguardava toda aquela gente. Planejamos uma jornada de reconhecimento: dois cavaleiros templários, mais Pierre e seu filho primogênito, seguiram para Montségur, já levando um burro de carga com ferramentas e utensílios de trabalho. Nossa expectativa era de que eles fossem e voltassem em uma semana. Então iniciaríamos a jornada de fuga, em três grupos de aproximadamente trinta pessoas, com duas pessoas responsáveis pela vigilância e segurança, e um guia responsável por ordenar os acampamentos, divisão de tarefas e alimentos, e cuidados entre as pessoas.

O primeiro grupo seria o maior, e o que levaria a carga mais pesada que precisava ser conduzida na carreta. Também seria escoltado por dois templários, guiados e comandados pelo padre Ignácio. Era o grupo mais vulnerável devido à presença da carreta. Fariam o trajeto mais seguro, mas também mais longo. Seria o primeiro a partir; eu os acompanhei na primeira parte do trajeto e logo retornaria.

O segundo grupo, escoltado por um templário e Pierre, comandados por Ayla, partiria três dias depois do primeiro.

E um terceiro grupo, o último a partir, escoltado por mim e Áries, o primogênito de Pierre. Ficamos responsáveis por destruir e limpar todos os vestígios de nosso esconderijo. Partiríamos dois dias depois do segundo grupo, fazendo quase o mesmo trajeto.

Todos os grupos sabiam dos trajetos de todos, e em todos havia o "mensageiro", para o caso de ser preciso levar notícias ou informações para os demais.

Era um caminho sem volta, e precisávamos de muita sorte e proteção divina.

Ficamos aliviados quando o pessoal que foi fazer o reconhecimento prévio voltou, exatamente uma semana depois de sua partida. Estavam exaustos pela jornada, e trouxeram boas e más notícias.

As boas notícias diziam respeito a Montségur, com uma igreja e comunidade cátara que já se organizava e se estabelecia no pico, mesmo existindo um vilarejo no vale abaixo da montanha. Famílias e nobres simpatizantes da nova doutrina, que haviam perdido suas terras e propriedades, também estavam se dirigindo para lá, julgando-se protegidos pela inacessibilidade da imponente montanha.

As más notícias diziam respeito ao progresso do exército cruzado que vinha dominando grandes cidades, tomando castelos e fortalezas, derrotando e destruindo toda a zona rural do Languedoc: era uma parceria terrível entre a Igreja Romana e o militarismo, bispos, monges, mercenários e nobres ambiciosos do norte da França, todos unidos sob o desejo do papa de erradicar a nova crença e, o mais importante, a ganância pelas terras férteis e prósperas do Languedoc.

Não havia muito o que fazer, além de fugir da espada e crueldade dos cruzados.

Com as rotas de fuga definidas, era preciso iniciar a jornada imediatamente; logo, os novos senhores de Béziers estariam por ali, e nossos esconderijos — além do túnel, estávamos usando algumas casas abandonadas — não seriam mais seguros.

Durante o dia eu trabalhava até a exaustão, às vezes me esquecia até de comer. Entretanto, minhas noites se transformaram num martírio, desde aquele dia em que soube que minha mãe tentara o suicídio e que, em decorrência, agora seu corpo definhava. Eu orava e orava, pedindo a misericórdia divina para ela, enquanto viva, mas também para sua alma, depois de liberta da carne. Ficava imaginando a imensidão de sua tristeza e medo, para atentar contra a própria vida; logo ela, tão cristã, e ciente do quanto o suicídio era considerado um erro terrível diante do maior presente da Criação — nossa própria vida e todas as possibilidades advindas dela.

Além disso, cada dia que passava aumentava minhas preocupações com a sobrevivência de todo o grupo, me sentia responsável pela segurança de todos. Quando caía a noite, no recolhimento que deveria ser a hora do repouso, meu coração sangrava, minha mente fervilhava, e eu só conseguia conciliar o sono quando a madrugada já estava adiantada.

No final daquele dia, véspera da partida do primeiro grupo rumo ao nosso futuro, eu estava especialmente angustiado. Apesar de um vento frio, resolvi banhar-me no rio Orb e aproveitar para meditar e fazer minhas preces. Havia muitos por quem rezar: por Mabel, já desencarnada e que carregará o pecado de haver rejeitado sua filha, minha mãe, cuja situação e sorte eu ignorava, todo o grupo de sobreviventes de Béziers, que carregavam um tanto de ódio e rancor por tudo que haviam passado, e que tinham uma árdua e perigosa jornada de fuga pela frente, e ainda todos aqueles que haviam perdido a vida nesta tragédia que se abatia sobre nossa terra. Vítimas da ignorância, intolerância, ganância e crueldade dos homens. Rezava também por aqueles que haviam ordenado toda essa carnificina, e ainda pelos que a praticavam. Pobres espíritos ignorantes, que, cegos pelo fanatismo religioso e egocentrismo, dominados pela soberba e a ganância, entendiam estar certos ao seguir as ordens de uma Igreja que já não se preocupava com as coisas do espírito e, numa inversão de valores, colocava seus dogmas e domínio antes das vidas humanas. Tudo exatamente ao contrário do que pregara Jesus, o Cristo.

Eu não gostava de cultos e missas, ainda que, como monge cisterciense e cavaleiro templário, estivesse habituado à prática da liturgia várias vezes por dia, e sempre com o grande grupo. Sempre apreciei e preferi a solidão para me conectar com o Divino, com meus guias e guardiões; apreciava o contato com a natureza para fazer a conexão com o meu sagrado, e assim orar. Esta era uma das tantas questões com as quais eu concordava com a nova crença, que repudiava a construção de catedrais, abadias e igrejas luxuosas e gigantescas. Os cátaros professavam sua fé sob o céu, o sol e as estrelas; nos tempos atuais, devido às perseguições, começaram a se reunir escondidos, nas casas dos crentes ou em cavernas.

Estava terminando de me banhar quando senti a presença de alguém. Me virei rapidamente e a vi: Ayla, minha filha. Estava a alguns passos da beira do rio, segurava as rédeas do cavalo, parecia envergonhada e um tanto tímida por estar ali.

Saí apressadamente do rio, tentando me recompor, e foi ela que então iniciou a conversa, ignorando minha nudez parcial:

— Peço perdão por tê-lo seguido, mas fiquei preocupada quando o vi sair a cavalo!

— Perigoso é você cavalgar sozinha por aí... Essas terras, além dos cruzados, estão tomadas por mercenários e saqueadores.

Ela, ignorando meu comentário, perguntou:

— Como devo chamá-lo a partir de agora? Pai, senhor ou o quê?

Olhei para aquela menina que me fitava, tão frágil e tão forte ao mesmo tempo, tão criança e tão madura, recordei de quando a peguei pela primeira vez em meus braços, e me senti tão orgulhoso. Uma onda de amor trespassou meu corpo físico, e então tudo o que queria era tê-la novamente em meus braços. Sua fisionomia estava pesada e séria, acredito que ela estava tão ansiosa e nervosa quanto eu.

Lembrei que ela ainda esperava uma resposta:

— Eu adoraria ser chamado de pai, mas entendo que talvez seja tarde demais para pedir isso a você!

— Eu posso tentar... se você quiser! — respondeu ela baixinho.

Meu coração pulou de felicidade, minha alma flutuou nas estrelas e meus olhos transbordaram. Olhei para ela, desistindo de vestir minha túnica de templário, e abri os braços, convidando-a a um verdadeiro abraço de pai e filha. E, então, ela fez desaparecer a distância que havia entre nós e se jogou contra mim. Pela primeira vez eu abraçava minha filha sendo pai: e foi a melhor sensação do mundo. Beijei seu rosto e seus cabelos, e não queria que aquele momento terminasse, tal a felicidade que eu sentia em cada pedacinho do meu ser. Tantas vezes eu sonhara e planejara aquele momento. Finalmente a vida me recompensava por toda aquela espera. Aquela menina era minha filha, parte do meu ser, e eu a amava mais do que qualquer ser nesta vida!

Quando ela se afastou um pouquinho, o suficiente para ficarmos face a face, percebi que ela chorava. Limpei sua face e, tentando conter as minhas próprias lágrimas, disse:

— Não vamos chorar, minha filha, esse é um momento de pura felicidade!

— São lágrimas de felicidade, senhor meu pai! Lágrimas de felicidade...

Peguei seu rosto entre minhas mãos e beijei delicadamente seus olhos, em êxtase por ter sido chamado de pai pela primeira vez.

E foi então que eu o vi: em pé, imóvel, com o rosto sereno, um leve sorriso. Fiquei por um segundo atônito, e então, com a mesma rapidez com que apareceu, sua imagem se desfez na minha frente.

Ayla percebeu minha imobilidade e mudança de comportamento: de extrema felicidade para uma inesperada quietude. Ela perguntou, confusa:

— O que foi?

— Nada, minha filha, nada! É só muita felicidade, e não estou mais habituado com tal sentimento.

Ela passou seus braços em torno do meu tórax, colocando sua cabeça contra o meu peito. Tornei a abraçar e beijar o topo de sua cabeça.

Entre tanta dor e sofrimento, tantos dias de trevas e sombras, aquele foi um momento de amor sublime que vou guardar para sempre no meu coração e na minha alma: o dia que a minha filha me reconheceu como seu pai, e meu pai, o Barão De Fillandryes, me apareceu em espírito, para demostrar seu contentamento. Eu estava feliz e grato por tamanha bênção!

Aquele foi um bom dia, um dia memorável!

CAPÍTULO XVI
Despertar da consciência

A semana seguinte foi de dias tensos e intensos: a cada três dias partia um grupo rumo a uma nova expectativa de sobrevivência. E no coração e mente de cada indivíduo que partia seguia junto um mundo de esperanças, um tanto de medo, angústia e dúvidas. Não sabíamos o que nos aguardava em Montségur, muito menos como seriam os árduos dias de deslocamento. Apostávamos na sorte, e na fé de que Jesus e o Mundo Superior estariam nos amparando.

Podíamos ser descobertos, atacados, torturados, mortos ou aprisionados. O que me deixava surpreso, mas também fascinado, era o tamanho da coragem e fé de toda aquela gente; eles tinham convicção sobre suas crenças, sabiam que a heresia que o Papa e a Igreja Romana lhes atribuíam era, de fato, seguir as mensagens de Jesus. Então, que heresia é essa? A maioria não queria nem usar armas, não pretendiam lutar mesmo que fossem atacados na estrada, prefeririam morrer a matar, eram adeptos da não resistência, condenavam as guerras. Estudavam e pregavam o evangelho de João — eram grandes crentes na força da palavra falada — e divulgavam sua fé. Faziam jejum à base de pão e água com bastante frequência, pois alegavam que a força de sua vontade deveria ser maior e mais forte do que as necessidades e desejos da matéria, do corpo físico. Rezavam o "Pai Nosso" repetidas vezes, pela manhã e à noite, buscavam se tornar pessoas melhores. Eu começava a entendê-los e a invejar essa fé incondicional capaz de fazê-los tão fortes e corajosos, a ponto de enfrentar o poder e a riqueza do Papa, da Igreja e dos nobres e seus exércitos, a não temerem a morte e nem o mesmo o suplício da morte no fogo, uma ameaça real.

Naquelas semanas em que convivi diariamente com eles, entendi que havia três grupos distintos dentro da nova doutrina. Primeiro, a grande massa de fiéis, a quem chamavam de "crentes", e destes não era exigido uma vida de restrições e busca incessante pela pureza. Acreditavam nas vidas sucessivas e buscavam uma evolução moral para que a próxima reencarnação fosse melhor do que a atual. Contavam sempre com a possibilidade de receber o *consolamentum* no leito de morte, uma espécie de extrema-unção do catolicismo,[31] que lhes dava a esperança de receber o perdão dos pecados, e talvez lhes assegurar a salvação.

Já os bons homens ou perfeitos, estes, sim, se submetiam a uma moral extremamente rigorosa, levando uma vida verdadeiramente espiritual, de muita prece e meditação, praticando a castidade, sem comer carne animal, substituindo o orgulho pela virtude, esquecendo-se de si em benefício do outro, não podendo mentir nem prestar juramentos. Eram os doutrinadores, consoladores de almas, e moralmente eram obrigados a ter uma profissão, mas antes das perseguições a maioria se ocupava basicamente com os deveres de seu ministério, vivendo de favores da população.

O padre Ignácio mantinha firme seu propósito de receber o *consolamentum* de ordenação, tornando-se uma espécie de ministro da doutrina; e ele tinha consciência de que os aspirantes a "bom homem" precisavam ser espiritualmente puros graças a uma vida de castidade, meditação, boas obras, amor universal; por isso ele já se submetia a uma vida restrita buscando a purificação de sua alma. Ele sabia que em Montségur haveria perfeitos para lhe concederem o *consolamentum*, e mantinha a esperança de que fosse julgado apto para recebê-lo.

---

31 Analogia ao sacramento católico feita pela autora, apenas para melhor compreensão do leitor.

O terceiro grupo eram os simpatizantes: a maioria nobres, que ainda não haviam se convertido de forma definitiva, mas apoiavam, auxiliavam e até escondiam os demais quando as perseguições ficavam mais intensas.

Naqueles dias entendi um pouco mais desta nova fé, percebi com mais clareza todos os erros e atrocidades que a minha própria Igreja vinha cometendo, dias de muita reflexão e aprendizados. Eu estava completamente decepcionado com os rumos da Igreja Romana, com as decisões do papa e o comportamento do alto clero. A vida humana tinha perdido o significado e o valor para todos eles, cegos que estavam pela manutenção dos seus privilégios, poder e riqueza. A seita dissidente, cuja doutrina eu agora conhecia um pouco melhor, começava a me encantar. Mas o que fazer? Eu era um cavaleiro templário, havia feito votos vitalícios de obediência direta ao Papa, o mesmo homem que ordenara a morte da minha família, meus amigos, a chacina do meu povo, a destruição da região onde eu nascera, da minha cidade, o mesmo homem que conclamara esta sanguinária cruzada de cristão contra cristão. A consciência dessa verdade me atormentava. Eu sabia que Languedoc nunca mais seria a mesma! Nenhum de nós, se sobrevivêssemos àquela guerra, seria mais o mesmo. Estávamos irremediavelmente marcados por tudo aquilo que vínhamos vivendo naquela tragédia. Marcados para além da nossa vida física!

Às vezes, eu me sentia tomado por um sentimento de injustiça, e então o ódio e a raiva me entorpeciam o coração. Como superar toda dor e sofrimento, aguentar o luto, e ainda assim ter forças para acreditar em dias melhores, para confiar na justiça divina, ter esperança no futuro? Como não perder a fé, e distinguir os atos dos homens da sabedoria e misericórdia de Deus? Eu tentava entender que o bem e o mal são energias primárias e opostas, que há um equilíbrio instável entre elas, comum na dualidade do mundo.

Os ditos "hereges" acreditavam num Deus bom, eterno, que transcendia tempo e espaço, que não julgava, não condenava, não impunha sacrifícios, desconhecedor de vingança, cólera e ódio. Afirmavam a existência de uma raiz do mal, cujas manifestações também eram eternas, assim como nossas almas. De um Deus bom só podia proceder o Bem. O falso mundo, o mundo da matéria, transitório, corruptível, limitado por tempo e espaço, não podia ser criação de um Pai Todo-Poderoso. Era obra do princípio do Mal. Deus nada tinha que ver com arranjos humanos, problemas de linhagem, alianças, corrupção e guerras.[32] Tudo isso começava a fazer certo sentido para mim.

E uma pergunta começava a me torturar: como continuar fiel a uma Igreja em que eu já não confiava nem acreditava?

Foi nesta época que comecei a ter consciência de que religião e espiritualidade são coisas bem distintas. Religião é muito mais aparência e rito, formalismo e protocolos, dogmas e burocracia do que amor fraternal e caridade. A minha religião estava muito mais voltada às taxas e dízimos, barreiras e proibições, do que o amparo aos desfavorecidos, ao incentivo à paz, à bondade, ao perdão e ao crescimento social e espiritual dos seus seguidores. Ao contrário, parecia querer mantê-los na ignorância e na pobreza para mais facilmente dominá-los; na verdade, percebia agora, a Igreja se alimentava e se mantinha com o medo e a culpa das pessoas. Naquele estágio da minha vida eu sonhava viver na paz! Mas como? Era desesperador, porque eu era um cavaleiro templário, basicamente um monge treinado para a guerra, e o mundo à minha volta vivendo uma guerra sem fim. Queria tanto viver tranquilamente, na simplicidade e com o básico, sem grande riqueza, sem poder, sem grandes responsabilidades ou compromissos sociais. Queria apenas poder viver em paz e harmonia, junto à natureza e àqueles que me são caros.

Mas tudo era apenas um querer sonhado, minha vida atual e futura se desenhavam exatamente no sentido contrário.

---

32 BARROS, Maria Nazareth de. **Deus reconhecerá os seus** — a história secreta dos cátaros. Rio de Janeiro: Rocco, 2007, p. 18.

Quando parti de Béziers, minha terra natal, comandando o terceiro grupo de refugiados, todos esses dilemas e reflexões permeavam minha mente e torturavam meu coração. E, naquela situação em que nos encontrávamos, eu não tinha ninguém com quem conversar, desabafar ou me aconselhar.

Mas eu sabia que não podia continuar daquele jeito, intercalando períodos de profunda raiva, amargor e ódio com um profundo luto e pesar. Havia aprendido na Ordem do Templo, onde éramos preparados para suportar os horrores da guerra, isolamento da vida familiar, com votos de pobreza e clausura, castidade e obediência cega aos nossos líderes e ao papa, que era preciso ter um espírito forte, devoto a Deus, e com uma fé inabalável: quanto mais forte o espírito, mais forte a mente, mais forte o corpo. Esse era o lema que nos fazia monges guerreiros imbatíveis, sem medo da dor ou da morte! Eu acreditava nisso: o espírito tem que guiar mente e corpo, e não o contrário.

Acreditar e falar é fácil, parece algo simples, mas não é! A vida física está cheia de armadilhas e tentações, que nos distanciam do real objetivo da nossa existência, e acabamos escravos da matéria e do ego, esquecendo-nos do verdadeiro propósito da nossa vida carnal.

Eu tinha que fortalecer minha fé, abalada por tudo aquilo que vinha assistindo e sofrendo. Foram dias de muita reflexão, e comecei gradativamente a distinguir fé e espiritualidade da Igreja, ou de qualquer outra religião. Finalmente eu entendia que eram coisas distintas! Minha fé em Deus e no Cristo deveriam ser inabaláveis; a religião era criação dos homens e, portanto, imperfeita, e suscetível aos equívocos e falhas da humanidade, ainda tão atrasada em sua ascensão moral e espiritual.

O sopro da verdadeira espiritualidade ultrapassa os limites impostos pela religião. Ele não se contém na estrutura institucional religiosa.[33]

Então, finalmente, eu percebi que precisava buscar minha maturidade e autonomia espiritual, entender a complexidade da vida, e

---

33 POZATI, Juliano. **Yeshua** — nosso Cristo planetário revelado. Porto Alegre: Citadel, 2023, p. 129.

que a minha espiritualidade transcendia as regras e dogmas criados e impostos pela Igreja. Eu queria crescer e evoluir, e para isso era preciso pensar e enxergar além dos limites, barreiras e falsas verdades impostas ou difundidas pelas religiões.

Entretanto, eu havia feito votos à Ordem do Templo, e ser um cavaleiro templário era algo do qual me orgulhava. Ou não mais?

CAPÍTULO XVII

Montségur

Finalmente havíamos chegado!

Montségur, a "montanha segura", estava bem ali na nossa frente, com toda sua imponência e realeza. Respirei profunda e pausadamente, uma, duas, três vezes, deixando que o ar gelado da montanha invadisse meus pulmões. Respirar tranquilamente, sem pressa, sem medo, sem angústia ou ansiedade — emoções comuns nos últimos dias — era uma dádiva!

Olhei para o céu e agradeci mentalmente: eu estava aliviado e envolto em um enorme sentimento de júbilo, pura gratidão, por ter conseguido chegar ali, com todos os refugiados de Béziers em relativa segurança. Até aquele momento o medo de uma emboscada ou de sermos descobertos pelos cruzados, ou mesmo os assaltantes de estrada, era uma constante.

Antes de nos dirigir ao vilarejo, no pé da montanha, convoquei todos para fazermos uma oração em agradecimento pela jornada tranquila e segura. Oramos com o coração em graça!

Montségur, a montanha de pedra, exercia um magnetismo e um fascínio sobre mim que transcendia a consciência da sua magnitude e beleza extraordinária. Agora, recém-chegado no vale situado em sua base, eu revia aquela oponente montanha, que ocupava uma posição dominante, vista permanente por todo o vilarejo. Só então me lembrei das estranhas sensações que ela era já fora capaz de me causar no passado.

Desde a primeira vez que visitara o lugar, ainda um rapazote, quando estive ali com meu pai e irmão naquele pequeno vilarejo situado ao pé da montanha, mesmo sem nem a ter escalado, ela já mexeu comigo. Recordo plenamente da imediata e enorme atração que a montanha provocou em mim. Fiquei fascinado, era um sentimento de reverência diante de tanta magnitude. Lembro, inclusive, de dizer ao meu irmão que a montanha parecia ter vida e querer se comunicar comigo. Meu irmão nada entendeu: me chamou de louco!

Na segunda vez, já como cavaleiro templário, subimos até o topo da montanha para uma cerimônia restrita e secreta, num solstício de verão.[34] A Ordem do Templo, embora diretamente ligada ao Papa, tinha secretamente seu lado dualista e ocultista, devido à influência do mundo oriental, berço da criação da Ordem. Não era magia nem feitiçaria, nem adoração a qualquer outra divindade — a Ordem venerava e consagrava somente ao Criador e a Jesus, o Cristo Ressuscitado em Espírito —, era, simplesmente, a certeza de que a expansão da nossa consciência e a tão almejada paz de espírito estão diretamente ligadas à nossa capacidade de conexão com nosso "Eu interior", com a centelha divina que existe em cada um de nós, com o Divino sempre presente na natureza, o sol, as estrelas, a lua, o vento... Eram rituais altamente secretos de celebração ao Criador e a magnificência de Sua criação; e o alto do pico de Montségur era um lugar ideal para isso. Impossível não sentir a presença de Deus naquele lugar; estar lá no alto, mais perto das nuvens e do céu, nos dava a sensação de proximidade ao Criador. Estas cerimônias eram em número muito reduzido, em datas específicas, mas só aconteciam quando a Ordem não estava envolvida em alguma guerra, o que era uma constante.

Agora eu me perguntava: o que havia de especial em Montségur, que até a Ordem do Templo já havia ocupado seus espaços para ritos de celebração, iniciação ou energização? Eu não sabia! Nunca tive qualquer informação concreta; mas o fato é que eu tinha plena

---

34 Evento astronômico em que a Terra recebe a maior quantidade de raios solares, que geram, consequentemente, o dia mais longo e a noite mais curta do ano. Marca o início do verão.

consciência do que sentia, das alterações físicas e mentais que aquela montanha, aquele lugar provocava! Não apenas eu, tantas outras pessoas eram capazes de captar toda a energia pulsante do lugar. Os fenômenos e as sensações ultrapassavam as percepções psíquicas ou mentais, e se materializavam fisicamente.

Naquela ocasião, o castelo em sua versão original já estava em decadência — posteriormente, foi restaurado por Raymond de Péreille[35] —, porém, no solstício, o primeiro raio de sol atravessou os quatro arcos da torre de *ménage*[36] a noroeste, com uma precisão espantosa. Soube, embora não tivesse tido oportunidade de presenciar, até então, da ocorrência de um fenômeno parecido, no solstício de inverno, quando o raio de sol atravessa o castelo em todo seu comprimento. Montanha e castelo pareciam estar conectados, era mágico!

O "monte seguro" fica na vertente norte dos Pirineus, a mais de 1.207 metros de altitude. É um imenso penhasco, com um pico calcário, meio arredondado, e cujo acesso era somente viável pela vertente ocidental, que desce para o vale num declive acentuado e descoberto, ou seja, quem quer que pretendesse subir até o pico seria visto. Um refúgio perfeito. Inexpugnável? O tempo e os fatos viriam a mostrar que não!

O *castrum*[37] original, construído no topo do maciço rochoso, era muito pequeno, e já em 1204 estava em ruínas; pude fazer esta constatação pessoalmente, na segunda vez que ali estive. Foi o bispo cátaro de Toulouse, Guilhabert de Castres,[38] junto a alguns anciãos

---

35 Senhor em título do *castrum* de Montségur. Vassalo dos condes de Toulouse e de Foix, sustentou Montségur durante os quarenta anos em que funcionou como a Montanha Segura para os cátaros. (BARROS, Maria Nazareth de. **Deus reconhecerá os seus** — a história secreta dos cátaros. Rio de Janeiro: Rocco, 2007.)
36 Torre de *ménage*, na arquitetura militar, é a estrutura central de um castelo medieval, sendo seu principal ponto de poder e último reduto de defesa.
37 *Castrum* é o equivalente do occitano a "castelo"; entretanto, um *castrum* medieval era uma aglomeração fortificada com seu castelo, mas também com uma cidadela que se estendia aos pés de suas muralhas, que, por sua vez, igualmente era contornada por altos muros.
38 Guilhabert de Castres foi o mais célebre perfeito da Occitânia, tendo consagrado sua vida à pregação e ao ofício do consolo. Em 1232, conseguiu fazer de Montségur o centro administrativo

da Igreja Cátara, que solicitaram a Raymond de Péreille, seu proprietário, que o restaurasse e fortificasse. Nesta época, o catarismo estava em expansão, apesar dos apelos da Igreja aos barões occitânicos para que lutassem contra a nova fé. A verdade é que os cátaros estavam presentes por toda parte, em todas as famílias e comunidades. Então, como esperar que os nobres mandassem prender, castigar e até queimar os seus familiares? Seus amigos, empregados ou vassalos? Dilema parecido vivido por nós, Cavaleiros Templários!

Os perfeitos e perfeitas pertenciam muitas vezes às mais distintas e nobres famílias; foi quando estes começaram a ser perseguidos e, prevendo o agravamento da situação, se anteciparam e pediram ao seu proprietário, de família cátara, que transformasse Montségur num refúgio seguro para os crentes. Era o lugar perfeito para tal: ocupava um lugar privilegiado pelo afastamento, de difícil acesso devido às escarpas que o contornam de todos os lados, longe das rotas habituais de circulação, situado numa região devotada ao catarismo, e com o clima bem hostil no inverno dos Pirineus.

Quando lá chegamos, no final de 1209, os trabalhos de reconstrução do *castrum* ainda não haviam começado, o que só aconteceria no ano seguinte, e os refugiados de Béziers, assim como muitos vindos de Fanjeaux, foram os primeiros a trabalhar na nova comunidade que ali se instalaria.

Eu cheguei querendo ficar, um sentimento de pertencimento começou a se instalar em meu peito: a montanha me afetava, e chamava. Ainda havia Ayla, ficava angustiado com a ideia de ter que me afastar da minha filha, justamente agora que ela me reconhecia como pai; além disso, com a morte de todo o núcleo da nossa família, Ayla não tinha mais ninguém além de mim.

Tudo era muito complexo, e eu não conseguia vislumbrar uma saída. Meu coração estava dividido entre a Ordem do Templo e Montségur!

---

e religioso da Igreja Cátara. (BARROS, Maria Nazareth de. **Deus reconhecerá os seus** — a história secreta dos cátaros. Rio de Janeiro: Rocco, 2007.)

No dia seguinte, logo após a nossa chegada, conversei e consegui convencer meus companheiros templários a ficar, no mínimo, mais sete dias para ajudar na construção de um grande galpão, ainda no vilarejo, que abrigasse ao menos parte daqueles que chegaram. O grupo tinha poucos homens, e na maioria velhos, com alguma doença ou restrição. Os homens de Béziers lutaram, do jeito que puderam, na defesa da cidade, e acabaram todos mortos na chacina que se abateu sobre nossa terra.

Construir moradias para todos, no alto da montanha, seria uma tarefa herculana: a subida era precipitada e amedrontadora, passos íngremes, ladeiras, pedras, raízes, o vento e o penhasco. Haveria a necessidade de grande habilidade de carpinteiros, pedreiros e ferreiros. As pedras teriam que ser tiradas das duras paredes que formavam a montanha: blocos ásperos e irregulares, arrastados, ladeira acima, e lá no alto modelados. O mesmo com a madeira, extraída do bosque que cobria parte da montanha: árvores seriam derrubadas e puxadas, para lá em cima serem trabalhadas. Havia muito trabalho pesado a ser feito.

Felizmente, o pessoal vindo de Béziers não estaria sozinho; os que ali se reuniam formavam uma comunidade fraternal, unida numa mesma causa: a sobrevivência e a busca de liberdade para vivenciarem suas crenças. Todos os recém-chegados foram acolhidos e hospedados nas casas dos que já ali estavam. Fomos avisados de que a reforma do *castrum* iniciaria no final do inverno — o inverno no topo da montanha é terrível —, quando chegaria mão de obra especializada. Até lá, o pessoal trabalharia derrubando árvores e preparando a madeira, assim como extraindo pedras da montanha e limpando a região onde seriam levantadas as casas.

Seria um trabalho árduo, difícil, mas em conjunto, e toda a comunidade local contava com ajuda financeira e estrutural dos proprietários da região.

Na noite do dia em que chegamos, os refugiados de Béziers, liderados pelo padre Ignácio e Ayla, haviam planejado uma cerimônia de culto e agradecimento aos pés da montanha. Ayla convenceu-me a assistir, pois ela havia se candidatado para falar ao grande grupo. E o que era para ser uma reunião só do grupo vindo de Béziers tornou-se uma grande assembleia, com participação de quase todos os moradores do vilarejo.

Quando o sol começou a se despedir, as pessoas começaram a ir para o local; todos carregavam tochas e, conforme se aproximavam do local marcado, começavam a cantar um hino que eu não conhecia. Cantavam sem parar, e, conforme mais pessoas chegavam, se integravam ao já gigante coro de vozes. Fiquei admirado, assistindo àquela linda procissão de fé: uma energia contagiante!

Resolvi assistir de longe: afinal, eu não era seguidor daquela nova doutrina, embora estivesse me tornando um curioso admirador.

A cerimônia foi iniciada por um homem de idade avançada, cabelos e barba grisalhos e compridos, que pela sua vestimenta eu deduzi ser um perfeito. Rezaram o Pai-Nosso cátaro — que eles nominam *Pater Noster* — por cinco vezes.

Depois, somente o perfeito iniciou outra prece, enquanto todos os demais, em profundo silêncio e concentração, ouviam:

Pai Santo, Deus justo dos Bons espíritos, Tu que jamais te enganas, nem mentes, erras ou duvidas, para que não experimentemos a morte no mundo estranho a Deus, pois não somos do mundo e o mundo não é nosso, dá-nos a conhecer o que conheces e a amar o que amas. Fariseus sedutores, aí estais à porta do reino para impedir de entrar os que querem fazê-lo, enquanto vós mesmos não o quereis; por isso oro ao Pai Santo dos Bons Espíritos, que tem o poder de salvar as almas e, pelo mérito dos bons espíritos, as fará germinar e florir...[39]

Quando terminou a prece, ele chamou pelo padre Ignácio e iniciou-se um novo ritual. Na hora não entendi o que estava acontecendo, mas depois Ayla me explicou tratar-se de uma espécie de

---

39 JULIEN, Lucienne. **Os cátaros e o catarismo**. Tradução: Antonio Danesi. São Paulo: Difusão Cultural, 1993, p. 197. Parte da Prece Cátara ao Ser Supremo.

rejeição ou cancelamento do seu batismo na Igreja Católica Romana e, imediatamente, aceitação/ingresso na nova fé. Isto não acontecia com todos os crentes convertidos. Foi uma exigência daquele perfeito, por tratar-se de um padre ou ministro de outra Igreja, com o desejo de tornar-se um bom cristão.

Ayla ainda me explicou que o ritual comum era o que chamavam de *convenanza*, uma espécie de acordo/pacto feito antes do ingresso na fé cátara, e contendo a promessa de se colocar à disposição dos perfeitos. Feito o pacto da *convenanza*, o crente ainda poderia receber o *consolamentum* em seu leito de morte, mesmo que não conseguisse mais falar e rezar o *Pater Noster* em voz alta.

Padre Ignácio ficou na frente do perfeito, e então formou-se um círculo de pessoas ao redor de ambos. O perfeito disse algumas palavras — que não entendi direito, devido à distância — e que, imediatamente, o padre repetia. Depois, alguém carregando um recipiente com água aproximou-se e o padre, depois o perfeito lavaram as mãos. Depois, outra pessoa carregando um grande jarro de barro andou por todo o círculo, e todos os integrantes daquela roda lavaram as mãos. Por fim, o perfeito colocou as mãos sobre a cabeça do padre, e todos do círculo e demais participantes esticaram suas mãos em direção ao padre, novamente fizeram uma prece. Por fim, o perfeito beijou a testa do padre, seguido por todos os demais do círculo.

Feito isso, o círculo se desfez e o perfeito chamou por Ayla, que iria conduzir uma oratória e a prece de agradecimento pelos sobreviventes de Béziers.

Foi então que tentei me aproximar do centro das orações: queria ouvir minha filha. Avistei Pierre e fiquei ao seu lado. Ela começou a falar de caridade:

— Quero falar-lhes, meus irmãos, sobre a qualidade, o movimento, as atitudes, o acolhimento e ajuda que têm mantido a todos nós VIVOS! Quero falar-lhes sobre caridade e gratidão! Caridade é a virtude através do qual amamos Deus em si mesmo e acima de todas as coisas, e o próximo como a nós mesmos por amor de Deus!

Laço de amor une os anjos entre si, os homens entre si e os homens e os anjos ao seu Criador. Não poderíamos amar Deus se Ele não nos tivesse amado primeiramente. Deus é caridade!

Comecei a ouvi-la falar, fiquei sobressaltado! Minha filha falava com autoridade, com sentimento e emoção. Não parecia de jeito nenhum a oratória de uma menina de quinze anos. Conforme o sermão progredia, mais empatia e atenção das pessoas ela conquistava, tal a força e o sentimento de suas palavras.

Olhei para Pierre ao meu lado e perguntei:

— Você já tinha ouvido Ayla pregar desse jeito?

Pierre, também surpreso, respondeu:

— Eu sabia que ela gostava de falar para o povo, mas nunca ouvi ela pregar desse jeito. Estou tão surpreso quanto o senhor.

Procurei com os olhos pelo padre Ignácio, queria observar sua reação. Ele parecia estar muito concentrado em Ayla, nem percebeu minha averiguação a distância.

"Será que o padre Ignácio sabia dessa capacidade oratória de Ayla?"

Quando voltei os olhos para Ayla, o vi. Estava imediatamente atrás dela, seu corpo era um tanto translúcido, acompanhado de uma estranha luminosidade; eu só conseguia enxergar da altura do umbigo para cima. Ele mantinha as duas mãos abertas com as palmas viradas sobre a cabeça de Ayla, que não parecia ter consciência do que estava acontecendo.

Esfreguei meus olhos, achando que estava tendo uma alucinação. Ele se mantinha ali, impassível. Sacudi Pierre pelo braço e cochichei ao seu ouvido:

— Pierre, quem você vê imediatamente atrás de Ayla?

Pierre se virou para mim, sem nada entender:

— O quê?

— Você não enxerga? Ali, atrás de Ayla e com as mãos sobre a cabeça dela...

Pierre tornou a olhar para Ayla, e depois para mim.

— Não tem ninguém com as mãos sobre a cabeça de Ayla — disse ele, me olhando de forma estranha.

Foi então que ele levantou o olhar em minha direção. Nossos olhos se encontraram, e de alguma forma eu sei que ele me pediu confiança, paz e serenidade.

Não consegui sustentar aquele olhar. Fechei os olhos e fiz uma prece mentalmente. Tornei a abri-los quando ouvi a todos cantando uma música de louvor. A pregação havia terminado, e Benoit já não estava mais ali... Sim, eu havia enxergado Benoit, o ancião com o dom da premonição, que havia me dito para trazer todos para Montségur. Ele estava ali, impassível e muito próximo de Ayla, como se estivesse a lhe inspirar.

Olhei em volta, procurando por ele, e nada.

Algumas pessoas foram cumprimentar o padre Ignácio, agora oficialmente um seguidor da nova doutrina, e Ayla por sua oratória. Eu dei as costas a toda aquela movimentação, queria ficar só com meus pensamentos. Comecei a me deslocar em direção ao vale, lentamente, aspirando profundamente o ar gelado da noite que já havia caído. Tentava entender o que estava acontecendo.

Pela terceira vez eu via alguém que já não pertencia ao mundo dos vivos.

Primeiro, ele mesmo, Benoit, o bom cristão assassinado pelos cruzados, que esteve comigo por duas vezes. Depois meu pai, que apareceu quando Ayla reconheceu a minha paternidade, e agora ele de novo: Benoit. Só que, desta vez, ele parecia estar inspirando Ayla em sua pregação. Será?

O que estava acontecendo comigo? Por que, de repente, esse tipo de comunicação?

Qual seria o meu papel em todo esse contexto? Eu não sabia...

CAPÍTULO XVIII

O acaso

Na semana seguinte tentamos agilizar a construção de um grande galpão comunitário para abrigar as pessoas que tinham acabado de chegar.

Buscávamos troncos de pinheiros na encosta da montanha quando o inesperado aconteceu.

Ayla, junto com outras jovens mulheres, acompanhou o serviço pesado dos homens: elas se encarregavam de tirar os galhos e folhas das árvores já abatidas. Usávamos mulas para puxar, montanha abaixo, os troncos já prontos. Era final de tarde, e, concentrados no trabalho, não percebemos uma tempestade que se formou. Um vento muito forte começou a soprar, balançando ameaçadoramente as árvores; começamos a recolher rapidamente nosso material.

Foi quando um enorme e velho pinheiro se partiu. Quando percebi, a parte de cima estava caindo, e vinha em direção a Ayla. Foi o tempo de dar um pulo e puxá-la para longe do alcance da árvore. Porém, ao fazer isso, eu perdi meu equilíbrio e, na tentativa de não cair, bati com a lateral da testa numa árvore. Caí inconsciente.

O que lhes conto a seguir é em parte o que me foi narrado por Ayla, Pierre e meu amigo templário Renée. Na queda, eu rolei alguns metros ladeira abaixo, entre árvores e pedras, só parando quando meu corpo se chocou contra uma grande árvore. Não lembro dos fatos, só tenho lembranças do meu transe na inconsciência, quando, tenho convicção, perambulei entre dois mundos: o físico e dos espíritos.

Pierre, Renée e mais dois homens imediatamente desceram para me socorrer. Ayla surtou, chorava e gritava desesperada, e teve que ser acalmada pelas mulheres. Além do ferimento na testa devido à batida, eu tinha um galho de árvore cravado na perna, pouco acima do joelho, e que sangrava muito, o braço direito parecia estar quebrado, além de várias esfoliações por todo o corpo. Renée, acostumado com os campos de batalha — onde agir com frieza e urgência pode ser a diferença entre vida e morte —, num primeiro momento, não deixou que Pierre puxasse o galho cravado na perna. Poderia causar um sangramento ainda maior, era melhor fazer isso num local mais adequado. Só quebraram um pouco para que pudessem me movimentar. E num enorme esforço conseguiram me levar até a trilha, onde fui colocado sobre uma mula. Outros já haviam descido na frente para avisar sobre o acidente e preparar um local para me receber. Por aqueles dias não havia médico no vilarejo, mas havia pessoas que auxiliavam os médicos quando estes apareciam, tinham alguma experiência, conheciam as propriedades das ervas e as manuseavam, fabricando algumas poções e emplastos.

Uma correria e uma comoção geral.

O próprio Renée tirou o galho encravado na minha perna, depois de deixá-lo entre dois torniquetes para evitar perda de sangue, limpou a ferida com panos e água quente, e cauterizou com ferro em brasa. Eu nada senti devido à minha total inconsciência, que se prolongou por três dias. Depois disso, dizem eles, eu comecei a ter períodos curtos de aparente consciência, quando falava coisas estranhas e sem sentido. Mas não lembro de nada!

Quando voltei a mim, lembro de sentir dores por todo o corpo. Minha cabeça às vezes parecia que iria explodir, tal a intensidade da dor. Tudo doía: a perna ferida, o braço quebrado, e as costas. Uma senhora idosa, filha de mãe francesa e pai árabe, chamada Jamile, tinha um vasto conhecimento de ervas. Era uma espécie de curandeira do vilarejo. Ela preparava, todos os dias, uma efusão amarga, que me deixava meio grogue; só assim, eu conseguia dormir sem sentir dor. O que era uma bênção!

Quando já fazia mais de uma semana que eu havia me acidentado, meu companheiro templário Sir Renée Estivalet veio conversar comigo a sós. Pediu que todos se retirassem do quarto, inclusive Ayla, que havia feito uma cama de palha aos pés do meu catre. Ela não saía do meu lado; depois fiquei sabendo, através do padre Ignácio, que se sentia culpada pelo acidente.

— Como você está se sentindo hoje? A dor de cabeça melhorou? — Renée estava sentado num banco de madeira ao lado do meu catre, e eu, deitado de costas e imobilizado, não conseguia ver ser rosto.

— Eu estando com a cabeça imóvel não dói muito, mas permanece uma certa tonteira e a visão meio turva, desfocada; quando faço algum movimento com a cabeça, a dor aguda retorna! — eu falava baixinho, porque até falar me causava dor.

— Eu e os demais cavaleiros devemos partir amanhã para nossa Província! Já estendemos por demais nossa estadia por aqui. E, além do mais, você não terá a mínima condição de viajar por um bom tempo!

— Por favor, avise nosso grão-mestre, assim que estiver em boas condições eu retorno! — Renée percebeu minha expressão de dor, quando tentei virar o rosto e encará-lo de frente.

— É sobre isso que quero lhe falar!

— Sobre o quê? — eu não havia entendido a que ele se referia.

— Eu não acho que você deva voltar! — fez uma pausa, antes de completar: — Nem agora, nem depois!

Fiquei em silêncio, tentando absorver e entender o que ele acabava de dizer.

— Eu não acredito que você vá voltar a andar normalmente! Infelizmente acho que sua perna vai ficar atrofiada.

Silêncio. Meu companheiro, visivelmente, estudava minha reação às suas palavras.

— E muito provavelmente vai perder a força deste braço quebrado — complementava ele. — Seu braço direito, o braço da espada! — nova pausa, antes de concluir: — Tenho quase certeza que o osso quebrou em duas partes: acima do punho e um pouco abaixo do cotovelo! Por isso, coloquei esses imobilizadores no braço todo! — meu braço todo estava entre ripas de madeira amarrados com cipó. Estava completamente imobilizado ao lado do corpo.

Eu não havia parado para pensar na extensão e nas consequências do meu acidente, dos meus ferimentos. Até ali eu só estava lutando para sobreviver.

— Vou perder minha capacidade de luta! — foi só o que consegui pensar.

— O que vai te fazer vulnerável...

Não soube o que responder. O que ele dizia era uma constatação óbvia. Fiquei calado.

Às vezes, o silêncio comunica mais do que qualquer palavra. Era o caso.

Renée respeitou meu tempo para compreender a extensão de tudo o que estávamos falando, antes de concluir:

— Se você aceitar, vou dizer que você permanece inconsciente e que seus ferimentos físicos são muito graves, talvez irreversíveis! O que não deixa de ser verdade!

Fiz um enorme esforço para me virar e olhar Sir Renée de frente; ele, percebendo meu esforço, levantou-se e foi para os pés do catre, permanecendo ali, em pé, de frente para mim. Seu rosto não demonstrava nenhuma emoção. Ele estava impassível, convicto no do que falava.

— Você está sugerindo que eu abdique de ser um cavaleiro templário?

— Eu estou sugerindo que você encare os fatos com objetividade e clareza! — Renée falava firme.

— Não sei o que responder; não havia parado para pensar na gravidade e consequências dos meus ferimentos.

— Meu irmão, pense que talvez a vida esteja lhe apresentando um novo caminho, junto e ao lado de sua filha: uma oportunidade única! — não me passou despercebido que, pela primeira vez, ele me chamava de irmão. Essa era uma expressão usada muito raramente entre cavaleiros, só entre parceiros fiéis de muitas batalhas.

Fitei o rosto do meu parceiro, olho no olho, e então lhe estendi a mão esquerda. Ele entendeu meu gesto, se aproximou e segurou firme minha mão. O acordo estava selado. E o meu futuro também...

Entre os templários havia a máxima de que um guerreiro vulnerável, sem estar 100% apto para grandes batalhas, tornava toda a tropa vulnerável e fragilizada. A força dos templários residia em sua coragem e coesão como conjunto, lutavam uns pelos outros. Se um estava ferido, era protegido pelo grupo: um templário nunca deixava outro para trás. Em muitas batalhas, sempre que possível, até os mortos eram recolhidos e levados para um funeral digno. Ter um guerreiro na tropa, com problemas ou restrições físicas, era um problema para todos. Quando isso acontecia, quase sempre o monge guerreiro era convidado a se afastar dos campos de batalha, ficando restrito aos trabalhos administrativos da Ordem. Sir Renée Estivalet sabia que eu jamais aceitaria ou me adaptaria num trabalho administrativo, enclausurado dentro de uma fortaleza. A solução que ele me apresentou foi um ato de empatia e generosidade; para todo o sempre eu seria grato a ele.

Na manhã do novo dia, Sir Renée Estivalet e os outros dois templários partiram de Montségur levando em sua bagagem meu manto branco e minha espada. A informação que chegaria na Província de Saint-Gilles é que meu estado de saúde era gravíssimo e, muito provavelmente, irreversível.

Não chegava a ser uma mentira, meu estado físico era muito mais grave do que eu supunha naquele momento. E eu nunca mais tornaria a ver Sir Renée Estivalet!

Era o padre Ignácio quem fazia, todas as noites, o curativo no ferimento da perna: ele estava usando folhas de babosa, como Benoit havia nos ensinado. Ele fazia o curativo, me lavava, Ayla me alimentava, e então já me era oferecida uma caneca com a poção de dona Jamile para eu conseguir enfrentar a noite sem muitas dores. O ferimento da perna cicatrizava bem, porém eu havia perdido músculo; o braço ainda não tínhamos noção de como ficaria, eu ainda viria a ficar por um bom tempo com o braço imobilizado. O que mais nos preocupava era a minha visão, que continuava ofuscada, e as tonturas e dores de cabeça que persistiam.

Naquela noite, enquanto o padre fazia meu curativo, me ocorreu perguntar a ele sua opinião sobre minhas visões:

— Padre, eu já queria ter lhe falado sobre algo que vinha me perturbando antes do acidente...

— Meu caro Hugues, eu não sou mais padre! Por favor, eu já lhe pedi para não me chamar de padre — ele me interrompeu, reclamando da forma como eu ainda lhe chamava.

— Desculpe, padre, é o costume! Toda minha vida lhe chamei assim...

— Muito em breve eu serei um "ministro" e você me chamando de padre!

Olhei para ele surpreso com aquela informação:

— Já sabe, então, quando irá receber o *consolamentum* de consagração?

— O diácono[40] desta região pediu-me para fazer três ciclos de jejum e meditação, isolado nas cavernas, já intensificando minha preparação; mas vamos aguardar a vinda até aqui do Bispo de Toulouse, quando teremos o *appareilhament*, então ele mesmo me dará o *consolamentum*, o que será uma grande honra!

— Ciclo de jejum e meditação?

— Exatamente como Jesus, que se isolava no deserto para jejuar, meditar e orar... — foi uma resposta simples, curta, mas completa.

---

40 Diáconos eram ministros cátaros que serviam de intermediários entre os bispos e perfeitos e que se ocupavam igualmente dos simples crentes e da expansão da doutrina. (NELLI, René. **Os cátaros**. Tradução: Isabel Saint-Aubyn. São Paulo: Livraria Martins Fontes, 1972.)

— Não sei o que é *appareilhament*... — confessei.

— É uma cerimônia periódica em que o cristão crente faz a confissão de seus erros e recebe conselhos e ensinamentos por parte do perfeito ou de um ancião!

— Entendo! — estava começando a ficar cansado, mas precisava questioná-lo sobre minhas visões.

— Padre Ignácio — comecei, para imediatamente fazer a correção, já diante de um olhar recriminador.

— Primo Ignácio...

— Agora, sim, gostei! — ele ostentava um sorriso radiante diante da forma que encontrei para chamá-lo.

— Primo! — recomecei. — Preciso da sua opinião sobre um fenômeno que vem ocorrendo comigo, na verdade continua desde que encontrei e conversei com o espírito de Benoit, lá nas ruínas de Béziers.

Ignácio parou com o curativo e me olhou:

— Você continua a vê-lo? Ele lhe falou mais alguma coisa?

— O vi junto de Ayla, no dia em que você se tornou oficialmente um crente. Ele não me disse nada, mas me passou uma mensagem de paz e tranquilidade, mentalmente, sem nada falar. Algo estranho, eu simplesmente soube o que ele me pedia... E tem mais! Ele estava atrás de Ayla, seu corpo translúcido parecia estar de alguma forma acoplado a Ayla, e inspirando ela em sua oratória.

— Senhor... — meu primo parecia surpreso com o que eu lhe contava. — Agora eu entendo todo aquele sermão, ideias tão claras e profundas, quase filosófico! Ayla estava sendo inspirada pelo espírito de Benoit, um ancião estudioso, um doutor com as palavras!

— Isso é possível? Não é loucura minha?

— Claro que é possível, meu caro! Jesus, ressuscitado em espírito, não apareceu e falou com Maria Madalena, três dias após sua morte na cruz? Depois não apareceu aos apóstolos? E muito mais tarde não apareceu e falou com Saulo de Tarso, em Damasco? Se você acredita nas escrituras, no Novo Testamento,[41] ao menos deve compreender que desde que a humanidade foi colocada sobre a Terra existe comunicação e interação entre os dois mundos. Isso é fato, embora a Igreja tente omitir, em defesa dos seus falsos dogmas!

— Sim, mas não podemos comparar Jesus, um espírito iluminado e ascensionado, a nós, pecadores, que buscamos nesta vida física um mínimo de evolução moral! — tentei argumentar, embora minha mente confusa e aquela maldita dor de cabeça não me deixassem organizar os pensamentos com clareza.

Nesse momento, meu primo se aproximou, pegou minha mão esquerda entre as suas e, olhando fixamente nos meus olhos, disse:

— Hugues, entenda! Jesus é um ser de hierarquia elevadíssima que atingiu a perfeição e, portanto, está livre dos processos de nascer-viver-morrer para nascer de novo. Ele não precisa mais de evolução moral e espiritual. Ele já é um ser perfeito, em plena comunhão consciencial com o Criador e com o Todo! Veio ao mundo físico, em missão e por escolha própria, devido a todo seu amor pela humanidade, veio para nos mostrar o verdadeiro caminho até o Reino dos Céus, que nada mais é que a busca individual de cada um, a busca da perfeição moral, a vivência no amor, na justiça e na verdade! Ele mesmo disse: "E não pensem que vim revogar a Lei ou os profetas. Não vim revogá-los, mas vim dar-lhes pleno cumprimento!".[42] Ou seja, Ele não veio para anular uma lei universal, desmentir ou destruir uma lei natural da vida na Terra; se Ele, como espírito, podia se comunicar com os vivos, é porque todos também o podem... Basta ter as capacidades para isso, e me parece que você tem! Nada é por acaso!

---

41 Os cátaros estudavam e seguiam o Novo Testamento, principalmente os evangelhos de João e as Cartas de Paulo.
42 Bíblia Sagrada. Mateus 5.

Concordei com a cabeça e nada mais falei. Estava cansado e sonolento, sem forças para argumentar; a poção da dona Jamile já começava a fazer efeito.

Era um assunto profundo e complexo, eu precisava refletir, estudar e pensar com calma, com todos meus sentidos.

Naquele momento, eu precisava dormir... Nem vi quando o padre Ignácio saiu do quarto.

CAPÍTULO XIX

Oportunidades

Minha recuperação foi lenta e dolorida.

Meus dias começavam antes do nascer do sol e se arrastavam até chegar a hora abençoada de receber minha poção mágica, quando eu finalmente conseguia aliviar um pouco a dor e dormia. As dores de cabeça eram as mais terríveis; não davam trégua; e a minha visão continuava turva, nebulosa.

Chegou o ano de 1210, os dias de inverno começavam a ficar mais amenos. Eu já havia retirado os imobilizadores do braço há algum tempo, que ficara levemente torto, e me descobri sem força na mão direita. Caminhava com a ajuda de um bastão de madeira, mancando e puxando a perna ferida. Na coxa, acima do joelho, ainda havia um pequeno resquício da ferida por cicatrizar. A perna ficara bastante avariada: um rasgo fundo na musculatura, com uma pele fina e repuxada, devido à queimadura da cauterização. Mas o que realmente me atormentava eram as dores de cabeça persistentes, e a visão que nunca voltou ao normal. Haveria dias em que eu enxergaria razoavelmente bem, em outros, a visão muito nublada e desfocada, e, com isso, não faltaram quedas e tropeços.

Os primeiros dias, logo que levantei da cama, foram os piores: meu cérebro não havia registrado tantas mudanças e limitações no corpo, eu tentava fazer as coisas como antigamente, e então eu caía ou me batia contra as paredes, móveis, pessoas, coisas... Me sentia humilhado, minha nova realidade parecia um pesadelo de horror; foi terrível!

Eu tentava me adaptar, com resignação, à minha nova condição física e a uma dor de cabeça quase permanente; mas não faltaram dias de desespero e angústia, uma realidade quase que insuportável. Nesses dias, atendendo os conselhos de minha própria filha, eu me recolhia e rezava. Rezava e rezava até cansar. Em alguns destes dias recorri à dona Jamile, tentando conseguir um pouco da poção do sono — dormindo, eu tinha uma pouco de paz; mas todas as vezes em que pedi ela negou. Alegou que eu devia aprender a viver com minhas dores e limitações, sem a poção, que, se usada demais, faria meu corpo dela dependente.

Numa destas vezes, jamais vou esquecer, dona Jamile fitou profundamente nos meus olhos e disse:

— Entenda que agora inicia uma nova vida, com algumas limitações e restrições, talvez necessárias para que o senhor cavaleiro ajuste sua caminhada. Não se lamente, e entenda tudo como uma nova oportunidade de vida. Só Deus Pai, em sua infinita sabedoria e misericórdia, sabe aquilo que necessitamos aprender para evoluirmos como seres espirituais que somos. Quem pode saber se já não era hora do senhor, um monge guerreiro, deixar de viver em campos de batalhas? Em vez de matar, entender o grande valor da vida; ao invés de sentir o cheiro do sangue derramado do inimigo, respirar o ar puro que vem da montanha sagrada? Não há nada mais sem sentido do que as guerras, e parece que o Senhor Criador não lhe quer mais empunhando uma espada! Agradeça e aproveite esta oportunidade que o Universo lhe dá, e viva uma nova vida, do jeito que ela lhe é oferecida. O senhor está vivo, agradeça ao invés de lamentar!

Dona Jamile tinha a sabedoria dos anciãos, daqueles que já muito viram, muito viveram e muito sabem. Aquelas palavras ficaram reverberando nos meus pensamentos, no meu coração e, por fim, na minha alma. Foi quando tudo começou a fazer sentido para mim: pequenas tarefas, movimentos e ações do dia a dia começaram a ser ressignificadas na minha vida!

Finalmente eu entendia que o meu acidente e suas consequências — as minhas lesões, as dores, deficiências e limitações —, nada era obra do acaso. O acaso não existe, tudo tem um motivo, uma justificativa, um porquê; nós, na nossa ignorância e falta de percepção, é que não estamos aptos a enxergar a obra do Divino em cada pequeno movimento da vida!

Entretanto, não havia como não lembrar com saudosismo dos dias de vigor físico, com saúde e vitalidade, lutando bravamente em defesa da minha fé e da minha Igreja.

Será que esse foi o meu erro? Achar que havia justiça e justificativa na guerra em nome de Deus? Mas que Deus seria este que aprova morte e sofrimento em seu nome? Não o Deus que eu sabia existir, Criador de Tudo e de Todos, fonte de luz e amor! Tantos anos de luta e batalhas, morte e sangue; e fui ficar ferido, quase que mortalmente, derrubando árvores na montanha! O que será que a vida queria me ensinar com isso? Nova oportunidade, ajuste de rota? Ainda não tinha uma resposta definitiva, mas haveria muitas noites insones, em que, sozinho, apenas acompanhado pelos meus fantasmas e medos, ficaria pensando nas palavras de dona Jamile, na busca de uma total compreensão.

No vilarejo, o trabalho árduo continuou firme apesar dos rigores do inverno; e eu tentava, mas não conseguia ajudar em quase nada. No início, nem pequenos trabalhos na marcenaria, devido à cegueira parcial e falta de habilidade com a mão esquerda. Mas eu não desistia, precisava ocupar meu tempo e minha mente. Não posso reclamar daqueles que estavam à minha volta, todos me incentivavam a persistir nas artes manuais, já que como cavaleiro templário havia aprendido a fabricar armas e ferramentas. Então, apesar de muitos fracassos, eu seguia firme reaprendendo a usar as mãos; agora com uma finalidade mais grandiosa do que a arte das armas e da luta. O tempo, a persistência e a determinação viriam a me ensinar que tudo é possível quando se tem vontade!

O cavaleiro templário havia morrido quando aquela árvore caiu e eu me acidentei. Agora eu era apenas Hugues, o pai da Ayla, reaprendendo a viver...

Naqueles primeiros dias de primavera, todos estavam na expectativa da chegada do Bispo de Toulouse e também de Raymundo de Péreille, o senhor de Montségur. O padre Ignácio era um dos mais ansiosos: finalmente ele iria receber o *consolamentum*.

Os dois chegaram juntos, e naquele dia o vilarejo entrou em polvorosa.

Saí para a rua, tentando acompanhar todos. Quando o bispo dos cátaros desceu do seu cavalo, havia uma fila de pessoas querendo cumprimentá-lo. Fiquei observando de longe.

Os crentes se aproximavam do bispo, faziam uma tripla genuflexão e diziam:

— Orai a Deus para que ele me conduza ao bom fim.

— Deus vos abençoe, vos faça bom cristão e vos conduza ao bom fim — respondia o bispo. Essa era a saudação que o crente dirigia ao seu "perfeito", em respeito à parcela de Espírito Divino que acreditavam eles já trazerem em si, em virtude de sua busca pela perfeição moral. Posteriormente, fiquei sabendo que a essa saudação eles chamavam de *méliorament*.

A chegada destas duas pessoas mudou sensivelmente a rotina do vilarejo pelos próximos meses.

Junto com o senhor de Montségur vieram pessoas especializadas para a reforma do *castrum*, além de mulas carregadas de ferramentas. Na semana que se seguiu, não pararam de chegar carroças carregadas de material para construção. Todo o vilarejo estava em êxtase; uma energia vibrante, de esperança num futuro melhor, começou a tomar conta de todos. Todos trabalhavam muito, desde o nascer dos primeiros raios de sol até o cair do breu. Trabalhavam e rezavam, sem reclamar.

Passaram-se alguns dias, e nada do *consolamentum* do padre Ignácio. Até que numa manhã não consegui mais segurar minha curiosidade e perguntei a ele:

— Primo, desistiu do ser um "bom cristão"?

Ele imediatamente me olhou indignado, retrucando:

— Claro que não! Por que haveria de desistir, agora que estou tão próximo de realizar e conquistar esse objetivo? Semana que vem já é lua crescente, e então finalmente receberei a consagração!

— Por que esperar a lua crescente? — eu havia aprendido com os orientais que a lua é a alma que dá movimento a vida, sentimentos e emoções. E sabia que muitos trabalhos e rituais, nas diversas religiões e cultos variados, são feitos de acordo com a fase lunar, conforme os objetivos desejados. Na Ordem do Templo, muitos dos rituais eram feitos na lua cheia.

— Porque a lua crescente simboliza a construção e o renascimento! Renovação! Energia e impulso para seguir em frente!

— Não sabia disso! Então na próxima semana teremos um novo "bom cristão" aqui na comunidade?

— Com a graça de Deus! — respondeu ele com um suspiro e olhando para o céu. — Mas, quando o Bispo partir, devo acompanhá-lo! Quero trabalhar junto ao povo nas zonas rurais, nossa gente está com medo, ameaçada e insegura diante de tanta perseguição, violência e extorsão. Precisam ouvir a mensagem de Jesus, o Cristo, para fortalecerem sua fé e esperança por dias melhores.

— Mas, primo, isso é muito perigoso! Se os cruzados o pegam, é fogueira na certa!

— Não tenho medo! Tenho certeza de que há um propósito para mim; e agora eu preciso divulgar minha fé, a verdadeira mensagem de Jesus! Preciso fazer isso enquanto ainda há tempo!

— Eu tenho medo por você! — foi só o que consegui dizer.

— Não tenha, o medo paralisa a alma! — respondeu ele com convicção. — Talvez eu ainda venha a morrer consumido pelo fogo, mas não acredito que seja agora!

Olhei para ele aflito, meu coração estava apertado, o que ele dizia parecia ser uma premonição.

Na semana seguinte, na primeira noite de lua crescente, conforme meu primo Ignácio havia me avisado, tivemos o seu ritual de *consolamentum*.

O lugar para a cerimônia foi num platô no pé de montanha, e, como na cerimônia anterior que eu havia presenciado, todos para lá se dirigiram carregando tochas. Desta vez, havia sido erguida uma mesa de pedra, com um tampo do que parecia ser mármore branco ou alabastro — o próprio bispo havia trazido aquela pedra de Toulouse. Sobre a mesa, o Novo Testamento, uma bacia e um jarro com água. Algumas pessoas formaram um círculo em torno da mesa de pedra; acho que eram assistentes do bispo, formando uma corrente que simboliza a proteção a ser erguida em torno do iniciado, a vida perfeita para a qual ele está entrando. Os demais fiéis se colocaram à frente, eu me coloquei na primeira fila, queria assistir de perto esse momento tão importante para o meu querido primo Ignácio. Os fiéis formaram duas colunas de gente, no meio um espaço aberto, por onde entrou o meu primo acompanhado por um ancião do vilarejo. Ambos fizeram o ritual do *méliorament* diante do bispo, e depois padre Ignácio (eu ainda tinha dificuldade de chamá-lo de outra forma!) ficou conversando ao pé do ouvido do bispo, enquanto todos os fiéis oravam. Posteriormente, Ayla me explicou que o iniciado (o padre) estava se confessando, e o povo orava pedindo a Deus que o perdoasse de todos os seus pecados.

Então o bispo pronunciou:

— Que o Santo Pai, justo, verídico, misericordioso, que tem o poder sobre o céu e a terra de perdoar os pecados, vos perdoe de todos os pecados deste mundo e vos conceda misericórdia no mundo futuro!

O bispo, o iniciado, o ancião e todos os assistentes lavam suas mãos, isso era para que nenhuma impureza contaminasse o ritual. Então foi pedido ao primo Ignácio que se ajoelhasse e lhe foi perguntado:

— Tem o postulante a firme vontade receber o batismo espiritual?

— Sim! — respondeu ele

— Considera-se o postulante pronto para praticar todas as virtudes através das quais se faz um bom cristão?

— Sim!

Estas duas perguntas foram feitas três vezes, depois foram lidas partes do evangelho de João, e por fim o bispo pôs o livro do Evangelho sobre a cabeça do primo e puxou uma lista de preces, oradas por todos os presentes. Por fim, ele dirigindo-se ao primo e disse:

— Que Deus vos perdoe e o conduza a bom fim!

— Que assim seja, Senhor, segundo a Tua palavra! — respondeu ele.

Primo Ignácio, ainda ajoelhado, inclinou-se levemente para a mesa, diante do bispo, que, mais uma vez, lhe colocou sobre a cabeça o Evangelho de São João, todos os assistentes se aproximavam e faziam a imposição das mãos sobre a sua cabeça, todos os demais fiéis que acompanhavam a cerimônia esticavam o braço direito em direção ao postulante, oravam em voz alta mais uma série de preces, iniciando com o Pai-Nosso. Logo em seguida o Evangelho foi ofertado ao primo Ignácio, que o beijou e disse:

— Que Deus os recompense do bem que me fizestes por amor de Deus! — ao que o bispo respondeu:

— Que a graça de Nosso Senhor Jesus Cristo esteja com todos! E que o Pai, o Filho e o Espírito Santo os perdoem de todos os pecados.

Então, um dos assistentes ofereceu ao primo uma veste negra, meticulosamente dobrada, tendo sobre ela um grosso cordão. Ali mesmo ele ficou em pé e colocou a túnica sobre sua roupa, e o assistente passou o cordão em torno de sua cintura e dá um nó.

Esta era a túnica usada pelos perfeitos que lembrava ao recém-iniciado que sua missão humana consistia em tecer a veste de Luz, o corpo espiritual que o homem havia perdido, e que buscava recuperar através da reencarnação e vidas sucessivas, até que a perfeição fosse atingida.

O beijo da paz e um abraço entre o iniciado e o bispo encerrava a cerimônia, para logo depois todos virem cumprimentar o recém-iniciado, cuja felicidade estava estampada em seu rosto.

Na semana seguinte, o novo bom cristão partiria de Montségur, carregando apenas seu Evangelho e um cantil com água. Estava determinado e em paz.

Ficaríamos sem vê-lo e sem notícias por um longo tempo. Tempo de novas oportunidades e aprendizados. Iniciava-se um novo ciclo para todos.

CAPÍTULO XX
O futuro é hoje

O senhor de Montségur reconstruiu rapidamente o castelo e o torreão, rodeou o conjunto com cabanas para vendedores ambulantes e peregrinos. Para vencer o grande declive, mandou construir muros de sustentação até os limites do precipício. Ruelas e pequenos degraus levavam as pessoas até o topo da montanha, casa rústicas foram construídas para os religiosos, uma casa ampla que funcionava como hospedaria para os que ali vinham, de passagem, em busca de sermões e palavras de fé. Pequenas casas, compactadas e espremidas entre si, foram levantadas progressivamente sobre o terreno rochoso, aproveitando ao máximo o relevo da encosta da montanha, abrigando famílias inteiras. Tudo envolvido por uma cintura fortificada.

O trabalho árduo e persistente fez com que o tempo passasse rápido. A água era sacada do rio Lasset e levada montanha acima, em barris sobre burros, mas também foram construídas cisternas, onde era coletada água da chuva. O rio fornecia água e o pescado. E eu me tornei um bom pescador. Era uma atividade que eu conseguia exercer, tanto com redes, que nós mesmos fabricávamos, como a pesca com lança — eu tinha pontaria certeira, apesar de não enxergar nada bem.

Todos me perguntavam como eu conseguia. Nunca soube responder, até eu me perguntava isso. O fato é que, com a visão embaçada, meus outros sentidos ficaram aguçados, minha percepção do todo havia se desenvolvido, e de alguma forma eu percebia a movimentação dos peixes que subiam quase até a linha d'água para buscar os restos de pão que eu largava. Eu não contava a ninguém, mas antes de iniciar uma pesca eu também sempre fazia uma prece em agradecimento à natureza, ao rio e aos seres vivos que, uma vez pegos, viriam aplacar nossa fome. Se isso ajudava ou não, fica a dúvida; mas eu nunca esqueci a lição do velho Benoit, que me mandou agradecer às ervas que usava como curativo no ferimento de Ayla. Então, flora e fauna, terra, rios, chuva, pedras, vento e sol, tudo obra do Criador: a tudo eu honrava, cuidava e agradecia!

Todo pescado era limpo, salgado e exposto ao sol. Assim, conservado, podia ser comido durante dias. No inverno, o pescado era enterrado na neve abundante do pico da montanha.

Nos primeiros anos, depois que ali chegamos, vivemos em relativa paz e tranquilidade. A comunidade recebia vinho, especiarias, lã, ferramentas e uma série de outras mercadorias, trazidos para permuta por fiéis que vinham até ali oriundos de várias localidades — muitos de passagem, outros para rezar e meditar na montanha, ou acompanhar os bispos e perfeitos que por ali passavam, alguns tantos para ficar.

O Bispo de Toulouse e seus assistentes, assim como outros perfeitos, sempre que apareciam também traziam mercadoria e produtos que porventura estivessem faltando, além das notícias e informações sobre a guerra.

De julho de 1210 a julho de 1211, as notícias que nos chegaram eram terríveis. Foi através deles que soubemos da tomada e massacre de Minerve, com oitenta e cinco cátaros queimados,[43] a tomada do Castelo de Termes, em Corbiéres, e do cerco a Cabaret-de-Lastours.

Em julho de 1211, recebemos um pequeno grupo de refugiados vindos da região rural de Lavaur, que havia sido dominada por Simão de Montfort: oitenta cavaleiros enforcados, quatrocentos perfeitos

---

43 Não se sabe o número exato, alguns historiadores falam em 140 cátaros queimados.

e perfeitas queimados, e o triste fim da senhora Guiraude,[44] que se recusou a entregar os cátaros durante o cerco da cidade, optando pela luta contra os cruzados. Castelo e cidade tomados, foi atirada viva no fundo de um poço e apedrejada até a morte — o poço foi fechado com pedras.

Quando ficávamos sabendo dessas notícias, toda a comunidade se abalava, e mais e mais casebres eram construídos no alto da montanha. O medo pairava sobre todos. As preces e orações pelos que morriam pelo fogo ou pela espada eram diárias, e também sempre agradecíamos pela relativa paz que estávamos desfrutando, apesar do medo contínuo que rondava a todos.

Vivíamos o hoje, porque o amanhã era incerto!

Já estávamos em meados de 1212, e nesta época eu queria muito que Ayla encontrasse um companheiro; me apavorava a ideia da minha filha sozinha no mundo, caso algo acontecesse comigo. A vida já tinha nos mostrado que o improvável pode acontecer a qualquer minuto, sem aviso prévio. Num momento se está bem e com saúde, em outro pode-se estar morto, ou a vida dar uma guinada alterando todos os seus planos e projetos do futuro. Não temos o controle sobre nada, e o improvável é uma constante!

Eu e Ayla vivíamos em duas peças construídas no topo da montanha; Pierre e sua família viviam logo ao lado. O filho primogênito de Pierre, chamado Áries, desde muito cedo envolto nas lutas pela sobrevivência, havia se tornado um homem corajoso e trabalhador. Eu tinha uma simpatia especial por ele, e logo percebi seu interesse por Ayla, agora uma jovem mulher de 18 anos, com um espírito de liderança agudo, determinada e independente, e uma crente fervorosa. Um dia, estávamos jantando quando resolvi abordar o assunto:

— Ayla, você já está com 18 anos! Acho que já está na hora de se casar...

---

[44] Guiraude de Lavaur era a viúva de Guilhem-Peyre e senhora do *castrum*.

Ela imediatamente parou de tomar a sopa, passou o dorso da mão na boca e, me olhando, respondeu:

— Não pretendo me casar! Minha vida está ótima do jeito que está!

Falando isso, voltou sua atenção para o prato a sua frente. Passada a minha surpresa por aquela resposta inesperada e curta, retomei o assunto:

— Como assim "não pretendo me casar"? Toda mulher deve se casar, encontrar um homem que a proteja, sustente, lhe dê o que comer... Mulher nenhuma consegue sobreviver nesses dias difíceis sem os braços fortes de um homem para lhe amparar e proteger! É uma questão de segurança e sobrevivência!

Ela voltou a me olhar e, com certo desdém, respondeu:

— Eu tenho o senhor, meu pai, que me protege, me sustenta, me dá comida e proteção. Além do mais, eu sou capaz de me defender e viver sem nenhum homem ao meu lado. Sou melhor com a espada e com o arco e flecha do que muito barbudo por aí...

— Ayla, sei o quanto você foi bem treinada pelo seu avô nas artes da guerra. Ele a preparou para lutar como se um homem fosse. Acho que ele sabia que viveríamos tempos de muitas guerras, e agradeço a ele por isso. Entretanto, você precisa de um homem ao seu lado, toda e qualquer mulher decente tem um marido. Eu não vou viver para sempre, essa cegueira parcial e minha dor de cabeça que nunca passa podem ser sinal de que algo se rompeu na minha cabeça! E se amanhã você acordar e me encontrar morto?! O que vai fazer?

Ela se levantou, veio até onde eu estava sentado, e pelas minhas costas colocou o braço em torno do meu pescoço, beijou meu rosto e disse:

— Eu tenho certeza de que isso não vai acontecer, e o senhor meu pai ainda vai durar muito mais que eu! E depois, por que o senhor meu pai não utiliza do mesmo remédio que me oferece? Por que não arruma uma companheira?

Eu a conhecia, sabia de suas estratégias para conseguir o que queria; agora, tentava chantagem emocional e desfocar minha atenção do tema principal. Só que aquele dia eu estava disposto a convencê-la.

Tirei seus braços de meu pescoço, levantei segurando suas mãos e, de frente para ela, falei:

— Ayla, minha filha! Como eu posso viver tranquilo e em paz sabendo que se morrer você vai ficar sozinha neste mundo de horrores?! Há um exército de malfeitores, mercenários assassinos e estupradores soltos por aí; não vai demorar para eles aparecerem por aqui. É só uma questão de tempo!

— Deus é o dono do tempo e detém o controle sobre tudo: o que tiver que ser, será! — fez uma pausa e, me olhando fixamente, completou: — Senhor meu pai, entenda, eu, definitivamente, não pretendo casar ou ter filhos! Esse mundo está doente, se a própria Igreja mata gente como se fossem ratos, como posso pensar em colocar um serzinho, uma nova vida nesse mundo de sofrimento e trevas! Não, não quero filhos nem ficar presa a um casamento!

O que ela argumentava sobre filhos e um mundo de trevas fazia todo sentido, mas isso não excluía o fato de que ela precisava ter um parceiro de vida. Não desisti do meu intento!

— Acho que não ter filhos, do jeito que a vida se apresenta para nós, faz todo sentido! Mas não altera sua necessidade de ter um companheiro — analisei sua reação e continuei: — Áries, o primogênito de Pierre, não disfarça o interesse em você! Ele é um bom homem, grande soldado, crente de fé, seria ótima companhia para você!

— Áries é apenas um bom amigo! — decretou ela, completando: — Meu pai, por favor! Eu não tenho necessidade alguma de ter um companheiro, a vida carnal não me interessa, não me atrai. Não quero alguém ao meu lado entendendo que tem direitos sobre o meu corpo. Todo homem quer família, quer filhos! Para falar bem a verdade, penso em me preparar, buscar minha purificação e, num futuro próximo, vir a me tornar uma perfeita!

Olhei para ela perplexo, sem querer acreditar no que ouvia, fiquei sem chão. Parecia que a história se repetia, primeiro foi Mabel, depois minha mãe — em circunstâncias bem diferentes, é verdade —, agora minha filha! Todas abdicando da vida e querendo viver somente para suas crenças, sua fé, sua religião.

Não soube o que dizer, as palavras sumiram, meu pensamento fugiu, um enorme vazio! Fiquei no mais absoluto silêncio. Continuávamos a nos encarar, olho no olho. Só conseguia sentir uma enorme frustração, e logo uma tristeza imensa invadiu meu coração. Percebi que lágrimas se acumulavam em meus olhos, baixei a cabeça, derrotado e angustiado: eu temia pela vida da minha filha!

Não fazia sentido tornar-se perfeita num momento em que todos os perfeitos eram caçados e entregues ao fogo! Depois de alguns segundos, virei as costas e saí. Ainda ouvi Ayla gritar:

— Meu pai, não saia, a noite já vai cair...

Não dei ouvidos, eu precisava ficar sozinho. Quando coloquei o pé na porta, ela me tocou no ombro:

— Por favor, não saia! Vou ficar preocupada e angustiada, o senhor caminhando às cegas na escuridão...

Me virei para ela e apenas disse:

— Por favor, alcance meu bastão!

Ela imediatamente alcançou o bastão e falou:

— Por favor, não saia! Vou morrer de angústia até o senhor voltar!

Dei as costas para ela, dizendo:

— Vai ser bom! Talvez daí você entenda a minha angústia e preocupação em imaginá-la como perfeita, sozinha nesse mundo de escuridão e sofrimento.

Já estava alguns passos dela quando gritei:

— Não espere por mim!

Saí caminhando com todo cuidado, o sol já havia se posto e o breu da noite tomava conta, eu não enxergava nada: mas a necessidade de ficar sozinho era maior do que o medo ou a razão.

Então lembrei da casa de orações, construída para receber perfeitos e nobres crentes que vinham até Montségur — gente que auxiliava financeiramente a igreja cátara. Nunca era trancada. Não era longe da minha casa, resolvi que iria passar a noite lá. Fui até lá em passos lentos e cuidadosos, aproveitando o pouco da luminosidade que vinha das choupanas por onde passava.

Demorei mais do que o normal para percorrer a distância entre minha moradia e a casa de orações, mas cheguei. Havia uma única tocha acesa na parede quebrando a escuridão do ambiente, e estava frio. Fui até a lareira e felizmente havia lenha cortada e pronta para ser utilizada. Acendi o fogo e peguei dois pelegos — havia vários — que estavam amontoados num canto; os colocaria no chão, perto da lareira e pronto: eu dormiria aquecido e sozinho com minhas reflexões.

Tentei rezar, meditar, me conectar com o Divino, sem sucesso. Minha cabeça fervia e doía: não conseguia parar de pensar no que Ayla havia me dito sobre querer se preparar para ser perfeita.[45] Essa ideia me assustava: vivíamos numa época em que não havia perdão para os perfeitos e perfeitas, todos os que eram feitos prisioneiros acabavam sendo queimados vivos. A simples possibilidade da minha Ayla ter esse fim me deixava completamente enlouquecido.

Desisti de tentar meditar e rezar, me ajeitei sobre um pelego, acreditando que enfrentaria mais uma noite de insônia. Mas, ao contrário das minhas expectativas, dormi quase que imediatamente.

Acordei sobressaltado, com o rosto ardendo e o coração acelerado. Sentei ofegante, e então a vi: minha mãe estava em pé, linda, em completa paz e tranquilidade. Esfreguei os olhos, a visão que eu tinha dela era perfeita, sem qualquer ofuscamento ou névoas, como vinha sendo o padrão desde o acidente.

— Que saudades que eu estava, meu filho! — ela falava calmamente, numa voz clara e nítida.

---

45 O catarismo não discriminava as mulheres, ao contrário, abriu amplo espaço de participação e liderança no movimento, admitia até o sacerdócio das mulheres, tornando-as menos dependentes dos homens numa época em que as mulheres deviam completa subordinação ao pai e depois ao marido. Na Idade Média, o marido era o "senhor" da mulher.

— Dona Sophia, minha mãe! — foi só o que consegui balbuciar.

— Não fale nada, apenas me ouça! — ela colocava o dedo indicador na boca pedindo meu silêncio. Ainda atônito e surpreso, obedeci.

— Não foi fácil conseguir autorização para vir te ver, meu tempo é curto, então vou direto ao que preciso falar! — apenas concordei com um movimento da cabeça. Duas lágrimas já teimavam em descer pela minha face.

— Alivia teu coração, aceite e não se atormente com as escolhas de tua filha! — ela buscou os meus olhos e, instintivamente, soube que ela queria ter certeza do meu entendimento e aceitação sobre o que falava. De novo, fiz um leve movimento com a cabeça, afirmando que compreendia o que ela me dizia.

Só então ela prosseguiu:

— Ayla tem uma jornada de vida programada, mesmo não tendo consciência dos fatos e detalhes, ela instintivamente sabe o que precisa ser feito. Foi opção dela ainda no mundo dos espíritos, antes de voltar à carne! Deixe que ela siga sua jornada livremente e faça o que precisa ser feito! Todos nós, perseguidos pela nossa fé, vivemos o que precisamos viver, em função de faltas e erros em vidas regressas — fez uma pausa, esperando que eu absorvesse o que acabara de ser dito. Prosseguiu:

— Que possamos de uma vez por todas fechar esse ciclo de ignorância, violência, ódio e vingança! Só assim será possível dar um passo à frente em nossa jornada de evolução! Você me entende?

Um leve perfume de lavanda pareceu tomar conta do ambiente. Sem disfarçar minhas lágrimas, respondi:

— Eu a entendo, minha mãe!

— Nunca se esqueça, meu filho: a verdadeira vida não é aqui neste mundo físico! A vida por aqui é passageira, só temos o tempo necessário para viver aquilo que precisamos! — completou ela.

Dito isso, foi como se ela se aproximasse de mim flutuando e beijasse levemente minha cabeça, para logo depois desvanecer-se na minha frente como uma nuvem de fumaça levada pelo vento. Ainda ouvi sua voz ressoar na minha mente, bem ao longe:

— Fique bem e em paz, meu filho amado!

Um silêncio quase absoluto, só quebrado pelas brasas que ainda ardiam na lareira. Olhei em volta, na esperança de ainda vê-la. Mas, tão rápido como ela apareceu, ela se foi.

Fiz uma prece em agradecimento, meu coração ainda em êxtase por saber que minha mãe estava bem, mas um tanto aflito, por ter certeza que dias tristes e pesados estavam por vir...

Chorei! Eram lágrimas de felicidade e lágrimas de pesar!

CAPÍTULO XXI
Notícias da guerra

Já estávamos em 1212.

Nunca contei ou falei a alguém sobre a visão de minha mãe e a conversa que tivemos. Era um segredo só meu!

No amanhecer do dia seguinte voltei para casa mais tranquilo: Ayla me aguardava preocupada e aflita. Tentou retomar o assunto sobre casamento, queria se justificar, mas eu lhe disse que não queria mais falar sobre aquilo. Que aceitava a decisão dela e pronto. Ela estranhou; algumas vezes mais ainda tentou abordar o assunto, eu simplesmente ignorei.

A forma que encontrei para não sofrer por antecipação e não deixar que aquela preocupação em relação ao futuro de Ayla me torturasse foi desapegar. Certo ou errado, eu não sabia! Mas, já que eu não tinha o controle sobre a situação, precisava seguir o conselho da minha mãe e tentar me desconectar de tudo aquilo cuja decisão não era minha, ou iria enlouquecer, adoecer de tanta angústia.

A verdade era que eu precisava aceitar que a vida e a jornada eram dela. Mesmo sendo seu pai, deveria deixar ela fazer suas escolhas e arcar com eventuais consequências: esse era o caminho para o crescimento, aprendizado e evolução dela. Eu estava decidido a não interferir, embora isso me custasse um enorme autocontrole e algum sofrimento por antecipação. Era muito difícil para mim, como pai, acompanhar algumas decisões de Ayla, que eu sabia, no meu íntimo, que lá na frente resultariam em efeitos terríveis. E eu sofria...

Temos o livre-arbítrio para fazer nossas escolhas — o plantio é livre, a colheita é obrigatória! Plantou? Tem que colher! Isto é fato, esta é a lei!

Pouco tempo depois daquela conversa, Áries, o primogênito de Pierre, casou-se com uma jovem crente, refugiada de Mirepox. Fiquei feliz por ele! A vida em toda a região estava cada dia mais difícil; ter companhia e afeto para os dias mais tristes poderia amenizar um pouco o insuportável!

Em meados daquele ano, Languedoc era uma zona de guerra: cidades muradas foram devastadas, castelos demolidos, vilarejos queimados, plantações e vinhedos arrancados ou destruídos, nobres, camponeses, mercadores, trovadores e servos, famílias inteiras de crentes e católicos ficaram sem casa.

Montfort e seu exército viajavam centenas de quilômetros, alucinados e fanáticos procurando por seus oponentes. Os sobreviventes já diziam: "a missão de livrar a região dos cátaros era só a desculpa para aquele que se tornou o objetivo do comandante militar da cruzada, que era estabelecer um reino menor para si próprio". Somente o clero católico não percebia que era uma guerra, cruel e violenta, de conquista territorial.

Durante muitos anos, a comunidade de Montségur não foi perseguida ou incomodada pelos cruzados; o bispo cátaro de Toulouse não ficava mais de seis meses sem aparecer, e parecia ter sempre uma forte preocupação para que ali fossem reservados os ensinamentos e os exercícios religiosos dos perfeitos. A Igreja Cátara acumulava motivos para se preocupar com o seu futuro: com as casas dos hereges fechadas ou queimadas, a economia da Igreja era atingida, sobrevivendo graças ao trabalho artesanal das perfeitas e da pregação itinerante dos perfeitos.

Ayla, sempre que podia, pregava nos cultos, e várias vezes eu vi o espírito de Benoit junto a ela, inspirando-a em suas pregações. Ela mantinha uma vida bem restrita, com austeridade, buscando o autocontrole do corpo e do espírito, estudava e meditava muito, frequentemente se refugiava em cavernas da região, passando três, quatro dias a pão e água. Eu a tudo observava e nada falava.

Eventualmente eu assistia aos cultos e orações dos crentes, mas nunca quis renegar minha fé católica — apesar de discordar de tantas coisas que a Igreja vinha fazendo —, ou assumir a doutrina cátara como minha nova religião. Não, eu preferia seguir com a minha espiritualidade, minha fé e minhas crenças, sem a necessidade de uma religião institucionalizada por trás. A minha decepção e frustração com o Papa e o clero da Igreja Católica era tamanha que eu preferia viver a minha fé com autonomia.

Tinha minha fé e isso me bastava!

No início do inverno de 1215[46] tivemos uma agradável e inesperada surpresa: após mais de cinco anos, nosso querido primo Ignácio estava de volta. Ao primeiro olhar: irreconhecível! Muito mais magro, cabelos e barba brancos e compridos, vestindo uma velha e esfarrapada túnica preta, calçando sandálias, igualmente velhas. Num segundo olhar, era nosso velho e querido padre Ignácio, com sua generosidade e espírito revolucionário, portador de alegria e esperança, com brilho nos olhos, sempre buscando justiça e dignidade para todos!

Festejamos seu retorno com uma peixada regada a vinho. Ele, Ayla e outros perfeitos que estavam em Montségur só tomaram água, embora tenham compartilhado dos momentos de festa e alegria.

A chegada de primo Ignácio deixou Ayla em êxtase; grudou nele como uma sombra, e muito confabularam os dois. Ela queria saber de tudo sobre suas peregrinações. Acompanhei tudo de longe, sem qualquer manifestação. Ignácio ficou negativamente surpreso com o fato de eu não ter recuperado totalmente minha visão e que eu ainda tivesse intensas dores de cabeça.

Confessei a ele que não esperava mais recuperar minha visão, nem tampouco me livrar daquelas terríveis dores de cabeça; já estava

---

46 O inverno no hemisfério norte ocorre entre os dias 22 de dezembro e 20 de março.

acostumado com minha nova condição, vivia resignado e em paz. E isso era uma verdade!

Com a chegada do primo Ignácio ficamos sabendo de tudo o que acontecia em Languedoc.

Desde a batalha de Muret em 1213, com a vitória de Simão de Montfort sobre as tropas do Conde de Toulouse, e a morte do rei Pedro de Aragão nos campos de guerra, a vitória dos cruzados sobre Toulouse já em 1215, até notícias sobre um recente concílio[47] da Igreja Católica Romana, convocado pelo papa Inocêncio III e acontecido em novembro na Basílica de São João de Latrão, em Roma. O resultado desse concílio era terrível para a Igreja Cátara e para Montségur: concedeu a Simão de Montfort os domínios dos condes de Toulouse e a denúncia de Montségur como um reduto de cátaros. Pronto, tínhamos sido oficialmente denunciados, logo eles viriam até nós.

Meu primo nos deu um resumo do Concílio de Latrão: Raymundo VI foi considerado incapaz de governar suas terras na paz e na fé, foi privado de seus direitos de propriedade, exilado, condenado a receber quatrocentas moedas por ano para sua sobrevivência enquanto se submetesse à humilde obediência. Os territórios conquistados pelos cruzados foram concedidos a Simão de Montfort. Aqueles territórios que não foram tomados pelos cruzados ficaram sob a guarda de pessoas capazes de defender os interesses da Igreja. E, quando o único filho de Raimundo VI atingisse a maior idade, lhe seriam restituídos na eventualidade de mostrar-se digno de merecer o todo ou parte. Quanto ao Conde de Foix, um inquérito decidiria o que fosse justo, enquanto isso seu castelo ficaria com a Igreja. O Concílio de Latrão acabava com a autonomia de Languedoc. Humilhação imensa para os occitânicos. Mas o jovem Raymundo não se conformou, sendo

---

[47] Concílio Ecumênico: reunião de todos os bispos para discutir e resolver questões doutrinais ou disciplinares da Igreja. O primeiro concílio da Igreja Católica Romana foi convocado pelo imperador romano Constantino e aconteceu em Niceia, em 325.

o herdeiro legítimo de ricas terras, não sendo acusado de nada, de ser obrigado a mendigar pela sobrevivência, aguardando que suas virtudes fossem reconhecidas. Haveria mais luta.

No ano seguinte, meu primo Ignácio e Ayla saíram a pregar nas cercanias de Montségur. Saíam em andanças numa semana, voltavam na seguinte. Permaneciam no vilarejo por alguns dias, saindo logo depois em mais uma andança. Depois de algum tempo, começaram a se afastar mais; ficavam em torno de quinze, vinte dias longe de casa. Cada vez que eles saíam em peregrinação meu coração ficava agoniado.

Sempre retornavam com notícias, que nunca eram boas.

Através deles ficamos sabendo que os habitantes de Toulouse, apesar de revoltados, prestaram juramento de fidelidade a Simão de Montfort, que jurou proteger as igrejas, os cidadãos e seus bens, e ser um bom e leal senhor. O tempo logo se encarregou de mostrar o quão falsos eram esses juramentos. Certa era a doutrina cátara que abominava os juramentos, tão valorizados na sociedade francesa do Norte.

Simão de Montfort, para garantir sua recente titulação, prestou homenagem ao rei francês Filipe Augusto pelas terras concedidas, que o recebeu com todas as honras como fiel vassalo por feudos e terras conquistadas. Nada tinha mais a temer. O chefe da cruzada o colocava no que ele entendia ser seu devido lugar. Languedoc, agora, era parte do reino da França.

Por intermédio deles ficamos sabendo que até lugares não atingidos diretamente pela cruzada, como a Provença católica, sentiram-se humilhados; não apenas a nobreza, mas as populações, em geral, perceberam que a invasão, destruição, desapossamento dos barões occitânicos tinham motivações outras que as religiosas. Falava-se cada vez mais intensamente em reconquista, era uma questão de honra, de patriotismo, uma vez que todos foram atingidos em seu modo de vida, cultura e pensamento, valores e costumes próprios de Languedoc.

O fracasso do Conde de Toulouse, vencido por um senhor francês, deposto, humilhado e exilado pela Santa Sé, unificou ainda mais os occitânicos; Raimundo VI e seu filho, exilados em Marselha, foram chamados em Avignon, ponto de partida da reconquista, símbolo da resistência. A luta armada continuaria.

Numa outra dessas andanças, eles retornaram com a notícia de que o papa Inocêncio III havia morrido, e que um novo papa já havia assumido — Honório III, o que pouco ou nada mudou para o que acontecia com Languedoc e todo seu povo.

CAPÍTULO XXII

Desatinos

Final do verão de 1217. A guerra continuava, e os boatos que chegavam até Montségur eram de que Raymond VI e seu filho haviam retornado a Toulouse, sob os aplausos do povo. Não sabíamos detalhes, torcíamos que fosse verdade.

Ayla continuava com suas andanças e pregações por toda a região, às vezes acompanhada pelo primo Ignácio, outras sozinha. Ela não tinha paradeiro, parecia estar movida por uma força estranha que a incitava a caminhar e pregar, incessantemente. Cada vez mais distante da comunidade de Montségur, agora fazia viagens de até três meses de ausência e, quando retornava, dormia apenas uma ou duas noites na nossa casa. Depois já se recolhia em cavernas para se isolar, jejuar e meditar. Eu estava cada vez mais preocupado com minha filha, que já não reconhecia, nem física ou emocionalmente. Parecia muito mais velha do que seus 23 anos!

Essa obsessão nas pregações, jejuns e retiros havia se intensificado depois de lhe ter sido negado o *consolamentum* pelo bispo cátaro de Toulouse. Segundo ele, Ayla era muito jovem e sem maturidade suficiente para as funções de um bom cristão. Ela não aceitou as justificativas do bispo, que não mudou de opinião nem mesmo quando primo Ignácio, contrariado, mas sob pressão de Ayla, tentou intervir a seu favor. Ayla nunca se conformou e dizia que faria o bispo se arrepender por não lhe ter dado o *consolamentum*.

Quando lhe chamei a atenção sobre esse tipo de pensamento e comportamento, que demonstrava o quanto ainda era guiada pelo orgulho e pela vaidade do ego, não tendo a humildade de reconhecer e aceitar as orientações do líder de sua igreja, ela ficou irada comigo:

— O senhor meu pai deve estar radiante, afinal nunca quis que eu me tornasse uma perfeita! Parabéns, seus pensamentos e vibrações negativas venceram o meu esforço e dedicação! — seus olhos irradiavam amargura e raiva. Foi um choque vibracional e emocional receber toda aquela amargura, em um olhar, da minha própria filha: foi um golpe inesperado.

Nada respondi, virei as costas e me encaminhei para a porta de nosso casebre, disposto a sair e nada falar. Uma discussão agora só iria piorar toda a situação, e eu não poderia negar que, desde o dia em que ela me havia falado pela primeira vez de sua intenção de tornar-se perfeita, eu rezava e pedia aos Céus que lhe desse entendimento e compreensão, para que não seguisse com esse intento. Ela já vivia para sua fé, estudava, trabalhava e se comportava como uma perfeita, pregava e levava a doutrina da sua igreja para todos, vivia na busca da pureza do seu espírito; que diferença faria o título de perfeita? Só a colocaria na mira da Igreja Católica, meu maior temor!

Saí cabisbaixo, triste e agoniado à procura do primo Ignácio: precisava conversar com ele sobre o comportamento e a situação de Ayla, que começava a demonstrar sinais de um fanatismo religioso perigoso. Algo não estava bem, algo precisava ser feito.

O reflexo daquele olhar de ódio não me saía da cabeça.

Comecei a me questionar como pai, será que eu vinha desempenhando direito meu papel? Deixei que Ayla tomasse as rédeas de sua vida, não quis intervir, mas parecia que algo tinha dado errado.

Procurei meu primo e não o encontrei. Resolvi descer a montanha e ir pescar, minha atividade principal nesta época do ano. Eu precisava fazer alguma coisa para ocupar minha mente e desconectar de tudo aquilo. E, com o final do verão, era preciso aumentar o estoque de pescado salgado para suportar todo o inverno, quando as baixas temperaturas, o vento gélido e às vezes a neve nos impediam de pescar. Eu pescava não apenas para consumo próprio, mas também fornecia pescado para o restante do vilarejo: trocava por outros produtos que necessitava. Durante o inverno, me dedicava a fabricar ferramentas e utensílios, além das redes para pesca e caça. Havia encontrado uma forma de ajudar e participar ativamente da comunidade em Montségur.

Eu estava concentrado no que fazia quando ouvi às minhas costas um barulho alto, como se algo grande tivesse sido jogado no rio. Virei-me rapidamente, e num primeiro momento só pude ver as ondulações na superfície, para logo em seguida enxergar uma mão, uma cabeça... Alguém havia caído, se debatia, e a correnteza não deixava que se levantasse, embora ali a profundidade não fosse muito grande.

Não pensei duas vezes, esquecendo-me das minhas próprias limitações, com algum sacrifício, e, sem saber exatamente como foi, consegui ajudar a pessoa a se levantar e sair d'agua. Era uma mulher. Ela ainda sem fôlego, assustada, em choque, segurando firme minha mão esquerda, foi tropeçando até a margem, onde se jogou exausta. Iria se afogar se eu não estivesse por ali e a ajudasse a se erguer. Me sentei ao seu lado, com a respiração alterada devido ao esforço feito para socorrê-la sem cair na água também. Fui respirando longa e pausadamente. Depois de alguns instantes, consegui finalmente perguntar:

— A senhorita está bem?

Só então ela se virou para mim, nossos olhos se encontraram por um breve segundo. Então percebi sua agonia, ela começou a tossir, parecia engasgada. Rapidamente eu a virei de costas para cima e fiz compressão em seus pulmões. Foi quando ela vomitou água, e só então pareceu aliviar-se. Ajudei-a a se virar. Com calma, ainda respirando com dificuldade, ela tentou se sentar. Novamente a auxiliei. Ela parecia atordoada, um pouco confusa. Eu fiquei em silêncio, apenas observando e rezando mentalmente para que ela se recuperasse.

Passado algum tempo, entre acessos de tosse, gaguejando, ela conseguiu murmurar:

— O senhor salvou minha vida! Muito obrigada, que Deus Pai o abençoe...

— Fiz o que qualquer um faria, não precisa agradecer. Procure se acalmar.

Ela nada respondeu, ainda parecia estar tonta, confusa. Permanecia sentada, com os joelhos dobrados, o torso inclinado para a frente, olhava para o chão, com os braços em torno dos joelhos.

— A senhorita está se sentindo bem? — tornei a perguntar, depois de um prolongado e desconfortável silêncio.

Ela apenas fez um movimento com a cabeça, quando levantou os olhos e me fitou. Seu olhar demonstrava um sofrimento só... A partir dali, agi por instinto e impulso.

— A senhorita não está bem! — foi uma constatação, dita para mim mesmo. — Venha, vamos buscar socorro.

Ajudei-a a levantar, tentei colocar um dos seus braços sobre os meus ombros, mas não deu. Ela era bem mais baixa que eu.

— Se agarre na minha cintura, vou levá-la para minha casa!

Ela nada respondeu, parecia muito fraca, e sem qualquer raciocínio.

Felizmente, na subida da montanha, encontrei algumas pessoas do vilarejo, que me ajudaram a carregá-la montanha acima. Me perguntaram quem era ela, contei os fatos; ninguém a conhecia, não devia ser da região. Fomos direto para a minha choupana, coloquei a mulher no meu catre, a cobri, pois ainda estava molhada e parecia estar com frio. Ayla não estava em casa, depois da nossa discussão devia ter ido se recolher numa gruta qualquer. Eu precisava da ajuda feminina para trocá-la de roupa. Bati na casa de Pierre, e pedi auxílio à sua mulher, que prontamente veio nos socorrer.

Pierre, algum tempo depois, nos trouxe uma sopa de legumes. Minha visitante caiu num sono profundo logo depois de aquecida e alimentada. Durante todo o tempo ela nada falou, seu olhar parecia perdido. Fui me deitar no catre da Ayla; ao que tudo indicava ela não viria dormir em casa. Com todos os acontecimentos urgentes da tarde, havia me esquecido da discussão e, consequentemente, da preocupação com minha filha.

Estava cansado, mas não consegui relaxar. Primeiro, relembrando toda a discussão com minha filha. Tratei de mudar os pensamentos e comecei a reviver os acontecimentos à beira do rio. E foi com surpresa, então, que me percebi lembrando da mulher resgatada, com sua túnica de algodão cru molhada e grudada na pele, revelando seu corpo e todas suas formas. Sacudi a cabeça e me levantei. Fui tomar um copo d'água.

Era só o que me faltava, depois de tantos anos, numa vida de castidade e abstinência sexual, ser tomado por pensamentos libidinosos.

Amanhã mesmo vou tratar de despachar a estranha, pensei.

Depois, voltei para a cama; o cansaço e toda a agitação do dia venceram minha mente turbulenta e dormi um sono profundo. Fui acordado com uma batida na porta. O sol estava começando a surgir no horizonte. Era meu primo Ignácio.

Nos sentamos à mesa, cada qual com uma xícara de leite quente de cabra e mel. Contei ao meu primo sobre o resgate da mulher, que continuava a dormir pesadamente.

— Mas não é só isso, primo! Tenho outras duas preocupações para dividir contigo! Preciso de sua opinião, talvez um conselho...

Primo Ignácio não me deixou continuar, parecia preocupado, e, interrompendo-me, disse:

— Pierre me confabulou que ontem à tarde você saiu de casa desnorteado. Passou por ele e nem o cumprimentou. Depois Ayla foi me procurar. Também estava transtornada, mas não quis conversar comigo, só pediu que lhe avisasse que pretendia ir até Toulouse!

— O que? Ayla foi para Toulouse? Como assim? Fazer o que em Toulouse? — eu estava surpreso e chocado com a informação.

— Ela não me disse diretamente, embora eu tenha feito exatamente essa mesma pergunta a ela; mas eu tenho uma ideia do que possa tê-la motivado a fazer essa incursão conforme algumas palavras ditas por ela mesma.

— Então diga-me, por favor. Eu estou cada vez mais preocupado com as atitudes e decisões dela!

— Confesso que também estou... Ayla sempre foi muito determinada e consciente do que queria para si, mas parece que a negativa do bispo quanto ao *consolamentum*, de alguma forma, mexeu com a estrutura emocional dela. Não sei exatamente o que é, nem explicar, estou falando apenas as minhas percepções — Primo Ignácio falava pausadamente, escolhendo bem as palavras. Balançava sua caneca de leite e ficava fitando o conteúdo, pensativo.

— Primo... Ayla não conseguiu aceitar a negativa do bispo, pois vinha se preparando com obstinação. Este é seu único sonho e objetivo para a vida. E me parece que está exagerando em tudo, não consegue encontrar o equilíbrio entre a vida do dia a dia e as exigências de sua fé.

— Sou obrigado a concordar! — respondeu ele, finalmente, desviando seu olhar da caneca de leite e me fitando.

— Ontem — continuei — nossa discussão começou quando ela me disse que faria o bispo se arrepender de lhe ter negado o *consolament* de consagração; ao que respondi que essa reação demonstrava como ainda estava dominada pelo ego, pelo orgulho e vaidade. Ficou furiosa, me lançou um olhar mortal, cheio de raiva e amargura. Não gosto nem de lembrar aquele olhar: ódio puro!

— Náoooo! Não era para você toda essa raiva! Você só estava ali a colocando diante da mais pura verdade sobre ela mesma. Algo que ela preferia não enxergar! A raiva era sobre suas próprias deficiências, seus sentimentos e emoções, nem sempre tão puros ou positivos como ela gostaria que fossem. Meu caro, suas palavras a colocam diante do reconhecimento de suas falhas, suas sombras, seu lado escuro! Um lado de sua personalidade que ela própria não aceita, e com que trava uma árdua luta para dominar e expurgar.

— Mas somos humanos, imperfeitos por natureza! Ela não pode exigir de si mesma a perfeição, a pureza plena da alma; algo que só Jesus, um espírito já ascensionado e iluminado possuía — argumentei.

— Exato! Querer ser uma boa cristã e trabalhar seu espírito para isso, no auge dos seus 24, 25 anos já é algo extraordinário! Tentei fazê-la entender isso, mas retrucou dizendo que seu tempo é curto!

— Como assim, "seu tempo é curto"? Ninguém sabe o tempo que tem, o que a vida lhe reserva ali na frente!

— Ela andou tendo um sonho, ou melhor, um pesadelo, em que viu muitas pessoas sendo levadas para uma grande fogueira, aqui na base de Montségur! Ficou impressionada: acha que vai ser morta na fogueira ainda jovem!

— Que Jesus Ressuscitado nos proteja!! Eu também ficaria impressionado com um sonho desses...

— Por favor, Hugues, foi só um sonho! Acredito que, por enquanto, Montségur está seguro e longe do foco da Igreja e dos cruzados. Estão preocupados com vários levantes em cidades já dominadas, com Raymundo VI e seu filho, que buscam aliados e preparam-se para a luta armada e a reconquista de Languedoc. Toulouse está no centro de tudo isso e dizem que o povo se prepara. Toulouse fervilha...

— Em nome de Deus, o que Ayla foi fazer lá? Se meter no olho do furacão! — eu não conseguia disfarçar minha preocupação nem minha indignação com a falta de juízo de Ayla.

— Meu caro Hugues, sinto lhe dizer, mas eu acredito que Ayla foi a Toulouse ajudar na reconquista da cidade.

Levantei-me do banco exasperado, sem nada entender.

— Primo, não estou entendendo mais nada! Até onde sei, os crentes, os perfeitos, são contrários às guerras, adeptos da não violência, não matam! Como Ayla, que é crente fervorosa, candidata à consagração como perfeita, pode querer lutar?

— Pois essa é uma das contradições recentes de Ayla! Ainda esta semana ela andou me questionando sobre isso, e argumentou que ou a gente luta pela nossa fé e pela nossa vida, ou seremos todos eliminados! O Papa, o rei e os nobres do norte irão não apenas exterminar a nossa religião, mas todos os seguidores e simpatizantes, nossa terra, nossa língua, nossa cultura e modo de viver. Ayla me confidenciou que no seu pensamento lutar é uma questão de sobrevivência, de honra e liberdade, que devíamos lutar pela terra dos nossos ancestrais, e que Deus Pai vai estar ao nosso lado, ao lado da justiça e da verdadeira fé! Pois bem, diante de tudo isso que ela me falou, eu acredito que ela foi integrar-se à luta pela libertação de Toulouse!

— Não posso acreditar nisso! Não posso aceitar! — eu não me conformava.

— Calma, Hugues, não há nada que você possa fazer! Ayla está confusa, perdida, sem rota! A rejeição do bispo à sua candidatura como perfeita foi um golpe que ela ainda não conseguiu assimilar! Ela precisa se reencontrar! Ir a Toulouse foi uma decisão dela... Talvez ela precise disso! — meu primo tentava me acalmar.

— Uma loucura, o senhor quer dizer! — respondi com a voz alterada.

— Hoje mesmo vou resolver o problema da mulher resgatada, e amanhã cedo vou partir atrás de Ayla! — completei.

— Isso, sim, seria loucura! — falou Ignácio calmamente.

— Não posso ficar aqui parado, vivendo na angústia sem saber o que acontece com a minha filha!

— Vamos esperar, as notícias vão chegar! Nossa comunidade precisa de você aqui, o frio está chegando e você não tem saúde física para viajar sozinho, se meter numa cidade cercada, em guerra, onde não conhece nada nem ninguém!

Neste momento, percebi que a atenção de Ignácio estava voltada para a porta que levava ao quarto de dormir. Me virei rapidamente, e a vi, parada, imóvel, calada. Ela me observava, assustada, e de novo nossos olhos se encontraram. Ela baixou a cabeça, timidamente.

Eu havia me esquecido de sua presença no quarto ao lado. Havia me esquecido do quanto aquele olhar profundo, que refletia muito medo e confusão, mexiam comigo.

Senhor, que loucura foi trazer essa estranha para minha casa, pensei.

O dia anterior estava marcado por desatinos...

CAPÍTULO XXIII

O mais belo amor

Felizmente, meu primo estava por ali, no despertar daquela estranha, cuja presença de alguma forma me causava um certo desconforto. Sendo surpreendido, fiquei sem saber o que falar ou fazer.

Ignácio imediatamente se levantou e lhe ofereceu o banco para sentar:

— Venha, sente-se! A senhorita deve estar com fome!

Ela fez um gesto negativo com a cabeça e, sempre olhando para o chão, respondeu:

— Por que estou aqui? Quem são os senhores?

Troquei um olhar de surpresa e dúvida com meu primo: ela parecia não se lembrar dos acontecimentos do dia anterior.

— A senhorita não se lembra do afogamento? Fui eu que lhe tirei do rio!

— Minha cabeça está confusa... lembro de várias cenas, não sei o que é real, o que é sonho! — ficou calada, pensativa, talvez buscando na memória os fatos. Por fim, disse:

— Sou grata por me salvar e amparar, meu senhor!

— Qualquer pessoa digna teria feito o mesmo!

— Ao menos sabe o seu nome? De onde vem? — interrompeu Ignácio, que foi até ela, gentilmente a pegou pelo braço e a fez sentar-se. Depois perguntou:

— Caro Hugues, temos mais uma caneca de leite quente com mel para oferecer à nossa convidada?

Fui preparar o leite com os ouvidos atentos na resposta dela:

— Meu nome é Cateline Nazareth de Beaucaire![48] Fui refém e prisioneira da guarnição francesa, quando foram encurralados no castelo pelo exército de Raymundo VI. Quando as batalhas se intensificaram, com a chegada de Simon Montfort e o cerco à cidade, consegui fugir, socorrer e resgatar minha sogra. Saímos em fuga da cidade com um grupo de pessoas, a maioria mulheres viúvas e suas crianças, desesperadas, fugindo da guerra e da fome... — ela falava meio nervosa, um tanto agitada, atropelando e despejando as ideias e palavras.

— Então é fato que o Conde de Toulouse já está de volta à Occitânia? Lutando por suas terras? — pensei alto, já entregando a caneca com leite quente para a mulher.

— Onde está o resto do pessoal com quem a senhorita fugiu? — interceptou meu primo, tentando organizar o ritmo da conversa.

Cateline olhou aflita para mim, depois para Ignácio, sem saber a quem responder primeiro.

— Não se aflija e nos perdoe! Estamos ansiosos por notícias da guerra, por isso tantas perguntas. Tome seu leite com calma, depois conversamos! — falei, tentando ser cordial.

Ela tomou dois goles de leite e continuou sua narrativa. Parecia precisar contar a alguém tudo o que havia passado até chegar em Montségur. E foi através dela que ficamos sabendo do início da luta armada para a reconquista de Languedoc, mas não sabíamos o desfecho final em Beaucaire, ainda que com seus relatos de fuga fosse possível supor que os cruzados houvessem desistido do cerco à cidade e partido para Toulouse, que, já sabíamos, estava em plena ebulição. Perguntada sobre quando tudo isso havia acontecido, ela não soube precisar: ficou muitos dias como prisioneira em Beaucaire, e depois outros tantos vagando à procura do caminho que lhe trouxesse a Montségur. Tinha perdido a noção do tempo.

---

48 Na Idade Média era comum incluir o nome da cidade de origem ao final do próprio nome. Beaucaire é uma cidade na Occitânia, localizada ao longo do rio Rhone.

Todo o seu grupo havia sido assassinado por alguns mercenários, desertores do exército de Montfort, que encontraram pelo caminho. Estavam em busca de comida, mataram todos, sem dó nem piedade. Em meio ao pânico e desespero, quando foram abordados, Cateline tropeçou e tombou; logo depois sua sogra caiu mortalmente ferida sobre ela. Foi sua sorte: fingiu-se de morta, ficando imóvel sob o corpo da falecida. Sua estratégia deu certo, foi a única sobrevivente do grupo. Viajou sozinha desde então, passando fome, medo e frio. Perdeu-se várias vezes, mas após uma jornada de muito sofrimento conseguiu chegar em Montségur, onde pretendia refugiar-se. Lamentava não ter enterrado os corpos dos mortos, mas estava tão aterrorizada que só quis sumir do lugar onde tudo havia acontecido. Compreensível!

Infelizmente, relatos iguais ao de Cateline aconteciam todos os dias por toda a região. Pessoas em fuga, expostas a mercenários e salteadores, que vagavam soltos pelas trilhas e estradas, à procura de comida e dinheiro fácil. Muitas vezes, antes de matar, ainda estupravam mulheres e meninas. Vivíamos numa terra sem honra ou lei! Cateline era uma privilegiada por estar viva!

A partir daquele dia, apesar de uma contrariedade inicial, ela ficou morando comigo e Ayla. Não havia como não a ajudar. Nos primeiros dias, eu e meu primo procuramos uma casa, uma família para acolhê-la, mas não tivemos sucesso: todos os mais pobres já estavam vivendo amontoados, espremidos em pequenos casebres. O castelo era residência dos nobres e suas famílias, seus serviçais e soldados. Ainda que eu tivesse sangue nobre, já que meu pai, o Barão de Fillandryes, era vassalo direto da Casa de Trencavel, nunca fiz questão de me apresentar como tal aos proprietários de Montségur. Cheguei com os refugiados de Béziers, e junto deles quis ficar: tudo que eu almejava era uma vida simples e de paz!

Com o passar das semanas, Cateline foi saindo de sua concha protetora, se mostrando uma mulher altiva e perspicaz; e eu fui me acostumando com a sua presença, ela passou a me auxiliar nas tarefas da casa, assumindo o preparo das refeições, e depois, enquanto o clima permitiu, no processo de limpeza, salga e secagem do pescado. Aos poucos, foi me contando da sua vida: filha de artesãos, um casamento arranjado com um mercador em Agdes,[49] a viuvez e as dificuldades desde então, a frustração pela falta de filhos, a conversão para a nova igreja, os infortúnios da guerra e o extermínio de todos os seus. Igual a tantas outras pessoas, ela estava por sua própria conta, sozinha, perdida num mundo de homens em guerra.

A guerra era terrível para todos, mas mulheres e crianças eram as maiores vítimas!

O novo ano chegou, e com ele o frio, os ventos gélidos dos Pirineus e a neve. Foi um inverno rigoroso, e ter a companhia de Cateline me ajudou a suportar os dias de clausura devido às intempéries do clima e a angústia pela falta de notícias de Ayla. Conversávamos bastante!

Cateline não era uma mulher bonita, mas eu enxergava nela um encantamento que não sabia explicar; tinha grandes olhos na cor das amêndoas, que demonstravam uma tristeza infinita, mas também uma coragem enorme. Ela era ativa, afoita, inquieta e falava muito — o que às vezes me incomodava. Entretanto, havia dias de luto, em que uma tristeza imensa parecia tomar conta de todo seu ser, ficava introspectiva, melancólica, com o olhar perdido e o semblante pálido. Nesses dias, meu coração se enchia de compaixão diante de um sofrimento quase palpável, tentava de todas as formas distraí-la, animá-la; e, quando conseguia uma risada ou simples sorriso, me sentia feliz e realizado. Ela tornou-se uma boa companhia e parceira, mais do que isso, um raio de sol a brilhar nos dias sombrios da minha existência.

Quando a primavera chegou, Cateline não parecia em nada com a pessoa que resgatei do rio. Alimentada, havia adquirido peso, e conseguido terminar com a sarna e piolhos[50] que lhe infestavam o corpo quando chegou e, em consequência, curado as lesões da pele

---

49 Agdes: cidade à beira do mar Mediterrâneo, na desembocadura do rio Héraut.
50 Infestações por piolho, sarna e pulgas eram comuns na Idade Média devido aos rudimentares hábitos de higiene e à convivência contínua com os animais, que, muitas vezes, dormiam nos mesmos espaços que os humanos.

e couro cabeludo. Agora, ainda que muito raramente, se permitia usar os longos e cacheados cabelos avermelhados livres — outrora, estavam sempre trançados e escondidos sob um lenço. Depois de estar morando em Montségur há algum tempo, ela me confidenciou que seus cabelos avermelhados — associado ao fato de era uma grande conhecedora dos poderes das ervas como remédios, aprendizados recebidos de sua avó paterna — já haviam sido motivo de quase um linchamento sob acusações de bruxaria.[51] Outro drama e fantasma na vida dela.

A esposa de Pierre, junto com outras mulheres da comunidade, arranjou roupas de frio para ela e material para que ela confeccionasse peças reservas. Minha aparência também havia mudado: eu engordara — ela cozinhava, e não me deixava ficar sem qualquer refeição —, meus cabelos e barba estavam sempre bem aparados por ela, e, o mais extraordinário, Cateline fazia fusões de ervas que aliviavam, e muito, a intensidade das minhas dores de cabeça. Não havia como negar as mudanças — para melhor — na minha vida desde a chegada dela; e algumas pessoas na comunidade já estavam comentando. Eu e ela ignorávamos a maledicência que já nos rondava. Ela habituou-se a frequentar os cultos e eventos religiosos da comunidade.

Na primavera daquele ano, poucos viajantes e peregrinos apareceram em Montségur, como era o costume: o povo de Languedoc reunia suas forças numa luta desigual e desproporcional contra o exército cruzado em Toulouse. Algum tempo depois de os fatos acontecerem, ficamos sabendo que, no período em que os cruzados estavam focados e lutando contra as rebeliões na região da Provença, Raymundo VI e seu jovem filho organizaram suas armadas, reuniram aliados e planejaram a reconquista de Toulouse, que gemia sob uma tirania de terror, destruições, impostos exorbitantes, prisão, tortura

---

51 Na Idade Média, a imagem dos ruivos, principalmente as mulheres, estava associada à bruxaria, a algo diabólico; eram inclusive considerados infiéis como amigos. A Bíblia e a Igreja Católica endossaram ainda mais esse estereótipo com Judas, traidor de Jesus, e Maria Madalena, retratada como pecadora, tendo cabelos ruivos.

e morte. Fortificações e casas destruídas, castelos ocupados pelas guarnições francesas, armas confiscadas, população, sem distinção de classe social, humilhada e castigada, sofrendo com as medidas aterrorizantes implantadas por seu novo senhor, o temível Simão IV de Montfort.

Toulouse, como Avignon para a Provença, serviria de base para a reconquista de Languedoc e do patrimônio usurpado.[52]

A natureza, inabalável, diante do mundo que os homens construíam, seguia seu ciclo contínuo. Os dias de sol alto e temperatura agradável começaram a dar lugar a dias mais curtos, frios e ventosos. O grande bosque que dominava parte da montanha sagrada mudava suas cores, do verde predominante para o alaranjado. Era o outono que chegava, um ano sem notícias da minha filha, um ano que compartilhava minha vida com Cateline.

Numa certa manhã ensolarada, estávamos a limpar o pescado, quando meu primo Ignácio chegou. No último ano, ele pouco havia saído em predicação: cidades em levantes e lutas armadas, muitos mercenários e salteadores soltos pelas rotas e trilhas convencionais, a idade que avançava e dores nos ossos e articulações que o atormentavam; além disso, com a ausência de Ayla, havia perdido sua companheira de trabalho.

Cateline imediatamente levantou-se e foi saudá-lo de acordo com as práticas da doutrina que seguiam. Meu primo era um perfeito local, portanto, os crentes o tinham como alguém espiritualizado a quem deviam honra e respeito. Eu apenas observei. Quando Cateline foi retornar para seu local de trabalho, junto a mim, Ignácio falou:

— Querida Cateline, espero que a senhorita não se magoe, mas preciso ter uma conversa a sós com o Hugues. Me permite? — eu e Cateline trocamos um olhar de surpresa. Fiz um leve sinal afirmativo com a cabeça.

---

[52] BARROS, Maria Nazareth de. **Deus reconhecerá os seus** — a história secreta dos cátaros. Rio de Janeiro: Rocco, 2007, p. 163..

— Fique à vontade, meu bom senhor Ignácio, vou preparar o almoço. O senhor é nosso convidado...

— Será um prazer, meus caros!

Meu primo esperou ela entrar no casebre, para então falar:

— Sua nova companheira já fala como se dona da casa fosse, meu caro Hugues! — foi imaginação minha ou havia uma leve ironia ou sarcasmo no comentário do primo Ignácio?

Parei o que estava fazendo, olhei para ele e respondi com sinceridade:

— Eu disse a ela, algumas semanas atrás, que ficaria feliz quando ela não se enxergasse mais como uma visita, e se considerasse parte do grupo familiar, e entendesse que aqui é o seu novo lar.

Meu primo não parecia surpreso, e logo emendou nova pergunta:

— Vocês estão vivendo como marido e mulher?

Dei uma risada, antes de responder:

— Imagino que essa é a pergunta de toda a comunidade... Não sei em que isso impacta a vida ou rotina das pessoas daqui. Já não temos problemas suficientes no dia a dia para andarem preocupados com a minha vida íntima?

Meu primo se fez de surdo diante da minha pergunta, e emendou novo questionamento:

— Você já parou para pensar em como vai ser a reação de Ayla diante desta novidade inesperada?

Fiquei em silêncio, para logo depois retornar a focar na limpeza dos peixes, e respondi:

— Com sua presença e companhia, Cateline mudou minha vida para melhor, muito melhor... Ayla, nos últimos anos, é só uma visita. Ela vive e morre para e pela sua fé, não está nem um pouco preocupada comigo ou com a minha vida! — eu estava sério e falava sem mágoas. Apenas verbalizava o óbvio.

— Mas, se você faz questão de saber, não temos uma relação carnal... Ainda não! — completei.

— Por que a espera? Não entendo dessas coisas de amor, mas é visível que estão apaixonados um pelo outro! Igualmente, todos percebem como você mudou, mais asseado, mais paciente, mais amigável, mais alegre... Cateline lhe faz muito bem!

Olhei para ele intrigado, e também surpreso diante das revelações sobre como as pessoas me viam.

— Não sabia que as pessoas me viam como impaciente, mal-humorado ou sujo... — falava sem olhar para o meu primo, que estava sentado num pequeno banco de madeira, antes ocupado por Cateline, e que agora ocupava as mãos me ajudando na limpeza do pescado.

— Meu caro Hugues, você estava sempre fedendo a peixe! Com as unhas, barba e cabelos compridos e imundos! — meu primo ria, parecia estar se divertindo com a situação.

— Todo mundo fede por aqui, a gente cheira àquilo com que lidamos... — argumentei. — Pierre está sempre fedendo a cavalo, por exemplo! Por que você nunca me alertou para isso? — continuei, um tanto indignado com aquelas verdades.

— Meu caro Hugues, não precisa ficar chateado com o que lhe digo! O que diz é verdade, todos nós fedemos, temos cheiros impregnados na pele, resultado da lida e da vida difícil que levamos. Até os nobres, que vivem em seus palácios e castelos, que tomam banho de água quente toda semana, fedem!

— Fato! — concordei já descontraído e rindo.

— Mas e quanto ao mau humor e impaciência? Sou mesmo assim? — curioso, eu ainda não aceitava o que falavam de mim como uma verdade.

— Hugues, veja bem, todos nós temos três versões distintas: aquela que pensamos ser, a que os outros veem, e a versão que retrata o que realmente somos!

Olhei ainda desconfiado para o meu primo, tentando assimilar o que ele acabara de me dizer, e simplesmente falei:

— Vou pensar a respeito!

— Mas eu não vim aqui para falar disso! — Ignácio ficou sério novamente. — Vim para falar-lhe da sua relação com Cateline...

Parei o que estava fazendo, olhei para o meu primo e indignado falei:

— Fale de uma vez, pergunta o que quer saber, chega de enrolação... O que está lhe preocupando? — imediatamente percebi a grosseria e a falta de educação para com o "bom cristão" Ignácio.

Meu primo apenas me fitava, não parecia surpreso nem irritado com a minha impaciência e grosseria.

— Por favor, perdoe-me! Não quis ofendê-lo...

— Viu como o senhor sabe ser mal-humorado, impaciente e grosso? — ele falava com um sorriso escondido nos lábios. Percebi e caímos na gargalhada. Logo depois, Cateline apareceu, pedindo que nos lavássemos para o almoço. Colocamos rapidamente o peixe salgado num lugar ao sol, limpamos tudo e fomos nos lavar para comer. Não falamos mais no assunto, que foi dado por encerrado. Foi um almoço descontraído e alegre, de pessoas que se respeitam e compartilham de um bem querer.

Porém, à noite, as palavras do primo Ignácio reverberavam na minha cabeça:

"...é visível que estão apaixonados um pelo outro!"

Logo que me deitei não consegui relaxar. Fiquei atento aos movimentos de Cateline, no outro lado da cortina que separava nossos catres e espaço. Não resisti aos pedidos do meu demônio masculino, que me induzia a observá-la através da cortina: fiquei focado nas sombras de sua delicada silhueta, fascinado pelos movimentos suaves e silenciosos que me permitiam vê-la enquanto se trocava. Eram movimentos tênues, e, com a minha visão ofuscada, eu quase nada via... Mas o pouco que via atiçava minha imaginação e me deixava profundamente alterado.

Meu coração acelerou e um desejo enorme de tê-la em meus braços se apoderou de mim. Minha respiração ficou ofegante, e tarde demais tentei controlar-me. Sem que eu tivesse tempo de fazer qualquer coisa, Cateline abriu a cortina num movimento só....

Fui pego em flagrante!

Fechei os olhos num gesto infantil, puro desespero de quem é surpreendido fazendo algo condenável. Silêncio. Só conseguia ouvir minha própria respiração descontrolada. Depois de uns segundos, que me pareceram uma eternidade, criei coragem para enfrentá-la: abri os olhos.

Ali estava ela, parada, me olhando, impassível, sem qualquer sinal de ira ou indignação. Nua.

Só podia estar sonhando! Meu coração batia acelerado e descompassado. Meus olhos não acreditavam no que viam: seus cabelos vermelhos, livres, encobriam parcialmente seus seios, seus olhos encontraram os meus, e, numa profunda sintonia, trocamos confidências naquele olhar. Ela me queria, tanto quanto eu a ela! Fiquei paralisado diante da sua beleza, da sua serenidade, da sua ousadia e coragem; perplexo e fascinado pela mulher que se revelava, sem vergonha ou falsos pudores.

Acompanhei com os olhos, ainda imóvel, ela dar dois passos em minha direção. Passada a surpresa e a inibição inicial, levantei e a tomei nos braços. Um abraço, um encontro! Minha boca procurou sua boca. Seus lábios, extremamente suaves, um beijo leve, delicado e molhado. Um beijo, um pedido de permissão. Então, um olhar que revelava a paixão, o desejo físico, a necessidade. Afastei seus volumosos cabelos do rosto, que peguei entre as mãos. Beijei seus olhos, o nariz, as faces, sua boca, seu pescoço. Meu corpo se encantava e se revelava: eu era pura sensação, instinto e vontade. Toda minha essência masculina, oprimida e resguardada por tanto tempo, se libertava. Minha boca seguiu descendo e beijando seu corpo. Cateline permitia-se ser mulher, gemia baixinho, aceitando meu toque, meus carinhos que desbravavam seu corpo macio e delicado. Não tínhamos pressa, estávamos celebrando o momento...

O encontro e união dos nossos corpos era apenas a materialização física de um encantamento e um amor suave e sereno que havíamos construído um pelo outro, naturalmente, dia após dia.

Era muito mais que paixão! O encontro de corpos, sempre ardente e com sofreguidão, era apenas a consumação do desejo físico. Mas havia um encontro maior, gigante, imenso: um encontro de almas afins!

O tempo mostrou que era um amor leve e belo, pura harmonia e parceria, na busca da paz interior; na paz que afasta os medos, os fantasmas e as culpas, na paz que acalenta o coração, mostra o caminho para o autoperdão, e encanta a alma!

Ela me trazia paz e equilíbrio, creio que tinha o mapa do meu coração e conversava com minha alma, pois me entendia e percebia minhas emoções mais do que eu mesmo.

Depois de tantas perdas e sofrimento, a vida me presenteou com o mais belo amor!

Cateline fez meu coração sorrir e minha alma dançar!

CAPÍTULO XXIV

Ayla conta sobre Toulouse

Depois daquela noite, eu e Cateline oficializamos nossa aliança para toda a comunidade, deixando meu primo Ignácio satisfeito e feliz. A nova doutrina, da qual ela era seguidora, não reconhecia o casamento como um sacramento. As uniões baseavam-se no amor e na fidelidade, numa aliança mútua e consentida entre as partes. Assim foi...

Minha vida, mais uma vez, dava uma guinada; felizmente, desta vez para melhor. Quando eu já estava resignado a uma vida solitária e difícil, cheia de restrições e dores, Cateline surgiu das águas do rio para me salvar. Pessoalmente, foram tempos de paz e tranquilidade.

A minha egoísta felicidade só não era completa por um único motivo, que me angustiava profundamente: a falta de notícias de Ayla. Eu esperava que ela fosse aparecer naquele outono, antes que os rigores do inverno chegassem e tudo dificultassem, mas foi só esperança. Ela não apareceu. Não há como negar o tamanho da minha frustração, e até mágoa, diante da ausência e aparente falta de interesse da minha filha por mim. Minhas emoções e pensamentos eram contraditórios com relação a esse "desaparecimento" dela: rezava para que ela estivesse bem e com saúde, mas, se assim estivesse, seu sumiço era o sinal de quanto ela pouco se importava com a minha pessoa. Era muito tempo sem notícias. Eu sofria.

Naquele final de ano, recebemos de um bispo cátaro, em passagem por Montségur, uma boa nova: Simão de Montfort havia sido morto em Toulouse, e seu exército, sem sua liderança, estava se desarticulando. O povo da Occitânia levava vantagem nesta luta sem fim.

A angústia pela falta de notícias da minha filha ainda me acompanharia até meados da primavera do ano de 1219, quando finalmente ela voltou, acompanhada de outros três jovens companheiros de batalha, que lutaram ao seu lado defendendo Toulouse, a liberdade de crença e o modo de vida de Languedoc.

Não era a mesma Ayla que havia partido há praticamente dois anos. Tinha se transformado física e mentalmente: ainda magra, mas agora musculosa, cabelos cortados muito curtos salientavam seu rosto fino e anguloso. Não vestia mais a tradicional túnica de algodão, comum aos perfeitos e pregadores; usava roupas e acessórios masculinos. Não pude deixar de reparar em dois grandes punhais na cintura, arco e flecha nas costas. Chegaram cavalgando, exaustos por uma jornada quase direta, sem descanso.

Não havia espaço para todos na minha casa, e, com a anuência do bispo, que também estava em Montségur, decidiu-se que ficariam todos alojados na Casa de Orações. Foram recebidos como heróis por toda a comunidade.

Estavam de passagem, ficariam apenas por uma semana. Fiquei decepcionado, preocupado, mas respeitando as decisões de minha filha, que demonstrava estar muito bem, convicta de que estava fazendo o certo na defesa de sua fé. Dizia, a todos que lhe perguntavam, que havia desistido de se tornar "perfeita" temporariamente, que estaria com suas armas em punho, no campo de batalha defendendo sua crença e seus irmãos de fé enquanto fosse necessário! Não havia como dizer que ela estava de todo errada!

Nosso tempo juntos foi curto! Não tivemos muitas oportunidades de conversar a sós, mas no final do dia em que chegou, após alojar seus companheiros e deixá-los na companhia do primo Ignácio, ela veio até nossa casa. Anoitecia.

— Meu senhor pai, meu coração está aliviado e feliz por encontrá-lo tão bem, compartilhando sua vida com alguém. Durante todo esse tempo longe, minha única preocupação era o senhor, seus problemas de saúde e sua solidão! — minha filha me dava um abraço caloroso enquanto falava.

Cateline exultaria ao ouvir isso. Ela havia ido até a casa de Pierre, deliberada e propositalmente, para deixar-nos a sós.

— Cateline trouxe organização, paz e serenidade para minha vida, Ayla!

— Percebo isso, no brilho do seu olhar! — foi a resposta sincera dela.

— Venha, sente-se! Tenho um pirão de peixe para lhe oferecer...

— Antes, me diga...... O senhor recuperou parte da visão? Parece que caminha e se movimenta com mais desenvoltura, sem maiores dificuldades!

— Continua como antes: dias em que a visão está boa, dias em que tudo está nublado, ofuscado. A diferença é que agora inverteu a proporção: são raros os dias em que a visão está nebulosa. Acho que a cegueira está associada às dores de cabeça, que diminuíram muito desde que comecei a tomar uma infusão de ervas preparada por Cateline!

— Bendito sejam os Céus, que enviaram um anjo em forma de mulher para lhe salvar dessa agonia! — Ayla, levantava as mãos e o olhava para o alto. Fazia o gesto em clima de brincadeira, sorrindo, mas a gratidão e o alívio eram genuínos.

— Agradeço a Jesus Ressuscitado, todos os dias, por tamanha bênção!

— Venha, enquanto comemos, quero que você me conte de suas façanhas! — completei.

— Vamos, sim... Hummm, este cheirinho já está mexendo com as minhas lombrigas!

Rindo, fomos jantar. Estávamos felizes, na companhia um do outro: qualquer rusga ou mágoa de um passado recente havia sido esquecida. Abraçar minha filha era uma dádiva. Éramos pai e filha, o mesmo sangue corria em nossas veias, havíamos aprendido no berço que devíamos valorizar e buscar sempre o entendimento e o bem querer! A vida já estava difícil para criarmos mais dificuldades e problemas com conflitos pessoais, rusgas familiares ou ressentimentos que não nos levariam a lugar nenhum. Vê-la com saúde, equilibrada e bem me deixaram imensamente feliz e grato à vida. Minhas mágoas e carências deram lugar, naturalmente, à felicidade e gratidão de estar em sua companhia.

Nos dias que seguiram, Ayla e seu grupo nos contaram tudo sobre a luta armada em Toulouse.

Os toulousianos se prepararam, pacientemente, para a retomada. Precisavam restaurar o legítimo poder e não tinham margem para o erro. Raymundo VI e seu exército, quando chegaram a Toulouse, foram recebidos com uma explosão de alegria pelos habitantes: ele era o libertador! O povo improvisou armas: porretes, pedras, lanças, machados, facões, tudo servia para lutar contra os adversários. Franceses e cidadãos traidores foram surpreendidos pela audácia do povo. Fugiram para o castelo, claustro, bispado, mosteiro. Nem todos conseguiram proteção. Foi um massacre.

Os toulousianos pretendiam fazer o mesmo que os provençais haviam feito em Beaucaire: isolar o castelo!

No castelo, somente a Condessa de Montfort e alguns cavaleiros, pois Simão de Montfort e seu irmão Guido estavam longe. A situação era crítica para os usurpadores!

A catedral da cidade estava sob a responsabilidade de um magistrado francês, e Raymundo negociou com este magistrado e o abade da Igreja de Saint-Sernin;[53] eles cederam as igrejas, que foram transformadas em fortalezas, e os campanários eram os melhores postos de espreita que se podia ter, pois as torres já não estavam de pé. Nada estava de pé: os cruzados haviam destruído tudo!

Porém, Raymundo, seus aliados e a população sabiam o que queriam e o que era preciso fazer! Trabalharam todos juntos, unidos por uma mesma causa: condes, cavaleiros, soldados, burgueses, comerciantes,

---

53 Igreja Católica localizada no centro da cidade, consagrada em 1096 pelo papa Urbano II, elevada à categoria de basílica em 1878. Atualmente, conhecida como Basílica de Saint-Sernin de Toulouse.

mercadores, camponeses, artesãos. Homens e mulheres, velhos e crianças. Católicos, cátaros e judeus.

Isolaram o castelo, cavaram o poço, construíram muros, barraram ruas, expulsaram os cruzados das casas que lhes haviam usurpado, reedificaram muralhas e torres. Construíram máquinas de guerra, armadilhas, organizaram recipientes abarrotados de flechas, setas, pedras. Em poucos dias, Toulouse estava pronta para resistir a meses de cerco: armada até os dentes!

Raymundo VI recebe reforço de aliados, do seu filho, dos excluídos, dos salteadores. Simão chegou com a armada dos cruzados, acampou no sul da cidade. Tentavam ataques esporádicos, eram rechaçados. Enfrentavam o mau tempo: chuvas torrenciais, o vento gélido, a lama.

Os toulousianos preparavam escaramuças, perseguições para inquietar e fatigar o inimigo. Às vezes, pequenos combates, corpo a corpo, mas tão violentos que a terra ficava atapetada de sangue, carne e miolos. Os prisioneiros, conduzidos pelas ruas da cidade, mãos amarradas, bolsa pendurada no pescoço, para que cada um colocasse uma ou mais moedas para o pagamento dos que o haviam aprisionado.

Os infelizes prisioneiros eram massacrados, com tortura e morte lenta, das formas mais variadas e terríveis. O povo dizia que haviam aprendido bem a lição com o mestre da crueldade, Simão de Montfort.

Os cruzados estavam imobilizados diante de uma Toulouse que resistia bravamente. Novos combates, novos fracassos para Simão de Montfort. A natureza não ajudava: mais chuvas torrenciais, ventos, lodo. Os reforços chegam: agora, sua armada era enorme. Simão está confiante que a sorte vai inverter de lado.

O povo de Toulouse se abala e teme pelo futuro, porém os militares, não! Estavam confiantes e decidiram por um combate decisivo: ou morriam todos juntos, ou sobreviviam honrados![54]

Então acontece uma fatalidade decisiva.

---

54 Esta narrativa é uma síntese de relatos contidos no livro *Deus reconhecerá os seus — a história secreta dos cátaros*, de Maria Nazareth Alvim de Barros.

◇◇◇◇

Estávamos num grupo grande, todos sentados no chão, em círculo, na Casa de Orações. No centro, Ayla e mais dois companheiros. Ela havia prometido que naquela tarde contaria ao grande grupo sobre o dia mais decisivo e importante da Batalha de Toulouse.

— Guardem esta data, diz ela: dia 25 de junho de 1218. Amanhece e estamos todos ansiosos e nervosos. A grande batalha aconteceria. Num primeiro embate, os cruzados tomam a dianteira. Somos obrigados a recuar, as ordens são para se concentrar nas muralhas. Os homens armaram-se de pás, picaretas, martelos, muniram-se de gamelas, caldeirões, vasos cheios de areia, água e cal. Prepararam instrumentos de arremesso. Ao longo dos muros, ficavam as mulheres, velhos e crianças, com sacos cheios de pedras, flechas, dardos. Os franceses não esperavam: uma chuva torrencial de pedras, flechas, setas, projéteis sobre eles que os obrigou a recuar.

Faz uma pausa, toma um gole d'água. Então um dos seus amigos comenta:

— Sabe a história de Davi e Golias que os judeus contam? Foi mais ou menos isso que aconteceu!

As pessoas não entendem nada até Ayla contar o restante da história:

— Com esta chuva inesperada de pedras despejada sobre os cruzados, ouvimos um imenso barulho, os cavalos assustados, infantaria querendo se proteger, uma confusão enorme! Um dardo ou pedra atingiu o cavalo de Guido de Montfort, que empinou e derrubou seu cavaleiro; este levantou-se rapidamente para ser imediatamente atingido por uma pedra. Simão de Montfort estava próximo, viu o irmão ser atingido, correu para lhe socorrer, e então recebeu a pedra seguinte. Enorme, certeira, com a força de todo o ódio que o povo nutria por ele! O comandante do exército de cruzados caiu morto! Elmo de ferro, olhos, miolos, dentes, tudo voou longe. Do alto das muralhas alguém gritou: "Simão está morto! Simão de Montfort está morto! Estamos livres do carrasco! Estamos livres do Mal!".

Nesse momento, as pessoas, que até então ouviam atentamente a narrativa de Ayla, foram tomadas por um frenesi coletivo; como se estivessem presentes no campo de batalha acompanhando a morte do comandante cruzado, começam a bater palmas, bater no cháo, assobiar e gritar "Louvado seja Deus! Louvado seja Deus!".

A morte de Simão de Montfort foi celebrada e comemorada em Montségur, como se a guerra e aquela cruzada bárbara contra o povo de Languedoc tivessem chegado ao fim. Ledo engano!

O tempo mostraria que a tragédia de Languedoc ainda não chegara ao seu desfecho final!

CAPÍTULO XXV
Trégua temporária

Simão de Montfort estava morto.

Seu filho, o jovem e inexperiente Amaury, tornou-se líder de um exército desanimado. Ele era tão valente quanto seu pai, mas não tinha a inteligência nem a sabedoria bélica, muito menos o espírito nato de liderança.

Então, o que tinha sido uma terra de conquistas tornou-se uma terra de bandidagem.

Ayla ainda nos conta que em 1º de julho de 1218 Amaury de Montfort tentou um novo ataque às posições defendidas pelos toulousianos e novamente foram rechaçados pelas tropas de Raymond VI. Amaury ainda quis insistir num cerco, mas seu tio Guy, recuperando-se dos ferimentos, o convenceu de que a morte de Simão tornava nula qualquer esperança de vitória.

O final do mês de julho traria consigo a retirada final do exército cruzado: botaram fogo nos acampamentos e máquinas de guerra, bem como no castelo de Narbonne.[55] Amaury de Montfort seguiu à frente de suas tropas, rumo a Carcassone, levando consigo num saco de couro os restos mortais de seu pai.

Mais tarde, em 1222, Amaury iria vender seus títulos e direitos no Languedoc ao rei Filipe Augusto, com o aval da Igreja Católica

---

55 Em francês *Château Narbonnais*, uma antiga fortaleza romana transformada no castelo dos Condes de Toulouse, no lado oeste da cidade. O castelo foi desmantelado em 1549, mas sua representação permanece no selo municipal da cidade.

Romana; na prática, isso invalidaria de vez os direitos de Raymond VII, Conde de Toulouse e os de Trencavel. O destino de Languedoc seria então selado, anexado à coroa francesa, com a liderança da cruzada assumida pelo príncipe Luís VIII. A partir de então, o rei da França estaria partindo com suas tropas para conquistar territórios de "sua propriedade" em mãos dos "rebeldes sulistas".

◇◇◇◇

Ayla, que iria ficar em Montségur por apenas uma semana, acabou prolongando sua estadia por quase um mês. Ela e seus parceiros fizeram algumas investidas por localidades na região, buscando jovens que quisessem aderir àquele grupo de luta. Sim, minha filha havia criado e agora liderava um grupo de jovens guerreiros dispostos a sacrificar sua vida pela liberdade de fé e crença. Mesmo assim, com sua estadia estendida, as oportunidades de ficarmos a sós foram poucas.

Numa tarde, antevéspera de ela retornar para Toulouse, Cateline preparou uma ceia e convidou Ayla, Pierre e o primo Ignácio para estarem conosco. Não era nenhum dia especial, comida do nosso dia a dia, queríamos apenas celebrar a vida e o fato de estarmos juntos. Vivíamos tempos árduos e difíceis, ninguém sabia o que o futuro reservava, mas naqueles dias as probabilidades de um amanhã sofrido eram grandes.

Conversávamos animadamente, contando a Cateline sobre nossa chegada em Montségur, quando alguém bateu à porta: era Áries, filho de Pierre. Sua aparência e expressão facial demonstravam toda sua preocupação e ansiedade. Ele tinha acabado de retornar de uma incursão a uma região próxima de Toulouse, em busca de mercadorias e notícias. Áries tinha se tornado uma espécie de mercador e mensageiro dos bispos e diáconos que naquela época refugiavam-se em Montségur.

— Sente-se, Áries, acalme-se e nos conte o que aconteceu! — era Pierre, que, conhecendo seu filho, sabia que ele não interromperia aquele encontro se não fosse algo grave.

Quis ceder meu banco para Áries, que não aceitou. Ayla obrigou-o a sentar no dela, e lhe trouxe um copo de vinho diluído em água.

— Eu acabo de retornar da minha expedição, e o que ouvi não é nada bom...

— Sobre? — era Ayla quem perguntava.

Ele olhou para ela, para o seu pai e então disse:

— Agora a luta de Languedoc será também contra a coroa francesa, que foi convencida pelo Papa e entrar na guerra: o príncipe Luís engajou-se numa segunda cruzada contra nós! O que se fala na região é que Marmande[56] foi atacada e dizimada pelo exército do rei.

Áries fez uma pausa, lançou um olhar a cada um, e completou:

— O que corre na boca do povo é que a destruição e a chacina por lá foram piores do que aconteceu em Béziers, no início desta guerra sem fim!

Pronto, nosso mundo novamente desabava. Toda a alegria e celebração pela morte de Simão de Montfort já era passado, outro assumiria seu lugar, a guerra não tinha terminado!

Um dia de euforia, no outro, desespero!

Eu e o primo trocamos um olhar de complexidade. Ayla ficou com os olhos marejados de lágrimas. Pierre, chocado, deu um murro na mesa. Nada podia ser pior do que Béziers. Era o que pensávamos.

— Precisamos manter a calma! Vamos aguardar notícias mais claras... — Cateline percebeu o quanto aquela informação havia abalado a todos.

— Lamento dizer, mas nas regiões próximas a Toulouse o povo está em polvorosa. O que falam é que Marmande estava cercada pelos cruzados, liderados pelo filho de Montfort há semanas, sem nenhum resultado. E que de repente chegou a armada real, que investiu contra a cidade, não dando a menor chance de reação. Diante da derrota próxima, o conde local parece ter negociado a

---

56 Marmande é uma cidade no sudoeste da França, à margem direita do rio Garonne, distante cerca de 150 quilômetros de Toulouse.

entrega da cidade pela sua vida e a dos habitantes, e todos falam que isso teria sido aceito.

— Então como pode ter acontecido uma chacina se houve uma rendição? — Pierre, nervoso, indagava com a voz alterada.

Áries olhou o pai e disse:

— Senhor meu pai, depois de tudo o que já vivemos e já vimos, o senhor ainda acha que a Igreja, o exército cruzado e a coroa francesa são dignos de confiança? — chocados, nós todos ficamos em silêncio.

— Não existe mais honra nessa terra? — o primo Ignácio quebrava um silêncio constrangedor, perguntando ao Invisível, completamente exaltado.

Eu a tudo escutava, tentando assimilar as notícias que chegavam, não querendo acreditar. O pesadelo parecia insistir em nunca terminar. Áries continuou com sua narrativa:

— Os boatos são de que, enquanto o príncipe, os barões e os membros da Igreja discutiam o destino da cidade, o exército cruzado tomou a frente e assaltou a cidade. Entraram aos gritos pela cidade, ferindo e matando todos. Ninguém escapou: homens, mulheres, velhos ou crianças! Depois, ainda atearam fogo a tudo: as altas chamas e labaredas, com uma densa e negra nuvem, foram vistas a milhas...

Olhei para minha filha, que, calada e perplexa, deixava que as lágrimas lavassem suas faces pálidas. Estávamos todos aturdidos e perplexos diante do tamanho da insensatez e crueldade dos homens.

Novamente, um longo e doloroso silêncio tomou conta do ambiente, cada qual absorto em suas tristes memórias, em sua dor calada, única e pessoal...

Era como voltar a Béziers, voltar dez anos na linha do tempo, reviver toda dor e sofrimento daqueles dias terríveis. Tempo e espaço pareciam não mais existir: vivíamos num círculo sombrio de medo, morte e sofrimento que pareciam não ter fim. As lembranças de quem se foi, as cenas da violência, os gritos de dor, o choro das crianças, o gemido dos velhos e feridos, a cor avermelhada da terra tomada pelo sangue, o cheiro da morte a nos rondar, o ar fétido dominado por corpos em putrefação escondidos por todos os cantos, ratos, moscas e abutres, o medo de não acordar no dia seguinte, tudo voltou às nossas mentes, explodindo em amargura, tristeza e dor em nossos corações.

A vida não nos dava trégua, não nos deixava esquecer e superar o luto, as perdas, os traumas, a dor...

Nosso alegre e descontraído encontro tinha terminado!

No alvorecer do dia seguinte, Ayla e todo seu grupo deixaram Montségur: amargurados e obstinados, um grupo de dezessete jovens guerreiros partiram em cavalgada para Toulouse ao encontro da guerra e, muitos, da morte.

Nos dias subsequentes tivemos a confirmação de toda a história que Áries havia nos trazido e ficamos sabendo a respeito do cerco a Toulouse. O príncipe e toda sua tropa haviam chegado às muralhas da cidade, que seria defendida bravamente por seus habitantes. Após um cerco de quarenta e cinco dias, sem resultado, o príncipe levantou acampamento e seguiu de volta para a França.

Na trégua que seguiu, Raymond VI e seu jovem filho trabalharam para consolidar as alianças feitas e continuar a reconstrução. Toda a região sofrera o desgaste da guerra, a devastação era quase total, e a economia da região era caótica!

Mas Toulouse respirava aliviada. Mais um cerco vencido!

Já estávamos na primavera de 1220 quando finalmente Ayla retornou. Mas minha alegria não durou muito: poucas semanas após ter chegado ela partiu novamente, a convite de Guilhabert de Castres, importante figura na hierárquica da igreja cátara.

Com uma aparente paz, muitos perfeitos e diáconos estavam voltando às suas cidades de origem, dedicando-se às atividades que exerciam antes da guerra. Ayla acompanhou o bispo e Guilhabert numa exaustiva peregrinação de cidade em cidade, reabrindo casas hereges. Comunidades recriadas para renovar uma geração de religiosos esgotada pela guerra. Ayla trabalhava diretamente nisso, o que me deixava completamente agoniado. Eu sabia que era uma questão de tempo, e as perseguições aos perfeitos e seguidores da doutrina recomeçariam: Ayla estava se colocando em destaque num trabalho que começava a chamar a atenção do clero católico.

Nesta época, Montségur tinha um constante fluxo de visitantes, cavalheiros, mulheres nobres, soldados, crentes que iam e vinham entre a montanha sagrada e demais comunidades cátaras de Languedoc. Esse fluxo de pessoas facilitava a troca de mercadorias e também nos mantinha mais ou menos informados sobre o que acontecia em toda a região.

Já estávamos no verão de 1222 quando a notícia da morte de Raymond VI, Conde de Toulouse, chegou até nós, e que, como excomungado pela Igreja Católica Romana, foram-lhe negados os últimos ritos sacramentais pelo abade de St.-Sernin e seu corpo não pôde ser enterrado no que a igreja considera "solo sagrado".

No verão do ano seguinte, soubemos da morte do rei francês, Filipe-Augusto, e da coroação do príncipe, que se tornou Luís VIII. Nesta época, a coroa francesa estava mais preocupada com ameaças vindas da Inglaterra do que com Languedoc.

Foi então um período de quase paz, mas cheio de conturbações: anos de ataques e contra-ataques. Sem qualquer estabilidade, tempos de conspiração, intrigas, falsos acordos e juramentos, contra conspiração, ameaças e traições. Mas a Igreja, que nunca desistiu de seus propósitos, clamava pela guerra, intimava os franceses a lutar contra os occitânicos. Cristãos contra cristãos. E nós, toda a Languedoc, ansiávamos pela paz: lutar contra as forças da Coroa francesa, com todo o apoio incondicional da Igreja, era impossível! Estávamos entre a cruz e a espada!

Foi neste período de paz, logo após a morte do bispo de Toulouse e Guilhabert de Castres tê-lo substituído no bispado, que Ayla recebeu, finalmente, o *consolament*. Sua consagração não foi em Montségur, mas em Béziers, local escolhido por ela... Quando eu soube, meu coração começou a pulsar em dois ritmos distintos: um de extrema felicidade em ver minha filha realizando um antigo sonho, para logo depois bater em profunda angústia, por saber que ela se consagrava num período em que os perfeitos estavam sendo caçados e queimados vivos sem dó nem piedade! O perigo era imenso, e o medo de assistir a minha filha morta pelo fogo tornou-se um terrível fantasma a me perseguir por toda a vida que me restava.

O ano de 1224 chegou com duas notícias carregadas de sentimentos contraditórios. Ainda que estivéssemos vivendo um período de relativa paz, a insegurança e o medo rondavam insistentes.

Num primeiro momento ficamos sabendo da assinatura de um armistício,[57] em Carcassone, proposto por Raymundo VII, e que teria sido aceito e assinado por Amaury de Montfort. Finalmente havia chegado ao fim a cruzada iniciada lá atrás, em 1209!

Mas, se Languedoc festejava, a Igreja não estava nada satisfeita: baixar as armas significava abandonar o sonho de ver os franceses povoarem a Occitânia, de exterminar com a heresia e seus hereges, de resgatar o que eles chamavam de "a verdadeira fé"!

Logo, a paz não era algo viável. Então a segunda notícia: para a Igreja, era imperiosa a necessidade de organizar uma nova cruzada contra Languedoc, agora sob o comando real. Foi o que aconteceu...

O fim da guerra só viria em 1229, com um acordo entre o Reino da França e o Condado de Toulouse, que pôs fim às hostilidades entre ambos, mas que foi um duro golpe para a Igreja Cátara, arduamente reconstruída nos anos anteriores. Através desse acordo, o rei da França retirou da Casa de Toulouse a maior parte de seus feudos, e dos Trencavels, a totalidade de seus feudos. Os nobres de toda a região tiveram suas propriedades usurpadas pela Igreja e pela Coroa Francesa: a independência de Languedoc havia terminado, agora em definitivo.

Em novembro daquele ano houve o Concílio de Toulouse, que decretou que cada paróquia teria um padre e um leigo de boa reputação, encarregados de procurar os hereges; os senhores nobres deverão procurar hereges nas grutas, florestas, celeiros e esconderijos subter-

---

57 Armistício é um acordo por meio do qual as partes de um conflito suspendem temporariamente as hostilidades e determinam o fim de uma guerra, disputa, luta. (Oxford Languages)

râneos, denunciá-los e entregá-los às autoridades da Igreja. Os que dessem asilo aos crentes teriam seus bens confiscados e casas queimadas. Ficamos sabendo de aldeias inteiras incendiadas.

Iniciou-se um novo período, não menos triste e sofrido!

Os crentes que recusassem a se converter teriam seus bens confiscados e condenados, na melhor das hipóteses, ao exílio, na maioria dos casos ao emparedamento: encerrados em uma masmorra, sem possibilidade de fugir ou ver a luz do sol, alimentados unicamente com pão e água, não raro acorrentados. Sem condições de viver muito tempo! Muitos deles, todos os perfeitos sem exceção, queimados vivos. Meu fantasma crescia!

Os crentes que abjuraram sua fé foram submetidos ao uso obrigatório de duas cruzes da cor amarela costuradas, visivelmente, em suas roupas, uma no peito, outra nas costas. Assistiam aos ofícios religiosos da Igreja Católica Romana do lado de fora da Igreja, e, para que não molhassem seus dedos na pia de água benta comum, uma pia especial foi instalada no exterior das igrejas.

Montségur passou às mãos de um vassalo do rei francês; e para agravar ainda mais a situação apareceram testemunhas sinodais, comissários de polícia episcopal encarregados de zelar, em cada diocese, pela conservação da fé e dos costumes. Estavam habilitados a buscar, indagar, julgar e aplicar penas contra os chamados "hereges".

Era o surgimento do que viria a ser a terrível Inquisição.[58]

Com as perseguições à doutrina intensificadas, muitas famílias de nobres, cavalheiros despojados de suas propriedades, excomungados e perseguidos pela Igreja procuraram refúgio e proteção em Montségur, cuja população aumentou consideravelmente.

Em 1233, Montségur era a sede da Igreja Cátara, a maioria dos bispos e líderes estavam ali instalados, convivendo em paralelo com

---

58 A Inquisição foi uma espécie de tribunal religioso criado para descobrir, investigar, inquirir, punir e condenar todos que eram contra os dogmas pregados pela Igreja Católica. O Tribunal da Santa Inquisição foi criado oficialmente em 1233 pelo papa Gregório IX. Com métodos hediondos e cruéis de tortura para obter as confissões desejadas, condenou e levou à fogueira muitos dos que considerava "hereges".

nobres de toda região e seus cavaleiros. Todos tiveram suas terras usurpadas, seu patrimônio destruído, suas famílias despedaçadas. Havia um misto de sentimentos que permeava toda a comunidade, possível de ser percebido e sentido: determinação em defender sua fé, amargura e ódio diante das atrocidades e injustiças que o Papa comandava, união e fraternidade entre toda a comunidade. Todos ajudavam todos, sem exceção! Foi nesta época, com a chegada de muitos cavaleiros guerreiros, que começou a formação de um exército de *faidits*[59] em Montségur, um planejamento e trabalho para a segurança e defesa da montanha sagrada, antecipando um possível cerco. As defesas foram organizadas em torno de uma torre primitiva, construída aproveitando a natureza do terreno, apoiando-se nas bordas das falésias. No lado sudoeste, todas as tratativas de defesa foram reforçadas: era o lado de mais fácil acesso.

O medo de um ataque pelo exército da Coroa Francesa começou a crescer dia a dia, e com ele a certeza de que, se isso realmente acontecesse, nosso fim estava decretado!

Seria apenas uma questão de tempo! E o tempo não para nunca...

---

59 *Faidits* eram os cavaleiros occitanos, favoráveis ao catarismo, que foram despojados de seus domínios na guerra religiosa e territorial estabelecida em Languedoc.

CAPÍTULO XXVI
Presságios

O inverno de 1233 trouxe o rigor do frio e da morte para Montségur. Muitos adoeceram com uma peste, até então desconhecida, que provocava uma série de sintomas ligados ao sistema respiratório e ia minando todo o organismo e a resistência do enfermo: uma tosse constante, dores pelo corpo, catarro, garganta fechada, evoluindo para crises de falta de ar e alta temperatura do corpo. Os mais atingidos foram as crianças e os velhos; mas adultos, aparentemente saudáveis, também acabaram sucumbindo pela praga. Uns contaminavam os outros, e, como vivíamos amontoados no pouco espaço que tínhamos no alto da montanha, aquele mal se espalhou facilmente.

Não teve família que não perdeu algum ente querido, inclusive a nossa!

Todo dia havia algum morto a ser enterrado! Mais uma provação para toda a comunidade!

Cateline trabalhou incansavelmente, ajudando dois médicos que viviam na comunidade; diariamente, madrugava para colher ervas, fazer xaropes e chás que distribuía entre os doentes. E eu rezava todos os dias para que ela não se contaminasse. Já não concebia minha vida sem ela, minha parceira, amiga, confidente e conselheira. Definitivamente, ela me ajudava a ser uma pessoa melhor, e isso era algo maravilhoso, único e muito especial. Não me cansava de agradecer ao universo por tê-la ao meu lado! Mas naqueles dias eu muito pouco a via: os doentes eram sua prioridade!

E eu, no alto do meu egoísmo, entendia, mas me compadecia...

Cateline não adoeceu, mas meu primo Ignácio, sim. Ele já estava bem velhinho, enfraquecido, saúde fragilizada, e no inverno anterior já falava em estar partindo para o mundo dos espíritos. Estava cansado: já tinha vivido e visto tanta injustiça, sofrimento e dor, tinha dedicado toda sua vida a ajudar as pessoas, a pregar o evangelho, orientar e aconselhar. Foi a pessoa mais solidária que conheci na vida: os outros estavam sempre em primeiro lugar. Vinha desde 1209 assistindo a uma guerra de cristãos contra cristãos, uma guerra que lhe atormentava e angustiava, que não conseguia entender, aceitar ou justificar. Repudiava as posições e desmandos do Papa, do alto clero, da Igreja Católica como um todo, sua primeira fé, sua primeira igreja, e onde teve toda sua formação. E isso era uma dor e um drama interior que trazia no peito, do qual muitos poucos sabiam. Nestes últimos tempos, não cansava de dizer que estava cansado dessa vida, que sua alma almejava a liberdade, fugir deste mundo de dor e sofrimento! Era visível que havia desistido de viver!

Quando adoeceu, o trouxemos para dentro de nossa casa, onde poderíamos cuidar dele pessoalmente e em tempo integral. Por Cateline, ele já estaria morando conosco há muitos anos, mas ele sempre preferiu morar no Casa dos Religiosos — uma extensão da Casa das Orações, que funcionava como uma espécie de mosteiro, hospedaria para os bons cristãos, tanto residentes em Montségur quanto aqueles itinerantes. Ayla, quando estava em Montségur, também preferia morar ali, junto de outros bons cristãos, do que em nossa casa.

Numa madrugada de muita neve, o primo acordou tossindo muito, sua respiração estava pesada e ele dizia estar com muito frio. Coloquei mais lenha no forno de barro, e o levei para próximo do calor, deitei-o no chão sobre algumas peles de carneiro. Cateline resolveu chamar o médico, e eu fui preparar um leite quente com mel, para ver se conseguíamos acalmar a intensidade da tosse.

Mas, logo que ela saiu, primo Ignácio pediu para eu me aproximar dele. Me sentei ao seu lado, próximo a sua cabeça, e, entre acessos de tosse, ele me falou:

— Acabo de estar com Benoit! — fez uma pausa para recuperar o folego e continuou: — Lembra dele? O ancião que lhe apareceu em espírito...

Não fiquei surpreendido com o que ele me contava, já havia entendido que o contato com os espíritos era algo natural, parte da vida.

— Claro que lembro! Como poderia esquecê-lo? — respondi calmamente.

— Não sei lhe dizer se foi sonho ou uma visão, só sei que ele apareceu e me falou sobre o futuro de Montségur.

O futuro de Montségur interessava a todos nós que ali vivíamos. Controlando minha curiosidade, e tentando parecer tranquilo, perguntei:

— E o que o senhor pode me contar sobre essa conversa?

— Para isso te chamei para conversar; mas, veja, poucas pessoas podem saber do futuro sem deixar-se envolver pelo medo e insegurança.

— Quando Benoit me falou, há muitos anos, para virmos para cá, lembro dele dizer que por algum tempo Montségur seria um lugar seguro para vivermos! "Algum tempo"... Acho que esse tempo está findando! — relembrei, fazendo uma constatação assustadora.

— Restam mais dez verões, antes da queda, antes de arder em chamas! Foi o que ele me disse!

— Arder em chamas? Um incêndio?

— Não creio! — nesse momento, meu primo começou a ter outro acesso de tosse. Agora, muito mais intenso, lhe dificultando a respiração. O tempo passava e a tosse não cedia, percebi que ele estava ficando agoniado, sem ar, durou o que me pareceu ser uma eternidade.

Na dor e na angústia, o tempo não anda...

Fiquei completamente transtornado, sem saber como ajudá-lo; desejei poder respirar por ele, para aliviá-lo daquela agonia. Então resolvi deixá-lo sentado, encostado em mim, e foi o que acalmou a tosse e o aliviou, conseguindo respirar um pouquinho melhor. Por um momento, pensei que iria perdê-lo ali.

— Meus pulmões estão se entregando... — disse ele. Percebi ironia e um tom de brincadeira em sua voz. Como podia brincar diante de uma situação tão crítica? Eu não podia ver seu rosto, já que ele estava sentado encostado de costas no meu tórax. Procurei por sua mão. Estava gélida e fria como a neve.

— Por favor, não brinque com coisa séria, estou aqui me borrando todo, achando que o senhor está partindo... — eu falava brabo, o susto e o medo eram reais.

— Não precisa ter medo, apenas aceite que meu tempo neste mundo acabou! Estou indo embora, de verdade... — ele falava mansamente, estava tranquilo. Nada respondi, comecei a orar mentalmente. Um silêncio profundo e triste tomou conta do ambiente. Por fim, lhe fiz uma pergunta:

— O senhor não teme a morte?

— Nunca tive medo de morrer! Me sinto como um passarinho preso em uma gaiola! — pausa para respirar. — Só é o fim para esse corpo velho e doente que ainda aprisiona a minha alma, que já anseia pela liberdade... — fez uma pausa prolongada, suspirou e por fim completou: — Vai ser um alívio, algo que já estou aguardando há muito tempo!

Novo acesso de tosse, mas desta vez bem mais curto. Fiquei calado, dando tempo para que seu corpo se recuperasse, os batimentos cardíacos acalmassem e ele adquirisse um pouco de fôlego.

O tempo e o mundo pareciam ter parado. Só eu e ele, ali, envoltos pela quietude da noite, sentindo a tensão do momento, a presença da morte a nos rondar.

"E Cateline e o médico que nunca chegam...!"

— Estou sentindo o pulsar acelerado do seu coração! — sussurrou ele. Era visível que suas forças estavam se esvaindo. Respirava e falava cada vez com mais dificuldade.

— Por favor, não fale! Guarde suas forças! — retruquei.

— Por Deus, se acalme, Hugues... — fez uma pausa, puxou o ar com imensa dificuldade. — ...quem está morrendo sou eu! — meu primo ainda falava em tom irônico, me deixando mais indignado e angustiado. Eu não queria estar vivendo aquilo, não queria presenciar sua morte. Por que eu?

Mais uma pausa, e então, inesperadamente, ele puxou a mão que estava entre as minhas e estendeu o braço para a frente, como se quisesse alcançar algo, ou alguém... Olhei para a frente e nada vi. Então, num sussurro quase inaudível, ele disse:

— Veja, eles vieram me buscar...

— Pelo amor de Deus, pare com isso! Não fale, apenas respire! O médico já deve estar chegando!

— Não consegue vê-los? — ele continuava com a mão estendida à sua frente. Seu braço estava trêmulo, assim como meu corpo, completamente tenso diante da constatação que sua voz e sua alma estavam indo embora.

Meu coração batia descompassado, uma agonia e uma tristeza imensa invadiam meu peito. Ele ainda disse:

— Vou com eles, Hug... — não conseguiu pronunciar todo meu nome. — Obrigado por ter sido o filho que nunca tive! — falava mansamente, estava tranquilo.

Foi quando busquei sua mão estendida, para tornar a pegá-la entre as minhas, que os vi. O Barão de Fillandryes e dona Sophia estavam ali, parados, aguardando-o!

Estavam tranquilos e serenos, como eu me lembrava deles na minha juventude. O tempo já não os afetava.

Então, um arfar pesado, um último suspiro, e senti o corpo do meu primo livre e solto sobre o meu. Ele já não estava mais ali, tinha ido embora...

A angústia que me assolava até então cedeu espaço para um profundo pesar. Caí num choro convulsivo, aliviando toda a tensão do meu corpo. Deixei que as lágrimas corressem livremente pelo meu rosto e, depois de um tempo, murmurei:

— Que Deus Pai o acolha, meu primo! Serei sempre grato por você ter sido o meu segundo pai!

Depois daquele choro convulsivo e solitário de pesar, comecei a rezar, agradeci à vida por ter tido o privilégio de ter convivido com ele. Quando Cateline, o médico e Ayla chegaram, eu continuava ali, inerte, sentado com o corpo do primo Ignácio sobre o meu, orando baixinho...

O meu primo, no meu coração o padre Ignácio de sempre, estava morto!

Nesta época, Raymond de Péreille — senhor em título de Montségur — e Guilhabert de Castres — bispo cátaro do condado de Toulouse — transformaram o *castrum* de Montségur na sede e cabeça da Igreja dos cátaros. Eram pregações em praça pública, cerimônias de ordenação que reuniam multidões de fiéis, consolo aos moribundos, feiras artesanais; tudo em tempos de delação e inquisição!

Ayla havia se tornado uma ajudante obstinada do bispo Guilhabert; seu espírito de liderança, sua determinação e sua coragem, aliados ao seu talento na oratória, fizeram dela uma perfeita respeitada e muito requisitada por toda a comunidade. O bispo, mais do que um líder espiritual, fazia a governança, sendo desde conselheiro até juiz em pequenos conflitos. Nada era feito ou decidido sem que ele desse a última palavra.

Havíamos recebido a notícia de que Raymond VII, tentando salvar seus títulos, patrimônio e ainda livrar-se da excomunhão, havia se retratado e tentava obter o perdão da Igreja. Assumira o compromisso de livrar suas terras da heresia, e um anúncio contra os hereges havia sido promulgado.

Ayla e tantos outros cavaleiros que haviam lutado ao seu lado pela reconquista de Toulouse, num primeiro momento, ficaram indignados e contaminados pela amargura. Depois, com o passar do tempo, sem nada acontecer, todos perceberam que aquele édito contra os hereges era mais uma falsa promessa, compromisso de aparência junto à Igreja. Provavelmente para que ele ganhasse tempo e pudesse se articular com algum novo aliado.

Enquanto isso, Montségur fervilhava de tanta gente: acolheu mais de quinhentas pessoas.

Homens e mulheres, religiosos e laicos, militares e civis, todos trabalhavam sem descanso: fundidores, serralheiros, ferreiros, lenhadores, carpinteiros, sapateiros, artesãos, costureiras. Dependíamos da compra ou permuta de gêneros de primeira necessidade, o que havia sido proibido pela Igreja Católica. Porém, inúmeras pessoas, apesar das proibições, nos vendiam. As trocas comerciais também eram abundantes. A tranquilidade de outrora perdeu-se entre tantas pessoas.

Eu e Cateline éramos reservados, tentávamos seguir com a nossa vida, num círculo pequeno de antigos amigos, o que nem sempre era possível. Fui convidado para trabalhar na produção de armas e ferramentas. Não tive como abjurar. Cateline foi chamada para fazer xaropes, chás e poções que seriam trocadas por frutas e legumes, e outros gêneros necessários à manutenção da comunidade. Igualmente teve que aceitar.

A comunidade em Montségur trabalhava para sobreviver, e agora também havia uma parte, uma pequena armada que se preparava para resistir a possíveis ataques.

Pierre estava trabalhando junto ao exército que se formava; sua família tentava se recuperar da morte da esposa e do filho de Áries. Ambos vítimas da peste.

Áries, que há muito tempo trabalhava como mercador, agora não tinha descanso, não se permitia parar e descansar. Estava sempre em incursões pela região, buscando mercadorias, e nos trazendo notícias do que acontecia em Languedoc. Seu trabalho estava se tornando cada vez mais perigoso: sempre havia o risco de ser descoberto ou delatado como crente residente em Montségur. Ele não se importava depois de ter perdido sua família, parecia que apenas vivia para esperar a morte. Tinha perdido sua alegria, sua energia dinâmica e contagiosa.

A guerra era implacável: destruía tudo e todos!

A Inquisição estava a pleno vapor, frades dominicanos estavam sendo nomeados como inquisidores pelo Papa, com plenos poderes para extirpar a heresia: não deviam obediência às autoridades civis nem às religiosas. Estavam impondo um regime de terror, arbitrário e sem limites por onde passavam: ignoravam todas as normas legais ao interrogar as pessoas a portas fechadas, sem qualquer assistência jurídica, e inspiravam tanto pavor que as pessoas intimadas denunciavam inocentes ou inimigos pessoais a fim de ganhar alguma simpatia dos inquisidores ou se livrar de inimigos ou desafetos. Nem os mortos estavam sendo respeitados. Corpos de "hereges" estavam sendo desenterrados e queimados em fogueiras enormes.

Eram tempos sombrios, mas continuávamos sobrevivendo...

CAPÍTULO XXVII
O princípio do fim

O tempo passava e a vida em Montségur estava cada vez mais difícil: o número de habitantes aumentando, num espaço restrito, agreste e inóspito. Famílias inteiras se instalando em cabanas cada vez mais precárias e minúsculas, algumas cravadas na rocha, outras meio suspensas sobre os penhascos.

Nobres que haviam perdido suas propriedades, cavaleiros e gente do povo chegavam todo dia em Montségur. Alguns vinham em peregrinação, apenas para assistir em paz aos cultos, ouvir os pregadores, receber a bênção dos perfeitos, pedir conselhos ou recomendações de como se portar lá embaixo, na convivência diária com o perigo da Inquisição, das delações, das prisões arbitrárias. Outros vinham buscar um lugar de refúgio,[60] um lugar para ficar, mas nem sempre era possível.

Apesar dos horrores da inquisição, que continuava a pregar o terror entre a população, Montségur começou a ganhar excepcional importância na mente de todos os crentes da região, tornando-se um lugar sagrado: doentes terminais e moribundos iam para lá, superando todos as dificuldades e perigos apenas para ter o privilégio de receber o *consolamentum* e serem sepultados por ali mesmo.

A cada verão que chegava eu não podia deixar de pensar naquela conversa inacabada com meu querido primo Ignácio, em que me foi relatado o que o espírito de Benoit havia lhe dito sobre o futuro de

---

60 Outros castelos e fortalezas, assim como Montségur, serviram de refúgio e abrigo — teoricamente inexpugnáveis — para comunidades cátaras. Ex.: Quéribus, as Torres de Lastours, Puilarens.

Montségur: mais dez verões a partir daquele ano e o fim! Em minhas preocupantes reflexões, eu também me lembrava de um sonho que Ayla havia tido, anos atrás, em que viu uma enorme fogueira. Tudo me fazia acreditar que o tempo daquela comunidade estava terminando, era uma constatação assustadora, angustiante, mas que eu não podia compartilhar com ninguém; meus medos e preocupações aumentavam dia após dia, mas eram só meus, já não tinha com quem dividi-los, nem mesmo com Cateline, sujeito a deixá-la mais assustada do que já estava.

Como eu sentia a ausência do meu primo Ignácio, meu conselheiro, amigo e confidente.

Cateline e quase todos que viviam na montanha sagrada perceberam que nossa paz e tranquilidade estava terminando quando em 1235, o Conde de Toulouse mandou três cavaleiros de sua confiança para tomar posse de Montségur. Foram bem recebidos, prestaram as devidas homenagens ao bispo cátaro Guilhabert de Castres e regressaram a Toulouse. Alívio! Pouco tempo depois, uma segunda comitiva, que igualmente voltou em paz. Desafogo! Mas, da terceira vez, um emissário do conde chegou a Montségur com uma comitiva armada e retornaram a Toulouse levando consigo quatro perfeitos, que depois foram queimados vivos. Temor geral!

Este último acontecimento parece ter acordado meu fantasma interior, que se agigantou e se espalhou, atacando e dominando todos em Montségur. O medo do amanhã era visível nos olhos das pessoas. Segundo a própria Ayla, que vivia entre os dirigentes espirituais e militares na comunidade, era evidente que Raymond VII estava entre a faca e a serpente, e comportava-se de maneira ambígua: por vezes, tolerante em relação aos hereges, e até parecia protegê-los, em outras oportunidades, mandando capturar alguns heréticos e os enviando à fogueira. Talvez para dar alguma sinalização à Igreja de que estava combatendo a heresia em seus territórios. Quanto a nós, vivíamos um dia por vez, sem muitas expectativas em relação ao nosso futuro. Apenas sobrevivíamos.

O ano de 1240 trouxe uma perda irreparável para a comunidade: a morte de Guilhabert de Castres. Nesta época, minha filha Ayla, com quarenta e seis anos, era uma figura importante e ativa entre os que comandavam a Igreja e a vida na montanha sagrada. Ela ficou desolada, e, pela primeira vez, percebi nela uma certa desesperança em relação ao nosso futuro.

Numa noite em que ela se juntou a mim e Cateline para uma pequena ceia, tivemos uma conversa que me deixou atordoado.

— Amanhã cedo eu partirei com Áries para uma jornada cujo destino é incerto! Resolvi vir vê-los porque não sei quando ou mesmo se retorno!

Aquilo me pegou de surpresa. Troquei um olhar com Cateline, que estava tão perplexa quanto eu.

— Exatamente o que você está tentando nos dizer, Ayla?

Ela levantou a cabeça, cruzou as mãos sobre o prato e falou:

— Nosso bispo Guilhabert, antes de morrer, deixou várias instruções por escrito com seu sucessor, Bertrand Marty. Entre várias correspondências havia uma que dizia respeito a encontrarmos um lugar seguro para os registros, livros, relíquias e documentos da nossa Igreja, assim como tudo de valor. Ele chamou todo esse material como "nossas preciosidades", que deverão ser escondidas longe de Montségur, e, caso a montanha sagrada seja ameaçada de invasão, antes que isso aconteça duas pessoas serão encarregadas de fugir para recolhê-las em segurança e levá-las para a Lombardia ou para a Catalunha — o paradeiro final será definido pelo destino, de acordo com o caminho mais seguro e viável que se apresentar!

Eu e Cateline sabíamos o que tudo aquilo significava: até mesmo o líder máximo da Igreja Cátara havia pressentido que nosso tempo estava terminando. Se não era o fim definitivo da Igreja, a queda de Montségur seria o começo do fim!

— Por que Lombardia ou Catalunha? — perguntou Cateline.

— Porque são lugares onde temos comunidades cátaras vivendo ainda em relativa segurança e tranquilidade! Nossas preciosidades serão entregues a eles, que farão uso como melhor lhes convier... — Ayla me olhou, depois a Cateline e, de forma melancólica, completou:

— O futuro da nossa fé é incerto!

Olhei para Ayla e fiz a pergunta cuja resposta, no íntimo, já sabia, mas tanto temia.

— Onde você entra nesta história?

— Eu e Áries fomos encarregados por Guilhabert de Castres a encontrar esse lugar seguro para guardar temporariamente "nossas preciosidades", e... — ela fez uma pequena pausa, tomou um gole d'água e continuou: — ... e, no caso de uma invasão de Montségur pelo exército real e a Igreja Católica, somos nós, mais uma terceira pessoa a ser definida na ocasião, muito provavelmente um cavaleiro de guerra comprometido com a nossa fé, que fugiremos de Languedoc com os guardados de nossa Igreja!

Fiz o sinal da cruz, olhei para o Alto e disse:

— Que o Senhor nos proteja!

E assim foi feito...

Ayla e Áries demoraram muito mais do que se imaginava no cumprimento de sua missão, retornaram quase um ano depois desta conversa: o tesouro de Montségur já estava seguro! Entretanto, voltaram com notícias preocupantes.

Ninguém, oficialmente, ficou sabendo do destino do tesouro cátaro; afinal, a Inquisição, com seus métodos cruéis de interrogatórios, estava presente e ativa. Quanto menos pessoas soubessem do paradeiro do tesouro, mais seguro ele estaria. Acredito que a única pessoa com conhecimento desse segredo, além de Ayla e Áries, era o bispo cátaro de Toulouse.

Quanto às notícias, a primeira, confirmando algo cujos rumores já haviam chegado a Montségur: de que a fortaleza de Peyrepertuse,[61] em Corbiéres, havia sido invadida e dominada pelas tropas reais; a

---

61 O feudo de Guillaume de Peyrepertuse, excomungado em 1224 como herege, tinha se tornado um refúgio alternativo para a comunidade cátara. Após a tentativa fracassada de Raymond de Trencavel em recuperar Carcassone em 1240, este se submeteu à Igreja e à Coroa Francesa. O castelo, então, como propriedade do rei francês, foi reforçado em 1242 e tornou-se um dos "Cinco filhos de Carcassone", fortalezas que defendiam a fronteira francesa frente ao Reino de Aragão: Aguilar, Peyrepertuse, Puilaurens, Quéribus e Termes.

segunda era sobre uma fogueira em Lavaur, onde mais de cinquenta cátaros teriam sido queimados. Ouvir Ayla falando sobre isso com estranha naturalidade me deixou horrorizado; parecia que minha filha já havia se conformado de que a morte na fogueira era o destino de todos os simpatizantes e crentes da sua religião, e que o fim de tudo, desde que a Coroa Francesa havia assumido esta batalha territorial contra Languedoc em coparticipação com a Igreja Católica Romana, era só uma questão de tempo.

Ainda havia uma terceira notícia: Raymond VII havia se submetido ao rei francês, Luís VII, o que significava servi-lo fielmente, combater os inimigos do país e destruir Montségur se lhe fosse possível tomá-lo, e, mais do que isso, já havia uma proposta sobre um possível cerco à montanha sagrada.

A população de Montségur se apavorou, novamente uma onda de medo e agitação tomou conta de todos. Entretanto, não demorou mais do que uma semana para que três cavaleiros *faidits*, voltando de uma incursão investigativa a Toulouse, retornassem com a notícia de que o cerco era um blefe de Raymond VII, uma tentativa de acalmar o rei e o papa e fazê-los acreditar na cooperação, disposição e boa vontade em terminar com a heresia. O cerco seria um teatro!

Essa novidade deu uma certa tranquilidade para a maioria das pessoas, mas não para mim: e se o verdadeiro blefe fosse exatamente isso, nos fazer acreditar que seria um falso cerco?

Tentei conversar com Ayla sobre isso, meu coração estava angustiado, eu não confiava em Raymond VII. Ele era igual ao seu pai, só estava interessado em seu próprio umbigo. Mas ela, após conviver com os dirigentes e governantes de Montségur, pensava que não corríamos maiores perigos. Não desta vez!

Felizmente, os fatos vieram a confirmar que Ayla estava certa: cavaleiros e soldados do conde chegaram, armaram suas tendas, e por lá ficaram, pacificamente. Sem catapultas ou outras armas de guerra, sem ataques, sem qualquer investida. Assim como chegaram, foram embora um tempo depois. Ninguém poderia acusar Raymond VII de não ter tentado!

Mas o tempo todo em que eles lá estiveram foram dias de nervosismo, insônia e vigilância: tínhamos o medo como companhia constante. Vivíamos noite e dia com o coração na mão! Ninguém mais sabia o que era paz e tranquilidade!

Já estávamos no final do verão do ano de 1241 — o oitavo verão depois do presságio de Benoit — quando finalmente percebemos, lá do pico de Montségur, a movimentação de desarme de todo o acampamento. Aquele cerco teatral certamente não estava disposto a enfrentar os rigores do inverno dos Pirineus! Mais uma vez a população da montanha sagrada respirou aliviada!

O ano de 1242 começou com a chegada de mais notícias preocupantes, uma nova peregrinação inquisitória havia iniciado no final do ano anterior, tendo à frente o frade dominicano Guillaume Arnaud, conhecido e odiado por todos por sua frieza e rigidez nas sentenças do tribunal, e, junto com ele, o franciscano Étienne de St. Thibéry, não menos detestado pelas populações por onde passava. As investigações eram cruéis: intermináveis interrogatórios, onde havia traições, perjúrios, testemunhas anônimas e sentenças pesadas. Os inquisidores espalhavam mais do que medo e o terror, espalhavam o veneno da intriga, da discórdia, da mentira; para o povo amedrontado tudo valia na tentativa de obter a simpatia deles e salvar a própria pele. Entretanto, diziam que havia uma distinção entre a condenação de homens e mulheres ordinários, gente do povo, e a condenação de integrantes da alta nobreza. O rigor e as condenações eram diferentes! Os inquisidores e a própria Igreja temiam novos levantes e rebeliões por parte dos nobres, portanto eram mais complacentes com eles.

Uma sombra escura, densa e pesada pairava sobre Languedoc!

Já estávamos no meio da primavera, quando numa manhã, surpreendentemente, recebi no meu casebre um mensageiro enviado pelo comandante dos cavaleiros *faidits*, Peter-Roger de Mirepoix.[62] A mensagem era curta e o objetiva, ele queria encontrar-se comigo no final daquele mesmo dia, no *castrum* do castelo; era um encontro secreto, eu não deveria comentar com ninguém a respeito. Fiquei curioso e aturdido. Respondi que estaria no *castrum* no meio da tarde, devido à minha dificuldade em caminhar e descer até a aldeia, após o pôr do sol.

Não me contive e compartilhei com Cateline o teor da mensagem, minha curiosidade e preocupações:

— O que um nobre, comandante das tropas que defendem Montségur, pode querer conversar com um velho, cheio de limitações físicas como eu?

— Você é pai de uma figura importante e influente aqui em Montségur; além disso, eles muito provavelmente sabem de sua linhagem nobre, de seu passado como templário!

— Continuo não encontrando um motivo sequer para, nesta altura dos acontecimentos, eles quererem falar comigo...

Cateline se aproximou por trás de onde eu estava sentado, colocou seus braços em torno do meu pescoço e beijou minha cabeça, dizendo:

— Não posso saber o que eles querem contigo, mas te digo que meu coração está apertado! Sinto que não é boa coisa...

Em resposta, apenas fiz um carinho em seus braços, nada falei. Não quis deixá-la mais angustiada, mas um estranho sentimento de pesar começava a tomar conta de mim...

Naquela tarde subi com alguma dificuldade até o *castrum*, no pico da montanha. Não era muito acima ou longe de onde ficava meu

---

62 Peter-Roger IX de Mirepoix foi despojado de suas terras pelo Tratado de Paris, em favor de Guy de Lévis, em 1229, tornando-se, então, um dos cavaleiros *faidits* mais ativos. Uniu-se a seu primo Raymond de Péreille no Castelo de Montségur. Guerreiro experiente, foi quem reformulou a estrutura defensiva de Montségur e a organização dos soldados. Em 1235, casou-se com Philippa de Péreille, filha de sua prima, a fim de formalizar seu domínio sobre o castelo e sua guarnição. (BARROS, Maria Nazareth de. **Deus reconhecerá os seus** — a história secreta dos cátaros. Rio de Janeiro: Rocco, 2007.)

casebre, mas era uma trilha escarpada na rocha calcária, de difícil acesso, especialmente para mim, com uma perna atrofiada.

Quando lá cheguei, já estava sendo esperado e imediatamente fui levado ao encontro do meu anfitrião, um homem alto, forte, determinado e manipulador nas palavras.

— Meu caro senhor Hugues de Fillandryes, barão e senhor por direito de terras em Béziers! Confesso que fiquei surpreso ao saber de sua linhagem nobre!

— Minha linhagem nobre não teve serventia alguma desde que essa guerra insana começou! Toda minha família foi morta, nosso patrimônio e título foram usurpados! Uma linhagem que nada significa, e que muito em breve chegará ao fim, com a minha morte e de minha filha, que não deixa herdeiros. Os descendentes de meus irmãos se perderam, provavelmente todos mortos!

— Sua história é igual à de quase todas as famílias de Languedoc! A Igreja e os cruzados franceses ao longo dos anos destruíram tudo e todos! — respondeu ele.

— O senhor comandante certamente não me chamou aqui para falarmos da tragédia de Languedoc e de todas as nossas perdas!

O comandante surpreendeu-se com a minha colocação. Ficou por um momento em silêncio, depois levantou-se e foi servir duas canecas de vinho, e, ainda sem nada dizer, me alcançou uma. Agradeci com um rápido movimento de cabeça.

— Vou direto ao assunto, meu caro senhor: sua filha Ayla nos é muito cara. Figura importante e influente aqui na comunidade e na cúpula da Igreja em Montségur.

— Todos sabem disso! — eu não estava disposto a facilitar o trabalho do meu anfitrião, por quem eu já assumira uma antipatia gratuita.

— O senhor é crente? Converteu-se?

— Não sou crente, nunca me converti; mas sou simpatizante e vivo ao lado desta gente desde a destruição de Béziers. Me sinto parte da comunidade que aqui vive!

— De parte de sua história eu sou conhecedor através dos relatos de sua filha, que, como lhe disse, é figura importante aqui em Montségur!

— E? — perguntei, fitando-o com olhar inquisidor.

— Acontece que fomos avisados que madame Ayla, assim como o bispo Bertrand Marty e meu primo Raymond de Péreille, entre outros, encabeçam uma lista de procurados pelo inquisidor Guillaume Arnaud. Já ouviu falar deste dominicano?

Nada respondi. Meu coração saltou descompassado: todos os meus medos pareceram criar vida e forma naquele momento. Tudo o que eu mais temia começava a acontecer! Minha voz morreu na garganta, eu queria falar e não conseguia.

— Já estão previamente condenados à fogueira por heresia; se capturados, nem haverá julgamento — completou ele. E só então ele percebeu o quanto aquela informação havia mexido comigo. Percebendo minha aflição, aproximou-se de mim e disse:

— Beba um bom gole de vinho! Vai acalmá-lo e ajudar a absorver a informação.

Fiz o que ele recomendou, respirei fundo e por fim disse:

— Ayla já tem conhecimento disso?

— Ainda não, mas terá que ser informada! Por enquanto ela não pode se afastar daqui; o pico de Montségur ainda é o lugar mais seguro para ela e todos os líderes desta comunidade!

— Por enquanto? — falei com a voz alterada. — Esses falsos frades, inquisidores fanáticos e cruéis, não vão dar trégua enquanto não capturar e queimar todos!

— Antes que isso aconteça, nós é que vamos pegá-los! — ele falava com uma certeza e tranquilidade assustadora.

— Não o entendo! — foi o que respondi.

— Simples: estamos monitorando a incursão desta comitiva inquisidora, que desde o ano passado anda espalhando o terror pela região. Tenho informantes espalhados por todos os lugares, e, se a última informação que recebemos se confirmar, daqui a alguns dias teremos a oportunidade de destruir todo o material que eles dizem ter contra nós, e ainda estaremos nos livrando desses demônios que se dizem frades!

Olhei assustado para aquele homem, que falava tranquilamente em matar uma comitiva de legados nomeados pelo Papa, frades dominicanos em sua maioria, e que tinham plenos poderes por onde passavam. E só então tomei consciência de que deveria haver algum motivo para ele estar me contando tudo isso.

— Fale abertamente: o que vocês estão planejando e por que o senhor está me contando tudo isso?

— Muito bem! Gosto de tratar com quem vai direto ao assunto! — ele caminhou em direção a uma janela, pareceu olhar para o infinito, tomou uns dois goles de vinho e então despejou tudo sobre mim:

— Tive a informação de que, ali pelo dia 27, 28 deste mês, toda a comitiva inquisitiva do senhor Arnaud estará chegando em Avignonet; ficarão alojados num castelo cujo guardião é meu informante. Ele odeia a Inquisição, especialmente o parceiro de Arnaud, que condenou à fogueira uma tia e uma prima com quem ele se criou.

Eu escutava tudo atentamente. Ele então completou:

— O senhor irá nos próximos dias para Avignonet, vai ser admitido como ajudante deste meu informante, que estará te esperando: com sua idade e limitação física, não vai chamar a atenção de ninguém. Vocês dois irão abrir os portões da cidade e do castelo para os meus homens: vamos queimar toda a documentação da Inquisição!

Eu escutava a tudo aquilo completamente estarrecido, incrédulo com a ousadia, mas também incomodado com a prepotência daquele homem em colocar-me como parte integrante de um plano deste. Ele falava como se eu já tivesse acordado com tudo.

— O que lhe garante que vou fazer parte desta loucura? E, se o seu informante já se dispôs a abrir os portões, por que é preciso que outra pessoa participe junto? — eu estava indignado com tudo aquilo.

Ele me fitou, tomou um gole de vinho e, me encarando, disse:

— Vou responder à segunda pergunta primeiro! Ele só abrirá os portões se tiver alguém para posteriormente colocar a culpa, de forma que ele não se comprometa! Perante todos, você será o responsável por ter aberto os portões!

Comecei a rir. Gargalhadas insanas que não conseguia controlar.

Não acredito no que ouço! Todos estão ficando loucos!, pensei.

Aquele homem ficou impassível observando minha crise de risos. Quando, depois de algum tempo, finalmente parei de rir, meu corpo tremia de tensão e de nervoso. Ele apenas disse:

— Beba mais vinho, vai lhe fazer bem!

Encarei seu rosto sem ao menos tentar disfarçar a repulsa que sentia por ele naquele momento. Eu transpirava raiva. Ele sustentou meu olhar e completou:

— Vou lhe responder à primeira pergunta! Sabe por que tenho certeza de que o senhor fará o que estou lhe propondo? — um momento de silêncio, e ele mesmo responde: — Porque o senhor precisa ter a certeza de que os documentos que comprometem e condenam sua filha à fogueira serão destruídos! Mais do que isso, porque só assim os homens que sabem de todo o envolvimento da perfeita Ayla na Batalha de Toulouse, na criação desta comunidade aqui em Montségur, na doutrinação e conversão de tantos em Languedoc serão mortos! Agora é uma questão de sobrevivência, meu caro senhor: ou eles ou nós!

Incrédulo com tudo o que estava acontecendo, chocado com as circunstâncias que se apresentavam, pesaroso por saber que o que ele dizia era a mais pura verdade, eu baixei a cabeça resignado. Ele estava certíssimo: eu faria de tudo para libertar minha filha de qualquer acusação imposta pela Inquisição!

E assim o fiz!

CAPÍTULO XXVIII
Avignonet

Avignonet, 28 de maio de 1242. O que lá aconteceu foi um massacre, uma carnificina.

Todos os membros daquela comitiva da Inquisição, que vinha espalhando o medo, o terror e a morte pela região, foram mortos por um grupo de cavaleiros, oriundos de Montségur e liderados por Peter-Roger de Mirepoix.

O que aconteceu foi uma atrocidade, desumano!

E eu estava lá, de uma forma ou de outra, eu participei do massacre de Avignonet! Meu pesar!

Tudo saiu conforme os planos de Peter-Roger: quando o guardião do castelo teve certeza de que a comitiva estava dormindo, mandou um homem, a quem chamava de Golairans, abrir o portão da cidade e dar passagem a uma tropa de aproximadamente quinze homens, armados com espadas e pesados machados de batalha. Já dentro da cidade de Avignonet, alguns cidadãos armados com porretes e facas ainda se uniram a eles. Ódio e determinação eram os sentimentos dominantes!

E eu, seguindo as funções que a mim foram atribuídas, auxiliei o guardião do castelo a abrir seus portões, dando entrada para que os homens de Peter-Roger invadissem o castelo e cumprissem sua missão macabra! Entrei junto, procurando todo o material escrito dos frades inquisidores! E, enquanto o ódio e a morte exerciam seu papel destruidor, eu, ignorando os gritos aterrorizados dos frades que ecoavam pelos corredores frios e sombrios daquela construção, fazia uma fogueira numa das lareiras de um enorme salão: queimando, alucinadamente, todo e qualquer papel que encontrava.

Guillaume Arnaud, Ètienne de St. Thibéry, e mais dez pessoas, que incluíam outros frades dominicanos e franciscanos, escrivão, sacristão e guardas, todos foram talhados até a morte. Surpreendidos enquanto dormiam em duas grandes salas transformadas em dormitórios, no torreão do castelo; acordaram apavorados, sob os gritos de guerra dos invasores, o peso de seus machados e o fio de suas espadas. Não houve dó nem piedade. Literalmente trucidados.

Após a chacina, o saque: os homens de Peter-Roger levaram tudo, dinheiro, objetos, livros, vestimentas, cavalos, até vinho e comida. Não se esqueceram dos lençóis ensanguentados, que funcionaram como provas do feito. Todos os registros inquisitoriais que continham nomes e informações de inúmeros suspeitos foram cuidadosamente queimados.

Posteriormente, na divisão do espólio roubado, queriam que eu pegasse alguma coisa. Nada peguei! Aquilo era roubo!

Depois nos reunimos com Peter-Roger de Mirepoix, que nos aguardava do lado de fora de Avignonet. Ele perguntava a todos qual deles tinha lhe trazido a cabeça de Guillaume Arnaud, pois a queria para fazer um cálice. Felizmente fomos poupados de mais este episódio macabro. Retornamos imediatamente a Montségur.

Entre a população de vila, ninguém sabia desta operação; foi mantida em segredo, mesmo da alta cúpula da Igreja Cátara, dos nobres e do comando do grupo armado. Eu só havia comentado com Cateline, que foi quem despistou Ayla, quando me afastei uns dias antes do ataque para fazer meu papel junto ao guardião do castelo. Mas com o passar dos dias a notícia se espalhou e virou comentário geral em toda comunidade, que então festejou a morte de duas pessoas hediondas, e a destruição de provas contra muitos que ali viviam. Alguns iludiram-se acreditando ser o fim da Inquisição, eu não!

Mas confesso que estava aliviado, menos angustiado em relação aos perigos que rondavam Ayla; entretanto, não havia nada para comemorar, ao contrário. O que havia sido feito era horrível, e nos igualava a tantos outros cruzados e padres, que havíamos criticado por seus atos desumanos e cruéis. Eu estava me sentindo péssimo, atordoado, culpado, era como se eu tivesse cometido uma violência contra mim mesmo, contra os meus valores, minha ética; e me questionava se havia feito o certo!

Cateline tentava me ajudar e repetia, incansavelmente, que eu fizera o que tinha que ser feito! Que não matara nem machucara ninguém, só havia destruído provas contundentes contra Ayla, que não era uma criminosa, pecadora ou herege, como eles a chamavam. Ela simplesmente era fiel à sua fé e suas crenças, que seguiam as mensagens de Jesus, o Cristo, ao contrário dos dogmas e do comportamento do Papa e de todo o clero da Igreja Romana, que só estavam interessados em manter o domínio sobre o povo, sua luxúria e riquezas. Dizia ainda que os inquisidores haviam tido o destino que mereciam, pois, além de pregar o ódio, a mentira, e dar falsos testemunhos, pareciam se congratular cada vez que armavam uma fogueira e queimavam gente. Eram sádicos, filhos do demônio, dizia ela. Tinham colhido o que plantaram!

Mas nada disso melhorava meu estado de espírito; minha dor de consciência era tamanha que comecei a perder peso, ter dificuldade para dormir, as dores de cabeça se intensificaram, minha cegueira voltou e não havia nada que aliviasse o sentimento de culpa que se apoderou da minha alma.

A chacina dos inquisidores teve enorme repercussão entre os religiosos e a nobreza francesa. Os mortos foram levados para Toulouse e sepultados em suas ordens, transformaram-se nos mártires de Avignonet. Entre o povo de Languedoc, a morte dos carrascos foi recebida com alívio, alegria e esperança.

Já havia passado algumas semanas desde aquele fatídico dia, quando, num domingo, cedo pela manhã, Ayla apareceu lá em casa. Estava com um semblante preocupado, tenso, sombrio.

— O que te aflige, minha filha? — perguntei, enquanto nós três sentávamos para tomar o café da manhã.

Ela me olhou com frieza e respondeu:

— O mesmo mal que está te fazendo adoecer!

Congelei. Troquei um olhar com Cateline, que também havia entendido o sentido subliminar daquela resposta, e que, antevendo qualquer discussão, saiu em minha defesa.

— Seu pai fez o que o seu coração mandou, mesmo que agora esteja sentindo-se culpado por tudo o que aconteceu! Ele não podia prever o ocorrido!

Permaneci quieto, não sabia o que dizer, não tinha forças nem vontade de me justificar ou defender.

— Por que você fez isso sem me consultar, senhor meu pai? Tem noção de todo o perigo que correu?

— Ele quis te poupar, te proteger! É difícil para você entender isso? — novamente, Cateline, com a voz alterada, saía em minha defesa.

Ayla levantou-se abruptamente, deu um soco na mesa e falou com a voz alta:

— Eu nunca pedi proteção! Não quero ser poupada, quero ser dona da minha vida e arcar com as consequências das minhas decisões! O senhor não podia ter caído na conversa de Roger de Mirepoix!

Olhou para mim, olhou para Cateline e continuou:

— O que vocês fizeram foi uma grande bobagem! Um grande erro, as consequências serão terríveis para Montségur!

— CHEGA!!! — gritei, levantando-me da mesa e derrubando a cadeira de madeira em que estava sentado. — Não admito que você venha à minha casa num domingo pela manhã, gritando como se fosse a dona da verdade! Basta! Sou seu pai, você me deve respeito! Fiz o que achei que devia fazer, e estou aliviado por ter destruído todos os papéis que incriminavam você. Te condenavam à fogueira!

Nunca em toda a vida eu havia falado com minha filha daquela forma. Até então nunca havia precisado exigir respeito ou consideração. Justo agora, quando, para protegê-la, eu havia participado de algo abominável, violando meu modo de pensar a vida, justo agora, ela me afrontava.

Ayla surpreendeu-se com a minha reação irada.

— O senhor sabe o que está acontecendo neste momento em Languedoc? — ela já não gritava, mas sua fala demonstrava toda sua indignação com o ocorrido.

— As consequências do que aconteceu em Avignonet são de inteira responsabilidade do seu capitão de armas! Não é ele o responsável pela segurança e defesa de Montségur? Não foi ele quem planejou e armou toda essa operação? Não foi ele quem autorizou seus homens a trucidarem os frades e ainda saquearem tudo, como se fossem mercenários ladrões? Jogue sua ira para cima dele! Já basta minha consciência que não me deixa dormir em paz, torturado pelos gritos alucinantes dos frades sendo trucidados, que se repetem noite após noite na minha cabeça!

Ayla olhou-me chocada, engoliu em seco: a revelação da tortura que se tornara minha vida a deixou descompassada. Um olhar de compaixão e desamparo. Imediatamente, percebi duas lágrimas a inundarem seu rosto. Cateline, que a tudo assistia, em silêncio, também chorava.

No final, todos éramos vítimas da guerra, das circunstâncias da vida!

— Não quero a piedade de vocês! — gritei. — Fiz o que tinha que ser feito, e fiquem sabendo que em nenhum momento tive dúvidas a respeito de fazê-lo, embora soubesse que o preço a pagar seria alto! — eu precisava me acalmar. — Agora me diga, o que está acontecendo em Languedoc? — finalizei.

Ayla mordeu os lábios. Cateline se aproximou, levantou a cadeira do chão e me fez voltar a sentar. Cada um, do seu jeito, procurava acalmar os ânimos.

— O que está acontecendo em Languedoc? — tornei a perguntar, agora com mais equilíbrio.

— As notícias do massacre enfureceram a Igreja e a Coroa francesa! Raymond VII foi excomungado, acusado de não ter terminado conosco, os ditos "hereges"! O povo está em alvoroço, ares de rebelião por toda parte, e acabamos de ser informados que o rei Luís IX, aviltado com os acontecimentos em Avignonet, despachou uma armada contra Languedoc. Não temos nenhuma chance contra o exército real!

— Peter-Roger de Mirepoix pode ser louco, mas não é burro! Ele sabia que haveria consequências diante de tal afronta à Igreja e a Coroa. Não tomo essa culpa para mim!

O tempo e os acontecimentos aliviaram minha consciência. Eu rezava diariamente, por mim e por todos os mortos em Avignonet.

O massacre dos inquisidores teve sérias consequências para Languedoc, mas especialmente para a população cátara de Montségur, que sofreu um isolamento e agravamento da situação econômica. Os habitantes de toda a região, aos primeiros sinais de uma nova guerra, suspenderam vendas e trocas e trataram de armazenar os suprimentos.

Peter-Roger de Mirepoix percorria cidade a cidade com seus cavaleiros e soldados à procura de grãos, frutas, verduras e legumes para abastecer o castelo, na maioria das vezes sem sucesso.

O rei francês, Luís IX, tão logo a notícia do massacre chegou a Paris, despachou uma armada para Languedoc, que contou com a ajuda do clero de toda região. Nos dois meses seguintes a armada tomou várias cidades. Outras tantas se renderam. Mas o golpe inesperado e crucial foi a traição de Roger IV de Foix, que rompeu laços de fidelidade a Toulouse, e colocou-se como fiel vassalo do rei da França. Todos se submeteram ao rei, inclusive os antigos aliados de Raymond: não havia como lutar contra a armada real!

A comunidade cátara, refugiada em Montségur, estava condenada a depender unicamente de Raimundo VII, que tinha seus próprios problemas e interesses.

O inverno chegou rigoroso e, com ele, a guerra, a escassez e a miséria, e voltou também a Inquisição.

Em janeiro de 1243 a paz foi assinada. A Languedoc livre não existia mais.

Cidades e castelos juraram fidelidade à Igreja e a Coroa.

Somente um castelo ignorou a autoridade papal e a força da Coroa. A comunidade que lá vivia não abriu mão de sua liberdade de escolha, não pretendia abjurar sua fé e suas crenças. Resistia!

Mas tanta insubordinação e impertinência não eram aceitáveis! Era uma afronta!

O papa e o rei decidiram abater o castelo insurgente. O castelo de Montségur!

CAPÍTULO XXIX

A queda de Montségur

Junho de 1243. Minha contagem tinha chegado ao décimo verão, e os sinais de que a premonição iria se efetivar eram evidentes: Montségur estava cercada pelo exército francês há um mês.

No início, tudo funcionava como se nada estivesse acontecendo, o bispo Bertrand Marty fazia pregações profundas e emocionantes, os crentes tinham na fé sua força maior, tinham esperanças, perfeitos e perfeitas continuavam sendo ordenados, a vida no pico da montanha, aparentemente, seguia seu curso normal. A comunidade estava bem abastecida, contava com simpatizantes ativos no exterior, acreditava-se que poderíamos sustentar o cerco até vir a ajuda de Raymond VII.

Peter-Roger de Mirepoix tentava reforçar as defesas da montanha, com homens e armamento de guerra; também buscava ajuda através de mensageiros que conseguiam burlar o cerco montado. Ele havia sido avisado de que Raymond VII estava na Itália, tratando de suas relações com a Igreja Católica Romana, e que só voltaria no Natal. Peter-Roger e Raymond de Péreille contavam com o retorno do conde e sua ajuda, era preciso manter a resistência até então! Essa ajuda nunca chegou!

A montanha não estava totalmente cercada, isolada ou vigiada em toda sua extensão; provavelmente, devido ao alto número de soldados necessários para isso, o que permitia a entrada e saída de mensageiros, soldados e mercadores em busca de víveres e armas, o que foi a nossa sorte, por alguns meses. Além disso, contávamos com homens que conheciam totalmente a região, o que lhes permitia enganar as sentinelas: Áries era um desses, que saía e voltava frequentemente, sem problema algum.

Apesar de todas as dificuldades, a comunidade no alto da montanha estava relativamente confiante, sabíamos que a configuração da montanha impedia qualquer ataque direto ao castelo, catapultas e máquinas de guerras convencionais não tinham como ser levadas para o alto, nas proximidades do *castrum* ou do vilarejo no topo da montanha. Aguardávamos a chegada do inverno, o que certamente afetaria a armada real, acampada no vale de Montségur, no pé da montanha.

Mas no Natal daquele ano a situação mudou drasticamente, e contra nós: fomos surpreendidos pela audácia, coragem e determinação do comandante da armada francesa. Nunca soube exatamente como, mas um grupo de assaltantes escalou o que chamávamos da Pedra da Torre, uma plataforma natural ao nordeste, guardada por penhascos, sobre a qual havia sido construída uma torre e que não podia ser atravessada, já que protegia a ladeira que levava ao barbacã.[63] Pois eles conseguiram chegar até a torre, mataram os guardas e se apoderaram dela.

Montségur não era inexpugnável como nós acreditávamos!

A partir daí, foi só uma questão de tempo para os franceses alcançarem e dominarem o barbacã. Houve luta corpo a corpo, resistência, mas em fevereiro de 1244 eles conseguiram! Imediatamente um *trebuchet*[64] foi içado por partes lá para cima, e a partir daí essa máquina de guerra começou a bombardear o castelo e a vila, com bolas de pedras enormes. Dia e noite. Sem trégua.

O inferno se instalou em Montségur: o número de feridos e mortos aumentava dia a dia, racionamento de comida, as movimentações

---

63 Barbacã é um muro anteposto às muralhas, de menor altura, com a função de proteger as muralhas do impacto da artilharia. (Oxford Languages)
64 *Trebuchet* ou trabuco é uma arma cuja finalidade era esmagar as muralhas ou atirar projéteis. Consistia num gigantesco braço de alavanca com uma espécie de bolsa de couro numa extremidade, onde colocava-se o projétil, enquanto na outra extremidade ficava o contrapeso, que era erguido. (Oxford Languages)

tornaram-se mais perigosas, o frio e a neve chegando, doenças, a esperança sempre frustrada de socorro exterior, o barulho intenso de paredes e muralhas caindo... Os tiros de catapultas eram incessantes, ensurdecedores, destruíam tudo.

Em meados de fevereiro o *castrum* estava atulhado de pessoas cujos casebres já haviam sido destruídos, outros tantos não eram mais seguros. As pessoas se amontoavam onde podiam.

Meu casebre ficava na extremidade oposta de onde as pedras atiradas pelos franceses alcançavam, ainda tinha uma certa segurança; um dos últimos em pé, mas já abrigávamos e cuidávamos dos feridos mais graves. Não havia espaço para mais ninguém. Cada um fazia o que podia.

Creio que estávamos na última semana de fevereiro daquele ano quando Ayla me convidou para nos afastarmos de casa, queria conversar a sós comigo. Imediatamente minha intuição avisou-me de que as notícias não seriam boas. E mais uma vez minha intuição não errou.

Logo que saímos, Ayla se aproximou de mim e deu-me um longo e caloroso abraço. Quando se afastou, percebi seus olhos marejados de lágrimas.

— Diga-me logo, minha filha, o que está acontecendo? Quais são as más notícias do dia de hoje?

Ela pegou minhas mãos entre as suas, beijou uma a uma, e finalmente disse:

— Peter-Roger e Raymond de Péreille acordaram com bispo Bertrand que não há mais condições de suportar o cerco. Não há mais lugar para sepultarmos os mortos, falta comida, pouca água, muitos doentes, muitos feridos, e o espaço para abrigar as pessoas cada vez mais reduzido. Apenas essa parte aqui do vilarejo permanece em pé, todo o resto já foi destruído! O castelo está em ruínas! Estão alinhavando uma tentativa de acordo para a rendição!

Naquele momento meu coração congelou, eu sabia o que uma rendição significava: mais do que o fim da nossa comunidade em

Montségur, seria morte na fogueira para todos os perfeitos, enfrentar os inquisidores e prisão para os demais.

Olhei para ela sem disfarçar a angústia que já me dominava. Ela, percebendo minha aflição, falou:

— Se acalme, meu pai, não há muito o que fazer! Todos nós sabíamos que cedo ou tarde isso aconteceria!

— Faz dez anos que sei que isso aconteceria antes do próximo verão! — murmurei.

Ayla me olhou sem entender, e perguntou:

— Como assim?

— Benoit apareceu para o primo Ignácio quando este estava morrendo e avisou que a comunidade em Montségur se manteria por mais dez verões, depois seria o fim! O décimo verão terminou no último solstício de inverno — Ayla me olhava perplexa. — Nunca falei nada a ninguém, nem mesmo para Cateline. Pra quê? — continuei. — Para ficarem contando os verões, ansiosas e cheias de medo, como fiquei todo esse tempo?

— O senhor tinha que ter me contado, meu pai! Talvez fosse possível fazer alguma coisa para evitar que acontecesse...

— Fazer o que de diferente? O que está determinado para ser, será! Não somos donos do destino ou tempo! Aceite! Nosso tempo por aqui acabou, minha filha!

Ela ficou em silêncio por um tempo, acho que digerindo o que eu acabara de dizer. Por fim, ela falou:

— Tenho mais duas coisas que preciso lhe falar, senhor meu pai: a primeira é que tenho pensado muito sobre o que aconteceu em Avignonet e sua participação neste caso.

Fiquei espantado por Ayla voltar a falar deste assunto, algo que não fazíamos desde a nossa discussão, quando ela soube da minha participação naquele triste episódio.

— Quero lhe dizer, meu pai, que lhe devo desculpas por tudo que falei na ocasião. Me perdoe, por favor...

Eu quis interromper, dizer-lhe que já havia superado o caso, mas ela não me deixou falar, e continuou:

— Agora eu sei que era preciso que tudo acontecesse exatamente como aconteceu. Sua participação foi fundamental, e talvez tenha sido o que me permite hoje estar aqui, me preparando para cumprir mais uma missão! Muito obrigada por tanto!

Olhei para Ayla e nada falei, emocionado, simplesmente abri meus braços para ela, que veio ao meu encontro. Ter o reconhecimento dela pelo sacrifício que fiz me deixava imensamente aliviado, ainda que eu já tivesse superado meu complexo de culpa.

As circunstâncias da vida, às vezes, nos obrigam a tomar certas decisões, fazer escolhas que, num primeiro momento, parecem ir contra nossos princípios, nossos valores. Uma escolha sempre envolve uma perda, é uma questão de análise sobre qual será a maior perda, o maior prejuízo, o maior dano. Uma vez feita a escolha, não se torture mais. Esqueça as outras opções! Foi o que eu fiz em relação a esse caso.

Passada a emoção, Ayla falou:

— Infelizmente, meu pai, tenho outro comunicado a lhe fazer, consequência da iminência de Montségur ser invadido...

Ela não precisava me dizer, eu sabia da sua missão e sabia o que representava. Meu coração estava triste, mas ao mesmo tempo aliviado em saber que ela não cairia nas mãos da Inquisição.

Ayla continuou:

— Nesta próxima madrugada, eu e um cavaleiro que ainda não sei quem é iremos fugir de Montségur. Vamos ser amarrados e baixados em cordas até as cavidades da montanha sob o torreão, ao norte. De lá, partiremos para as cavernas de Sabarthez, onde ficaremos escondidos aguardando a chegada de Áries e uma quarta pessoa. Eles irão partir na madrugada seguinte. Duplas separadas para o caso de sermos pegos. Vamos resgatar as preciosidades da nossa Igreja e seguir para a Lombardia. Fugir e deixar Montségur neste momento me angustia, me sinto mal, mas estarei cumprindo a missão que me foi dada pelo bispo Guilhabert!

Olhei para minha filha com os olhos marejados, compreendendo que aquela seria a nossa última noite juntos. Ela tornou a me abraçar. Choramos juntos. Abraçados. Em silêncio. Resignados com o nosso destino.

Quando nos recompomos, falei para ela:

— Antes de partir, você, como perfeita, irá dirigir uma *convenanza* para mim.

Seus olhos quase saltaram das órbitas.

— Enlouqueceu, senhor meu pai? Nunca quis se converter, não será agora que o fará! Como cristão e católico que ainda é, não irá para a fogueira e talvez nem se apresente aos inquisidores. Muitos poderão confirmar que o senhor nunca quis se converter.

— Faço parte desta comunidade, Ayla! Me sinto parte da comunhão e fraternidade cultivada por toda essa gente, que me permitiu aqui viver, participar do seu dia a dia, dos seus ensinamentos, de sua prática de fé, mesmo sendo católico, tendo sido um cavaleiro templário. Foi aqui, entre essa gente, que percebi que podia trabalhar e vivenciar minha espiritualidade, com autonomia, independentemente de qualquer igreja ou religião. Eles me ensinaram a olhar para o lado, e ver não apenas o outro, mas um reflexo de mim mesmo. Sou grato a toda essa gente, não posso virar as costas e simplesmente descer a montanha livremente!

Ayla beijou minha testa, visivelmente emocionada. Complementei:

— De uma forma ou de outra, ajudei e participei da criação e manutenção de Montségur. Quero receber o *consolament*! Irei para a fogueira junto com Cateline, que já afirmou que não vai renegar sua crença!

— Por favor, não! — Ayla choramingou.

— Está decidido, minha filha! Se não for você a me conceder a *convenanza*, será outro!

— Como vou viver sabendo que meu pai provavelmente vai morrer na fogueira?

— Como vou viver sabendo que nunca mais vou ver minha filha? Que teve que fugir de sua terra porque não lhe concedem a liberdade de fé e crença? Como vou viver sem minha Cateline? Não! Chega, minha filha, cansei! Já sofri e perdi praticamente tudo, só me restando você! Não vou passar por isso de novo! Estou velho e cansado, repito o que primo Ignácio me disse antes de morrer, quando lhe perguntei se não temia a morte: "Nunca tive medo de morrer! Me sinto como um passarinho preso em uma gaiola!".

Ayla emudeceu. Duas lágrimas silenciosas escorriam por suas faces.

— Minha alma cansou. Quer liberdade. Chegou a hora de voar, minha filha...

Mais uma vez nos abraçamos e choramos juntos.

Naquela mesma tarde foi organizado um culto, quando eu, oficialmente, abjurei a Igreja Católica Romana e me tornei, oficialmente, um crente. Também foi feito um pacto entre perfeitos e fiéis: com os ataques ao *castrum* e ao vilarejo muitos fiéis cátaros haviam morrido sem que lhes fosse possível receber o *consolament*, o consolo salvador da alma, muitos perfeitos haviam morrido sem poder recitar o *Pater Noster*; então pediram ao bispo que lhes prometesse que receberiam, ainda que estivessem privados da palavra. O bispo concordou e o pacto foi feito entre perfeitos e crentes. Foi uma noite de muitas preces, música e louvor a Jesus. A fé e a conexão com a espiritualidade nos enchiam de coragem e perseverança; ignorávamos o medo da morte, do fogo e a ausência de um futuro!

Fiquei ao lado da minha filha todo o tempo possível, registrando sua voz, seu olhar, seu cheiro na minha mente e na minha alma. Não dormi. Naquela madrugada, ela partiu para cumprir sua missão. Dei um último beijo em sua testa. Não nos lamentamos, aceitávamos os desígnios da vida com serenidade.

— Que o Senhor da Criação te acompanhe, minha filha, e que a tua fé e determinação te levem ao teu destino em segurança!

— Assim será, meu Pai! Fique com Nosso Senhor Jesus Ressuscitado em Espírito, que ele te ampare e auxilie até o suspiro final!

Um último beijo, e ela partiu. Fiquei parado, olhando o espaço, a escuridão da noite, ouvindo o silêncio. Nada pensava, nada sentia. Eu era um imenso vazio. Não sei quanto tempo fiquei ali, parado, em pé, olhando o nada. Sozinho, desolado, despojado do meu sentir...

Em algum momento, Cateline se aproximou, pegou minha mão e disse:

— Venha, meu amor, vamos orar! Orar e agradecer à Vida pelo privilégio de termos convivido com Ayla, pelo tempo que isso nos foi permitido...

Foi o que fizemos.

◇◇◇◇

Não havia tempo para chorar as perdas nem as ausências. Não havia tempo para o luto. A luta pela sobrevivência era a prioridade.

Nos dois últimos dias de fevereiro a situação se agravou: os assaltantes atingiram os arredores do *castrum*, as comunicações com o exterior foram cortadas, não havia como receber víveres, a pouca comida foi racionada.

Peter-Roger comandava uma armada em frangalhos, as poucas máquinas de guerra que tinham estavam no limite, falhando, esgotadas.

Os corpos dos mortos eram amontoados por falta de terra para sepultá-los. Disputavam espaço com os vivos. A situação só não era mais grave porque a neve retardava a decomposição.

O número de feridos só aumentava. Uns ajudavam os outros, perfeitos consolavam moribundos, ajudavam a cuidar dos feridos, levavam uma palavra de conforto. Mas não tínhamos muito o que fazer sem qualquer recurso. Não era possível nem ao menos ir ao bosque atrás de ervas para um chá, um emplastro.

A vida e a resistência em Montségur se tornaram impossíveis. Era insuportável!

Um acordo de rendição foi redigido a seis mãos: Raymond de Péreille, Peter-Roger de Mirepoix e o bispo cátaro Bertrand Marty. Sabiam que nada poderia ser pedido para perfeitos e perfeitas, mas buscavam a misericórdia para os laicos, soldados e simpatizantes; também queriam ganhar tempo: pediram uma trégua de quinze dias. Ainda havia um último fio de esperança: tinham recebido a notícia de que Raymond VII chegaria com ajuda nos primeiros dias de março. Foi mais uma vã esperança!

Em 1º de março, Peter-Roger rendeu-se em nome da população do castelo e levou consigo a proposta de acordo. Contavam com o fato de que os franceses também estavam exaustos após dez meses de cerco e ataques diários. Deu certo! O acordo aceito previa a libertação dos laicos, soldados, civis e todos aqueles que renegassem sua crença. Revogação das condenações por desobediência judicial, anistia para os envolvidos no massacre de Avignonet e uma trégua de quinze dias — do dia 2 de março ao dia 15.

Naquele período acordado de paz, o bispo Bertrand Martin demonstrou uma fé extraordinária, coragem e serenidade surpreendentes; embora soubesse o destino de toda a comunidade religiosa, manteve-se altivo como líder espiritual grandioso que era. Conversou e explicou os detalhes do acordo de rendição com todos: aqueles que abjurassem sua crença e se convertessem seriam poupados e libertos. Dizia que não havia mal nisso, Jesus compreenderia e perdoaria.

Porém, ninguém optou por renegar sua fé, todos morreriam na fogueira; e, entre estes, a sogra, a esposa e a filha de quinze anos de Raymond de Péreille. Que assim fosse!

Para os perfeitos e perfeitas, não haveria misericórdia: todos condenados à fogueira!

Neste período, perfeitos distribuíram entre os que sobreviveriam o que lhes restara de moedas, víveres e vestimentas. Houve cultos, pregações, distribuição do pão bento.

No dia 13 de março, um domingo, perfeitos e perfeitas receberiam o *consolament*, que seria ministrado por Bertrand Marty. Eu e Cateline fomos até o bispo confirmar que também receberíamos o consolo dos moribundos, não renegaríamos a nossa fé. E qual não foi nossa surpresa ao repararmos que havia outros tantos fiéis, crentes e simpatizantes, cujo acordo de rendição lhes garantia a vida salva, mas estavam, como nós, optando pela morte no fogo a ter que abjurar sua crença! Pierre e sua esposa estavam entre eles; como nós, eles optaram pela sua fé!

No dia marcado, o sol nem havia nascido, e chefes militares e religiosos mais dois inquisidores subiram até o pico da montanha. Aqueles que seriam poupados foram evacuados — na maioria soldados e cavaleiros da guarnição armada, alguns nobres, entre eles Raymond de Péreille e Peter-Roger de Mirepoix.

Um dos inquisidores tomou a palavra e gritou:

— Deste lado, perfeitos e perfeitas!

Foram separados, e imediatamente os soldados já começaram a amarrá-los uns aos outros.

Neste momento dei graças ao Senhor por minha filha já não estar em Montségur!

Restou um grupo de crentes, onde eu e Cateline, Pierre e sua esposa estávamos.

— Em nome da misericórdia do Santo Papa, eu conclamo aqueles que pretendem abjurar de sua fé herética, em nome da verdadeira fé, a verdadeira religião: a Igreja Católica Apostólica Romana! Um passo à frente! — gritou um dos dominicanos inquisidores.

Ninguém se mexeu. O frade olhou para seu companheiro, incrédulo.

— Sua última chance: em nome da misericórdia do Santo Papa, eu conclamo aqueles que pretendem abjurar de sua fé herética, em nome da verdadeira fé, a verdadeira religião: a Igreja Católica Apostólica Romana! Um passo à frente!

Um silêncio absoluto.

— Que assim seja! — disse o frade, se benzendo com o sinal da cruz.

Fomos integrados ao grupo de perfeitos e, então, amarrados. Logo, estávamos sendo arrastados para fora do *castrum*.

Era o fim da comunidade cátara de Montségur.

Epílogo

"Deus não tem religião! Onde houver consciências iluminadas e caridade pura, lá Ele estará!"

ANDRÉ LUIZ E CHICO XAVIER

Descíamos a montanha sagrada pela última vez, com extrema dificuldade, uns amarrados aos outros. Praticamente arrastados pelos soldados cruzados que nos empurravam, batiam e exigiam um ritmo acelerado na descida. Não havia qualquer consideração ou respeito aos mais velhos ou aos doentes e feridos, ao contrário. Subir ao topo da montanha é difícil e perigoso. Descer é ainda mais!

Cateline e eu descíamos lado a lado, cada qual com as mãos amarradas à frente do corpo. Imaginei que estávamos de mãos dadas, firmemente entrelaçadas, um amparando o outro. Mas era só um querer, só imaginação, só vontade.

Pierre e sua esposa, demonstrando tranquilidade, vinham não muito longe de nós.

O bispo Bertran liderava aquela descida funesta, era um dos primeiros da fila, e puxava hinos de louvor a Jesus. Todos, em torno de duzentos e vinte pessoas, cantavam numa só voz! Não havia choro, nem lamentações. Queríamos demonstrar a força de nossa fé!

Quando chegamos lá embaixo, no vale, o cenário final desta história já estava armado: haviam levantado uma espécie de cerca feita de toras de madeira, quatro fileiras e, entre elas, valas abertas em toda extensão da largura da cerca, assim como nas duas extremidades laterais. Dentro dessas valas, havia palha, folhas e feno seco, madeira, pequenos galhos, tudo empapado com óleo.

Em cada tora, duas pessoas eram amarradas, uma na frente, outra atrás, os braços eram puxados para trás, sobre o ventre do outro. Fortemente amarrados com grossas cordas umedecidas em óleo, que circulavam todo o conjunto, dos pés até o pescoço do mais alto.

Eu e Cateline fomos amarrados juntos. Estávamos na primeira fileira de toras, e eu fiquei de frente para Montségur, esperávamos... Eu, que nunca gostara de esperar: agora, a mais angustiante de todas as esperas! Aguardávamos todos estarem amarrados para que a grande pira fosse acesa, então, perguntei ao amor da minha vida:

— Você está com muito medo?

Ao que ela respondeu:

— Tenho medo do fogo, não da morte! — sua voz estava levemente trêmula.

— Cristo está conosco! Confie! Apenas ore!

— Que Ele permita nos reencontrarmos no lado de lá, meu amor! — foi a resposta dela.

— Te amarei por toda eternidade! — murmurei.

Eu tentava dar-lhe um pouco de coragem, mas também sentia uma enorme agonia e temor. O suplício do fogo aterrorizava a todos.

Senti um leve movimento de suas mãos sobre minha barriga: o último toque. Tentei buscar memórias compartilhadas com Cateline, ocupar o pensamento. A angústia não me deixava nada lembrar, mas fui capaz de reconhecer em Cateline a pessoa que me ensinou a encontrar a felicidade e a paz nos pequenos detalhes da vida. Cateline foi um grande presente de Deus, e naquele momento crucial da minha vida eu era grato por tanto.

Olhei para a montanha: sempre tão linda e majestosa, e agradeci pelos anos que ela nos acolheu em segurança. O sol nascia e o céu ficava num tom alaranjado. Um espetáculo lindo; por uns segundos esqueci da minha terrível situação, e apreciei a beleza daquele amanhecer — era o dia 16 de março de 1244.

Fechei os olhos e comecei a rezar o *Pater Noster*. E, então, eu os vi.

Primeiramente, foi uma espécie de imagem mental, eu os via apesar de estar com olhos fechados. Não acreditei na imagem que meu cérebro registrava, abri os olhos e eles continuavam lá: eram muitos, mas eu foquei nos meus pais, tranquilos e jovens, como me lembrava deles na época em que Ayla nasceu. Meu primo Ignácio estava ao lado do barão, vestindo sua túnica surrada de algodão, cabelos e barba brancos e compridos, mas aparentando vitalidade e saúde. Hector e Roque, meus irmãos, também estavam presentes, assim como Benoit. Também avistei Niélly, mãe de Pierre, e outros velhos conhecidos de Béziers. Todos estavam lá, nos esperando, transmitiam paz e confiança em suas expressões.

E, então, vi um cavaleiro templário chegar num cavalo, que trotava lenta e elegantemente. O cavaleiro puxava por uma das mãos as rédeas de outro cavalo. O meu cavalo. Sir Renée Estivalet desceu do seu cavalo, esticou os dois braços em minha direção e me mostrou o que trazia consigo: meu manto branco templário e minha espada. Meu coração bateu descompassado, tenso e emocionado por tudo a que eu estava assistindo: centenas de espíritos ali estavam para ajudar, estendiam seus braços em direção à enorme fogueira. O medo do fogo havia dado lugar a um sentimento de plenitude e gratidão à vida.

Ouvi, não com os ouvidos, mas na minha cabeça, a voz de Renée: "uma vez templário, para todo o sempre templário!". Compreendi então que meus votos e juramento de obediência e fidelidade como cavaleiro templário não foram para um papa ou uma Igreja. Meus votos foram dados a Jesus, o Cristo! Uma Entidade Cósmica ascensionada e iluminada, que desceu à Terra para dar passagem à luz, à força, à energia e à mensagem de amor do Cristo Planetário. Fechei os olhos e orei em estado de graça. No último ato de minha vida física eu havia compreendido: não quebrara meus votos, sempre honrei minha fé e fidelidade a Jesus, o Cristo. Fiquei imensamente aliviado e feliz, e eu já nem lembrava do lugar e da situação onde estava. Meu júbilo diante do que presenciava era tanto que uma paz enorme tomou conta do meu coração e da minha alma! Minha consciência já se distanciava deste mundo material!

Ouvia vozes, muito distantes, em três níveis distintos: alguns homens, talvez padres fazendo uma espécie de rito, a voz de muitos rezando *o Pater Noster*, soldados gritando instruções ou ordens.

Não importava mais. Nada mais importava, agora eu só queria partir, queria acompanhar todos aqueles que ali estavam nos esperando, numa frequência tão grandiosa de amor e doação que bloqueavam sensações de dor e sofrimento. Eu só queria estar com eles, fazer parte daquele grupo, daquela energia, queria me integrar a eles...

Muito ao longe, ouvi o som do fogo crepitando, madeira estalando, um cheiro forte de óleo queimado, e um calor intenso começou a subir pelo meu corpo, mas eu não sentia dor. Já não percebia movimentos por parte de Cateline.

Vá em paz, meu amor! Logo nos reencontramos!, ainda fui capaz de pensar.

Meus olhos, nariz e boca ardiam, uma nuvem escura de fumaça subia aos céus. Uma última lembrança do sorriso de Cateline, da voz de Ayla. Meus pensamentos, minha consciência pareciam estar se perdendo, navegando no espaço, fluindo...

Ainda tentei olhar uma última vez para a montanha sagrada. E, mesmo entre a fumaça, a enxerguei... Lá estava ela, alheia ao que acontecia aos seus pés, ignorando os desmandos e desatinos da humanidade. Lá permanecia ela, linda, imponente, enigmática e magnífica!

Minha última visão: Montségur, a montanha sagrada.

Não entendi naquele momento, mas logo meus olhos já não enxergavam. Nada mais me prendia neste mundo físico, então nada mais pensei, nada mais senti, desapegado de tudo o que me ligava a essa vida corpórea, me entreguei ao meu destino, e simplesmente fui...

Em paz e sem sofrimento físico!

O universo cósmico infinito me aguardava!

Desde então, minha voz e a história de Languedoc ecoam no tempo e no espaço, como um sopro levado pelo vento. O ontem, o hoje e o amanhã como partes de uma realidade única: o agora!

De tempos em tempos alguém escuta minha voz, capta a história trágica de um povo, de uma cultura, de uma terra, de uma fé. Afinal de contas, sabemos que a morte não escreve o último capítulo da vida!

A verdadeira vida pulsa por todo o infinito, cíclica, por vezes aqui no mundo etéreo dos espíritos, outras, por aí, nos diversos mundos dos escarnados. O que aqui lhes contei é uma prova disso...

Você acredita?

FIM

Vilarejo de Montséugur com a montanha em segundo plano.

Estela em homenagem aos
martirizados em Montségur.

Considerações finais

A tragédia de Languedoc é uma obra de ficção, mas também um romance embasado nos registros da história, e, portanto, acho importante ressaltar algumas considerações pessoais, além de fatos relevantes para que o leitor tenha o entendimento de todo o contexto político, social e religioso da época que possam não ter ficado evidenciados no desenrolar da história.

1º Da historiografia

Praticamente todos os documentos existentes sobre o movimento cátaro é oriundo de textos dos seus adversários, principalmente da Inquisição. Mesmo os raros textos produzidos pelos cátaros, como *Ritual Cátaro de Lyon* e o *Livro dos Dois Princípios*, nos dão uma visão limitada de como eles praticavam suas crenças.

2º Do uso da denominação

A palavra **cátaro** vem do grego *katharos* e significa "puro", e essa designação partiu da própria Igreja Católica, de forma pejorativa; uma vez que em textos cátaros os termos "homens bons ou bons cristãos" são os comuns como sua autodenominação. Rótulos como dualismo, neomaniqueísmo, seita, heresia e termos como "perfeitos" foram criados e aplicados pela Igreja. Essa terminologia, segundo a maioria dos historiadores, é **inadequada**, embora usada até hoje por comodidade, já que a história a fixou.

Já o termo **albigense** deriva de *Albi*, um dos grandes centros de influência herética, no sul da França.

3º Da origem do catarismo occitano

Acredita-se que o catarismo da Occitânia tenha suas origens no final do século X, no chamado "bogomilismo" cuja fé floresceu na Bulgária, Macedônia e Dalmácia, passando pela Croácia e Lombardia; teve sua expansão na Europa medieval, e sua época clássica entre 1165 e 1325.

O foco e o marco temporal desta obra estão nos limites da Cruzada Albigense (1209-1229) até a tomada e queda de Montségur (1244).

4º Da decadência da Igreja Católica Romana

No início do século XIII, o papa Inocêncio III lamentava a situação do seu pontificado: as igrejas estavam desertas, a crise de vocações reduzia o número de sacerdotes, os fiéis mostravam desconfiança e pouco interesse pelas Sagradas Escrituras e pelas questões da Igreja. O clero estava entregue ao luxo, à corrupção política, ao tráfico de influências e, em muitos casos, à luxúria e à devassidão. Boa parte do clero vivia assim, com exceção de uns poucos que honravam seus votos de sacerdócio e sua fé. Estes problemas já vinham se arrastando por mais de dois ou três séculos, quando os poderes espirituais da Igreja se confundiram com poderes de Estado, e o alto clero e os papas já não eram mais escolhidos por suas virtudes e exemplos de fé e fraternidade, mas por descendência de famílias nobres, ricas e fluentes. As notícias e escândalos sobre os desmandos da Igreja corriam por toda parte, enquanto, ao mesmo tempo, em vários lugares da Europa apareciam movimentos dissidentes abertamente contrários à autoridade papal.

Em 1145, ao chegar em Languedoc para tentar reter a onda de crescimento da nova seita, Bernardo de Clairvaux — monge cisterciense —, patrono da Ordem do Templo, disse:

As basílicas estão vazias de fiéis, os fiéis sem sacerdotes, os sacerdotes sem honra. Não há mais senão cristãos sem Cristo.

5º Das questões sociais

A seita tinha pessoas de todas as classes sociais: desde a nobreza, passando pela pequena nobreza (hostil ao poder eclesiástico e ao poder civil), pela burguesia (que desejava o livre-comércio e poder efetuar empréstimos com juros), pelos artesãos e chegando até os camponeses (motivados pela aversão aos dízimos e outros impostos). Assim, exercer o livre-comércio, fazer empréstimos em dinheiro ou aplicar capital para obter rendimentos certos aumentava o poder da burguesia, independentemente das arbitrariedades senhoriais.

Um grande problema social que a doutrina causava refere-se à proibição absoluta de proferir juramentos: na sociedade dos séculos XII e XIII o sistema de poder era fundamentado no juramento de fidelidade (do bispo ao papa, do nobre ao soberano, do camponês ao barão de terras). O juramento empenhava a honra pessoal e constituía um vínculo absoluto. Recusar-se a jurar significava rebeldia.

A liberação dos vínculos feudais foi também muito útil para o apoderamento de testamentos e dos bens do espólio usando a desculpa do catarismo.

Com relação ao casamento, sabedores de que a instituição sacramental do casamento não pode ser atribuída a Jesus Cristo, os cátaros que respeitavam os textos sagrados preconizavam a união conjugal por consentimento mútuo na presença de um perfeito, não sacramental, e sobretudo implicando a igualdade dos cônjuges no amor partilhado; enfraquecendo a autoridade do marido e emancipando a mulher.

6º Da doutrina cátara e dimensão filosófica

É importante ressaltar que a doutrina cátara se chocava radicalmente com os dogmas pregados pela Igreja Romana, e foi exatamente por isso considerada "heresia". Entre outras coisas:

- Era uma crença dualista que negava a existência de um único Deus ao afirmar a dualidade das coisas: um Deus bom criador de todas as coisas no amor e pureza, e a existência de um Deus mau, que imputava todo o mal ao Universo.

- Afirmava que Jesus não era o filho de Deus encarnado, mas deveria ser considerado um símbolo, um espírito iluminado que mostrava o caminho à perfeição (acredito piamente nisso!).
- Apresentava um conceito do mundo e da Criação diferentes ao afirmar que este mundo foi criado por uma Força má e por isso o homem, que é criação dessa Força, vivia em pecado e deveria abdicar das coisas desse mundo para retornar à morada de Deus (para os católicos, o mundo e o homem seriam bons ao serem criados por Deus e o pecado viria da corrupção do homem no pecado original).
- Propagava a salvação através do conhecimento direto de Deus (Gnoses) em vez da fé em Deus através de emissários (sacerdotes). A salvação como uma jornada íntima e individual de cada um.
- Não aceitavam a Trindade: Deus Pai, Deus Filho e Espírito Santo, nem a Eucaristia.
- Seu único sacramento era o *consolamentum*, cujo recebimento implicava em viver apenas no nível do Espírito e acima das tentações da carne; poucos o recebiam em pleno vigor da vida e se tornavam "bons homens", muitos o recebiam no leito da morte.
- Protestava contra a corrupção moral, espiritual e política da Igreja Católica Romana.
- Reconhecia o princípio feminino no divino Deus, existindo a igualdade de gênero nas comunidades cátaras, podendo as mulheres tornarem-se "perfeitas".
- Sua principal obra de estudo era o Novo Testamento, com destaque para o evangelho de João e as cartas de Paulo, de onde extraía ideias como a crença na reencarnação e a comunicação entre espíritos.
- Ao contrário da Igreja Católica Romana, que construía imensas e ricas catedrais, abadias e igrejas, celebrando a liturgia em latim,

a Igreja Cátara traduziu o Novo Testamento para a língua local, fazendo suas pregações em casas, praças, cavernas e até na rua.

7º Sobre a Ordem do Templo

A inspiração para escrever sobre os cátaros surgiu pouco tempo depois da publicação do meu primeiro romance histórico, que trata sobre a Ordem do Templo. De alguma forma eu sabia que havia uma conexão. Então não por acaso um cavaleiro templário nos conta a saga dos seguidores dessa doutrina, surgida entre os desmandos e decadência da Igreja Católica nos séculos XII e XIII. Pesquisando, fui buscar os pontos de convergência entre as trajetórias dos cavaleiros templários e os cátaros, que aqui compartilho com vocês:

- Trata-se de duas comunidades distintas e contemporâneas (150 anos de existência paralela).
- Ambas com forte presença na França e na Catalunha.
- Sofreram a perseguição dos mesmos opressores: monarquia francesa e o alto clero da Igreja Romana.
- Usavam a mesma "falsa" justificativa: heresia.
- Tinham as mesmas motivações: ganância, poder, riqueza e expansão do domínio da monarquia francesa.
- Ambos tinham ideias dualistas sobre a perpétua guerra entre as energias do bem e do mal, ou entre a luz e as trevas — os Templários, influenciados pela larga convivência com a cultura árabe no Oriente.
- Ambos renegavam a cruz latina, considerada instrumento de suplício, e que serviu para martirizar Jesus, Adoravam e louvavam a Jesus, o Cristo glorioso, Ressuscitado em espírito.
- Os templários, assim como os cátaros, estudavam e meditavam sobre o Evangelho de João — particularmente os versículos iniciais.
- Embora, oficialmente, a Ordem do Templo fosse contrária à dita "heresia", alguns historiadores, com os quais eu concordo, registram

que os templários eram simpáticos à nova doutrina e que colaboraram na fuga dos crentes perseguidos pela Igreja, sempre de forma clandestina.
- Assim como os tesouros da Ordem do Templo, o tesouro cátaro nunca foi encontrado.

8º As consequências da Cruzada Albigense e a queda de Montségur

- Instauração da Inquisição em 1232 pelo Papa Gregório IX, utilizada amplamente pela Igreja Católica contra qualquer um que ameaçasse os dogmas e preceitos estabelecidos pela Santa Sé.
- Com a conquista de Languedoc pelo rei francês começa o processo de unificação das terras francesas, que ganha novos limites, novos contornos, transformando sua estrutura.
- Languedoc foi reduzida a colônia, e a língua d'Oc passou a ser um simples dialeto.
- Nobres, despossados de suas propriedades em favor dos senhores franceses, ficaram na miséria.
- A queda de Montségur não marcou o fim do catarismo. Perfeitos e perfeitas viveram em grutas e florestas, pregaram "às escondidas", sempre perseguidos por delatores, intimados por inquisidores, ameaçados de exílio, prisão e fogueira.
- A caça aos hereges durou até 1321, quando foi acesa a última fogueira, em Villerouge-Termenés.

◇◇◇◇

Para finalizar, tomo a liberdade de compartilhar com o leitor desta obra o questionamento deixado por Herminio C. Miranda, no último parágrafo do primeiro capítulo do seu livro — através do qual tive contato pela primeira vez com o catarismo —, *Os Cátaros e a Heresia Católica*:

Ademais, entre a Igreja dominante e a dos cátaros, que retomavam, escrupulosamente, o pensamento de Jesus e seguiam seus passos, tanto quanto possível à condição humana, qual seria a verdadeira heresia?[65]

Eu tenho a minha resposta, pois termino este livro com a firme convicção de que o catarismo não se tratava de uma seita herege; muito pelo contrário, buscava o verdadeiro sentido do cristianismo, um cristianismo arcaico, muito mais próximo de tudo que Jesus, nosso Cristo Planetário, tentou nos ensinar. Infelizmente, sua doutrina confrontava os interesses — nada espirituais — dos homens que comandavam a Igreja Católica Romana.

Em setembro de 2023, com este livro em plena produção, tive a oportunidade de visitar a Occitânia, no sul da França, conhecendo alguns dos principais castelos, fortalezas e cidades envolvidas na Cruzada Albigense. Quando retornei ao Brasil, escrevi o seguinte poema:

Bons Homens
No alto da montanha levo a vida que escolhi
Minha opção, na dificuldade e na recessão
Buscando minha ascensão
Cada passo trilha acima,
No ar puro dos bosques verdejantes
Cheiro de mata e da terra
Perto do sol e estrelas brilhantes
Palco do meu viver,
E também do meu sofrer!
Minha fé é o meu pecado
Crime e heresia

---

[65] MIRANDA, Hermínio C. **Os cátaros e a heresia católica**. São Paulo: Publicações Lachâtre, 2002, p. 15.

Quanta arrogância,
Nenhuma tolerância!
Não estou só!
Queimam minha carne na fogueira
Ao vento e a essa terra vou me integrar
Triste ignorância dessa gente
Porque minha fé e minha alma
Estas, eles não podem matar!
Bons homens
Eis que o tempo vai guardar nossa história
Gravada com fogo nas pedras lá do alto
O vento, nossa voz sopra
As estrelas, nossa face revela
Esta guerra, nosso sofrimento
Nossa fé, nossa vitória
Vão-se os dias, uma nova era
Mas as nossas crenças vão se perpetuar
E dos bons homens, nossa fé e nossa tragédia
A humanidade há de sempre lembrar!

Enfim, entendo que o conhecimento dos erros e equívocos dos poderosos, na trajetória da humanidade, pode ajudar-nos a reconhecer nossas próprias falhas e equívocos como indivíduos, porque SOMOS TODOS UM, e o crescimento e maturidade moral individual colaboram e acrescentam na evolução de Todos![66]

O herético não é aquele que é queimado na fogueira, mas, sim, aquele que acende a fogueira. (William Shakespeare)

Mara Assumpção
www.marassumpcao.com.br

---

[66] Seu *feedback* sobre esta obra é muito importante para a autora. Utilize seus canais de contato e deixe sua opinião: @by.maraassumpcao.

Referências bibliográficas

ASSUMPÇÃO, Mara. **O monastério** — memórias de um cavaleiro templário. São Paulo: Editora Trevo, 2020.

BARROS, Maria Nazareth de. **Deus reconhecerá os seus** — a história secreta dos cátaros. Rio de Janeiro: Rocco, 2007.

BURL, Aubrey. **Hereges de Deus** — a cruzada dos cátaros e albigenses. Tradução: Ana Carolina Trevisan Camilo. São Paulo: Madras, 2002.

GUIRDHAM, Arthur. **Os cátaros e a reencarnação**. Tradução: Maria de Lourdes Eichenberger. São Paulo: Pensamento, 1970.

JULIEN, Lucienne. **Os cátaros e o catarismo**. Tradução: Antonio Danesi. São Paulo: Difusão Cultural, 1993.

JUNIOR, João Ribeiro. **Pequena história das heresias**. Campinas: Papirus Editora, 1989.

LADURIE, Emmanuel Le Roy. **Montaillou** — cátaros e católicos numa aldeia occitana 1294-1324. Tradução: Nuno Garcia Lopes e Pedro Bernardo. Lisboa: Edições 70, 1982.

MIRANDA, Hermínio C. **Os cátaros e a heresia católica**. São Paulo: Publicações Lachâtre, 2002.

NELLI, René. **Os cátaros**. Tradução: Isabel Saint-Aubyn. São Paulo: Livraria Martins Fontes, 1972.

POZATI, Juliano. **Yeshua** — nosso Cristo planetário revelado. Porto Alegre: Citadel, 2023.

ROUX-PERINO, Julie; BRENON, Anne. **Los cátaros**. Tradução para espanhol: Isabel Llasat Botija. Barcelona: MSM Editions, 2006.

FONTE Adobe Garamond Pro, Sole Serif
PAPEL Pólen natural soft 80g/m²
IMPRESSÃO Paym